Les Arcanes de Thornhill

Kathleen Peacock

HEMLOCK
Tome 2
Les Arcanes de Thornhill

Traduit de l'anglais (États-Unis)
par Maïca Sanconie

La Martinière j.
FICTION

DÉJÀ PARU :
Hemlock
2013

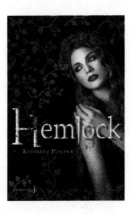

Photographie de couverture : © Ivan BLIZNETSOV / Getty Images

Édition originale publiée en 2013
sous le titre *Thornhill – A Hemlock novel*
par Katherine Tegen Books,
une marque de HarperCollins Publishers, New York.
© 2013, Kathleen Peacock
Tous droits réservés.

Pour la traduction française :
© 2014, Éditions de La Martinière Jeunesse,
une marque de La Martinière Groupe, Paris.
ISBN : 978-2-7324-6394-0

Conforme à la loi n° 49-956 du 16 juillet 1949
sur les publications destinées à la jeunesse.

www.lamartinieregroupe.com
www.lamartinierejeunesse.fr

À mes amis.
Je ne sais pas toujours pourquoi ils me supportent,
mais je leur en suis vraiment reconnaissante !

Chapitre 1

Il vaut mieux contempler certaines pièces sans allumer la lumière. Indéniablement, c'était le cas pour celle-ci. Le néon de la façade l'éclairait de lueurs rouges et clignotantes, en dépit des rideaux fermés. Elles provenaient de l'enseigne lumineuse du motel, affichant les mots « chambres libres » dans la nuit sombre.

Je me suis tournée dans le lit, et le matelas a protesté dans un concert de gémissements.

– Ça va ?

La voix de Kyle était encore endormie mais son bras m'a serrée plus fort.

– C'était bien ?

Il avait déjà fait ça.

Pas moi.

J'ai pressé mes lèvres sur son épaule nue.

– C'était parfait.

Du parking, en contrebas, montaient les sons étouffés d'une bagarre. Kyle s'est raclé la gorge, comme s'il ne me croyait pas.

– Hum, hum…

J'ai esquissé un sourire.

– Bon, d'accord. Ce n'est pas l'endroit le plus romantique pour déflorer une jeune fille.

– Déflorer ?

Je me suis sentie rougir. Machinalement, j'ai haussé les épaules et ma peau a effleuré la sienne, envoyant une onde d'étincelles le long de ma colonne vertébrale.

– C'est le mot que Tess utilise. Chaque fois qu'elle essaye de parler sérieusement de sexualité avec moi, j'ai l'impression d'être dans un feuilleton des années soixante.

– Je parie qu'elle n'a jamais abordé le sujet de l'amour avec un loup-garou.

À son ton grave j'ai deviné ses craintes. Inutile de développer la question… Alors j'ai choisi l'humour.

– Non… En revanche, elle a dit que tous les adolescents sont des bêtes féroces. Bien vu, non ? Remarque, son dernier petit ami avait beau être adulte, c'était un tueur en série.

Je me suis mordu la lèvre. Quelle idiote ! Je ne voulais surtout pas gâcher cette soirée en pensant à Ben et à tout ce qui s'était passé à Hemlock.

Le silence s'est glissé entre nous comme un brouillard épais.

Kyle a été le premier à le dissiper :

– Tu n'aurais pas dû partir à ma recherche.

– Il le fallait !

Je ne me rappelais plus comment je l'avais retrouvé ni comment j'étais arrivée ici, ni même qui avait embrassé l'autre en premier, mais j'avais une certitude : le problème du choix ne s'était jamais posé.

Nous étions inséparables.

– Tu le sais bien, ai-je ajouté.

Il a hoché la tête.

– Et fuir, ça ne sert à rien.

Cette fois, il n'a eu aucune réaction.

– Kyle ?

– Oui ?

– C'était vraiment parfait.

Il a repoussé les cheveux de mon visage, et suivi de son pouce la courbe de ma joue.

– Je t'aime, Mackenzie.

J'allais lui dire que je l'aimais aussi, mais la bagarre du parking a soudain pris des proportions alarmantes. Les types hurlaient.

– Au moins, sur la banquette arrière de ta voiture, on n'aurait pas eu tout ce boucan, ai-je grommelé en me tournant vers lui pour l'embrasser.

Mais il n'était plus là.

– Kyle ?

Ma gorge était sèche comme du papier de verre, ma voix épaissie de sommeil. Quelqu'un ronflait doucement de l'autre côté de la chambre, où un corps enfoui sous des couvertures enchevêtrées s'agitait en marmonnant.

Dehors, la bagarre du parking était bien réelle.

J'ai effleuré l'autre côté de mon lit. Les draps étaient froids.

Je n'avais pas retrouvé Kyle.

Il n'avait jamais été dans ce lit. Nous n'avions jamais fait… ça.

Ce n'était qu'un rêve.

Pendant un instant, j'ai eu l'impression d'avoir à nouveau perdu Kyle, et j'ai posé la main sur ma bouche pour réprimer un petit son étranglé, coincé dans ma gorge.

Je ne pleurerai pas. Je ne *pouvais* pas pleurer.

Jason dormait à deux mètres de là. S'il se réveillait, il me prendrait dans ses bras, me rassurerait. « Tout va s'arranger », dirait-il…

Bien sûr, j'avais envie de ces mensonges et de ce réconfort ! Mais ce ne serait pas juste. Ni pour Kyle, qui avait tout quitté pour nous protéger, ni pour Jason qui croyait m'aimer alors qu'il appartenait à une autre.

À ma meilleure amie, en fait.

Même morte, Amy se dressait entre nous.

Le cœur lourd, je me suis levée et me suis dirigée vers la salle de bains. Malgré la moquette, le parquet craquait sous mes pas. Le motel de l'Étoile du Nord – chambres payées d'avance et pas de questions indiscrètes – était juste un cran au-dessus de la dèche totale.

Et là, je savais de quoi il retournait.

Les gens comme nous n'ont pas de foyer, pas de maison permanente. Les paroles de mon père me sont revenues en mémoire en actionnant l'interrupteur. Pour Hank, les motels étaient de simples étapes entre deux escroqueries. Et des dépotoirs où laisser les choses dont il ne voulait plus.

Des choses comme moi.

J'ai fait couler de l'eau dans le lavabo, attendant qu'elle devienne claire avant d'en prendre dans la paume. Elle avait un goût de chlore et de saumure. Rien qui me désaltère ni qui m'apaise.

Toc, toc, toc.

Trois gouttes rouges et brillantes sont tombées sur la porcelaine. Elles se sont mélangées à l'eau, la teintant de rose.

Mon cœur devait faire autant de bruit qu'un marteau piqueur. J'ai levé les yeux.

Amy, ma meilleure amie, sauvagement assassinée par un loup-garou, me regardait de l'autre côté du miroir de la salle de bains.

J'ai reculé tellement vite que j'ai perdu l'équilibre et ai dû me rattraper au porte-serviettes.

– Doucement, tigresse.

Amy s'est penchée en avant. Ses cheveux d'un noir de jais sont tombés autour d'elle comme un rideau. Ses yeux n'étaient plus que des ombres qui décrivaient des courbes sur son visage, comme de la fumée.

Elle n'était pas venue me voir depuis plusieurs jours. Depuis que Jason et moi avions quitté Hemlock en pleine nuit, comme des voleurs. J'avais même commencé à penser qu'elle ne m'avait pas suivie.

– Tu ne me voyais pas, mais j'étais là, Mac.

Amy lisait souvent dans mes pensées, depuis sa mort.

– Tu ne te rappelle pas ce que je t'ai expliqué ?

J'ai fait non de la tête. Amy m'avait dit beaucoup de choses – aussi bien avant qu'après sa mort.

Elle a posé le bout des doigts sur la glace, et ses ongles manucurés ont fait le même bruit que le sang gouttant dans le lavabo. Toc, toc, toc. À chaque petit coup, des fêlures se répandaient sur le miroir.

– Il va se passer quelque chose, Mac.

Elle semblait désolée, presque contrite.

– Ce n'est pas fini, a-t-elle ajouté, juste avant qu'une fente plus large, dans le miroir, sépare son visage en deux.

Puis le miroir a explosé.

Je me suis réveillée – vraiment, cette fois – en haletant. Une douce lumière jaune emplissait la chambre et j'étais étendue, complètement habillée, sur les couvertures.

Jason et moi étions revenus nous reposer cinq minutes. Je m'étais allongée sur le lit et… j'avais dû m'endormir.

Une grosse boule de plomb s'est formée dans mon estomac lorsque j'ai réalisé que j'étais seule.

Je suis allée dans la salle de bains. Elle était vide.

J'ai tiré mon téléphone de ma poche. Vingt-deux heures. J'avais dormi plus de trois heures. Tout en faisant les cent pas, j'ai composé le numéro de Jason. Et je suis tombée sur sa messagerie.

– Où es-tu ? Je me suis réveillée et…

Mon pied a cogné quelque chose de lisse et de solide. J'ai jeté un rapide coup d'œil par terre.

– Bon sang, Jason !

Je me suis redressée, horrifiée, le téléphone encore pressé contre mon oreille. Je venais de trouver une bouteille de Jack Daniel's, à moitié vide.

Chapitre 2

Il y avait cinq bars non loin du motel.

Je suis sortie, mais je n'ai pas eu besoin d'aller très loin pour retrouver Jason.

Nous étions dans la chambre onze. Il avait réussi à arriver jusqu'à la sept avant de s'effondrer, en sang et roué de coups, l'haleine lourde de bière et de whisky.

Une demi-heure après, il m'a avoué qu'il avait oublié le numéro de notre chambre. Et sa clé.

Debout contre le chambranle de la porte, les cheveux encore humides parce qu'il s'était passé la tête sous le robinet, il arborait deux longues estafilades sur son torse, juste au-dessus du cœur, comme le X d'un trésor sur une carte de pirate.

Il avait une troisième entaille sur le bras. *C'est un type qui m'a attaqué avec une bouteille cassée*, avait-il assuré. *Ce ne sont pas des marques de griffes.*

Il aurait sans doute fallu le recoudre mais il avait refusé d'aller à l'hôpital.

Il s'est détourné pour poser un gant de toilette taché de sang sur le bord de l'évier.

— Mac, il va bien falloir que tu m'adresses la parole tôt ou tard.

Il avait encore la voix empâtée par l'alcool.

J'ai fixé le tatouage qu'il avait sur le cou. Un poignard noir qui faisait de lui un initié du plus grand groupe anti-loups-garous du pays. Puis je me suis forcée à le regarder dans les yeux.

Des yeux verts trop brillants et injectés de sang.

— Es-tu blessé ailleurs ?

Depuis qu'il m'avait dit où il avait été, la colère me rendait muette. Et maintenant, parler me faisait l'effet de cracher des lames de rasoir.

— Non.

Sa chemise gisait en tas, froissée. Déchirée, tachée de rouge, irrécupérable.

Les coupures sur son torse étaient profondes mais bénignes. J'avais assez souvent rafistolé des gens – mon père et, plus récemment, Jason – pour le savoir.

— Tout ce sang, ce n'est pas le tien, n'est-ce pas ?

— C'est du sang de Tracker. On est tombés sur un loup-garou et sa petite amie. Il a essayé de flanquer un de nos gars dans un mur. Et elle, elle a foncé sur moi avec une bouteille cassée. Elle était toute petite, mais drôlement rapide pour une fille non contaminée.

Je serrais si fort le bord du lavabo que mon sang ne circulait plus au bout de mes doigts.

— Tu aurais pu te faire tuer.

Un groupe de Trackers ne tombe pas sur un loup-garou par hasard. En fait, ils étaient en chasse. Ils traquaient les loups.

Les gens comme Kyle, mi-hommes, mi-loups.

— Qu'est-il arrivé à la fille et à son copain ?

— Ils se sont enfuis.

J'ai entendu Jason avancer vers moi, j'ai perçu sa chaleur. Si j'avais tourné la tête, j'aurais senti son souffle chargé d'alcool.

— De toute façon, je ne leur aurais pas permis de s'en prendre à la fille, a-t-il ajouté.

— Et le loup ?

Il a hésité un instant.

— Je ne sais pas. Écoute, il a failli tuer un homme…

— Un homme qui l'avait pris en chasse. Légitime défense, non ?

Jason est resté silencieux.

— Et si cela avait été Kyle ? ai-je insisté.

— Bon sang, Mac ! Kyle est mon meilleur ami, tu le sais bien.

— Tu m'avais promis de ne pas approcher les Trackers.

Jason a soutenu mon regard dans le miroir.

— Il le fallait, Mac. Les Trackers d'ici sont les mieux placés pour savoir où un loup solitaire pourrait aller se réfugier. D'ici peu, mon père va notifier le vol de sa voiture à la police, et Tess va aussi signaler ta disparition. Nous devons faire vite pour trouver Kyle.

Il avait raison. Seulement, si les Trackers découvraient le rôle qu'il avait joué la nuit où leur leader avait été tué, il risquait gros. On ne pardonne jamais aux agents doubles…

— Je n'avais pas le choix, a-t-il insisté.

— Et celui de boire ?

Il se tenait assez près de moi pour que je le sente tressaillir. Je suis sortie de la salle de bains.

J'aurais aimé claquer la porte et quitter le motel, mais cela n'aurait servi à rien. De toute façon, j'aurais dû revenir : Jason était tout ce que j'avais.

J'ai attendu dans la chambre, les bras croisés, espérant une explication.

Mais c'était sans doute trop demander.

La porte de la salle de bains s'est refermée dans un petit bruit sec. Un instant plus tard, les tuyaux de la plomberie ont grondé. Jason prenait une douche.

Un jour, Kyle m'avait expliqué que je devais faire confiance aux gens. Cesser de croire que tout le monde me laisserait tomber à la première occasion.

Mais j'avais fait confiance à Jason, ce soir, et il m'avait trahie.

Il était incorrigible.

Une vraie tête brûlée qui risquait sa vie à tous les instants.

Je tremblais.

Je ne pouvais pas perdre quelqu'un d'autre. Pas après Amy.

Il me fallait de l'aide.

J'ai tiré mon portable de ma poche et ai composé un numéro. Une voix familière et mélodieuse a répondu à la troisième sonnerie. Ouf ! Elle était là…

– Salut, Serena… J'ai besoin d'un service…

★

La gare routière de Denver n'était pas difficile à trouver. Pourtant, je serrais nerveusement le volant comme si j'avais parcouru un labyrinthe. J'étais partie de Hemlock sur une intuition. Retrouver Kyle serait long et difficile.

Et Jason n'était plus mon partenaire principal dans cette aventure.

Comme je m'engageais sur la rampe menant au parking, il m'a jeté un regard étonné.

– Je croyais qu'on allait prendre un petit déjeuner !

Il a ouvert la boîte à gants et en a sorti un méli-mélo de papiers et de sacs en plastique portant la croix verte des pharmacies.

– On va *déjeuner*, ai-je corrigé. Il est midi passé.

Il m'a décoché un coup d'œil sceptique par-dessus ses lunettes de soleil.

– Des sandwichs dans un distributeur automatique ? Tu appelles ça « déjeuner » ?

– Ne me dis pas que tu as faim, tu avais trop la gueule de bois pour conduire !

Je me suis garée au moment où il avalait deux comprimés blancs. Il m'a suivie dans l'escalier en ronchonnant.

L'intérieur de la gare routière semblait anormalement sombre à côté du ciel bleu du dehors. Une femme au visage las a tiré un petit enfant hurlant vers les toilettes, tandis qu'un junkie se balançait d'avant en arrière sur un banc. Une femme de ménage nettoyait une flaque de vomi.

Les T-shirts jaunes des vigiles étaient les seules taches de couleur dans la foule clairsemée.

– Tu veux m'expliquer ce qu'on fait là, Mac ?

J'ai repoussé les médailles qui ornaient mon bracelet pour consulter ma montre. Je n'avais pas imaginé qu'il y aurait autant de circulation, et nous avions quelques minutes de retard.

— Tu ne penses pas sérieusement que Kyle se cache dans un trou pareil ! a-t-il insisté.

Je ne lui ai pas répondu. À l'entendre, on était chez les gueux, dans la cour des miracles… Et sans doute était-il sincère. L'immense fortune de sa famille le protégeait depuis longtemps des dures réalités de la vie.

J'ai effleuré mon bracelet. Enfin, celui qui me venait d'Amy. Il me donnait du courage pour ce que j'avais à dire.

Car Jason n'allait pas apprécier mon initiative. Mais il était trop imprévisible pour que je me repose entièrement sur lui.

J'allais donc lui dire tout cela le plus diplomatiquement possible…

— Mackenzie !

Raté.

Une voix féminine venait de crier mon nom. J'ai aperçu un visage au teint sombre, un tissu de couleur vive, avant d'être saisie à bras-le-corps par une personne d'un mètre cinquante-cinq débordant d'enthousiasme.

— Eh, attention ! Je ne suis qu'une humaine… Je ne peux plus respirer…

— Désolée. J'avais oublié.

Serena Carson a passé la main dans les boucles noires qui lui tombaient sur les épaules tout en balayant la foule du regard pour voir si quelqu'un avait remarqué sa bévue. D'habitude, Serena réussissait très bien à cacher sa force surhumaine.

Comme Kyle, et comme des milliers d'autres loups-garous qui ne s'étaient pas déclarés aux autorités, on l'aurait envoyée dans un camp de réinsertion si quelqu'un avait découvert qu'elle avait contracté le syndrome du lycanthrope.

Comme personne ne nous prêtait attention, elle m'a regardée attentivement, fronçant les sourcils devant mes cernes et mes vêtements froissés.

— Ne le prends pas mal, mais tu as une mine épouvantable. Pire que moi qui ai passé la nuit dans le car.

Elle a fait glisser son sac à dos de son épaule et l'a lancé à Jason, qui l'a attrapé sans effort.

— Salut, Carson ! Quelle surprise !

Impossible de déchiffrer le regard de Jason derrière ses lunettes de soleil. D'accord, je ne l'avais pas prévenu. Mais lui non plus ne m'avait pas avertie, hier soir, avant de s'embarquer dans son expédition punitive.

Je me suis tournée vers Serena.

— Tu n'as pas peur de te faire remarquer, dans cette tenue ?

Elle portait une veste turquoise genre blouson d'aviateur sur un T-shirt rose, un pantalon corsaire gris et des Converse bleues.

Elle m'a décoché un grand sourire.

— J'avais prévu des escarpins mais je me suis dit que des talons plats, ça irait mieux pour battre le pavé.

— Tess a exactement les mêmes.

En songeant à ma cousine, le remords m'a envahie. J'ai tenté de le repousser. Pour l'instant, je devais agir avant tout.

— Elle va bien ? ai-je demandé timidement.

— Oui, même si elle se fait beaucoup de souci pour toi. Tu me diras, cela l'empêche de penser à Ben. Il a disparu dans la nature sans laisser de traces, apparemment.

J'ai poussé un long soupir. Je n'avais pas eu le courage de dire à Tess que Ben, son petit ami, était le loup-garou blanc qui avait terrorisé Hemlock et tué Amy. Pour l'instant, elle croyait qu'il l'avait laissée tomber, qu'il avait filé ailleurs.

Serena a poursuivi :

— Jason, au lycée, j'ai dit que tu étais allé te cuiter à Las Vegas. Mac et Kyle sont censés être partis à ta recherche avant que tu n'épouses une prostituée et mette en péril la fortune de ta famille.

Sans répondre, Jason nous a tourné le dos pour se diriger vers le parking couvert. Il fonçait droit devant lui, comme s'il s'attendait à ce que les gens s'écartent à son passage. Nous lui avons emboîté le pas.

Serena m'a lancé un regard perplexe.

— Il est vexé ? Depuis quand Jason Sheffield se soucie-t-il de sa réputation ?

— Ce n'est pas ça. En fait, je ne lui ai pas dit que tu venais.

Petit silence lourd de reproches.

— Donc il ne sait pas pourquoi je suis ici ? Eh ben, ça va être rigolo, je le sens.

— Écoute, je ne savais pas comment le lui dire… C'est vrai que tu as dit à tout le monde qu'on était à Vegas ?

— C'était ça ou bien la version « Mac a peur d'être enceinte et ne sait pas qui est le père du bébé ».

— Quel mélo ! Personne ne t'aurait crue.

— Tu sous-estimes Hemlock, ma chère.

Nous atteignions l'escalier menant au niveau supérieur du parking. Jason était presque arrivé en haut. Il avait les épaules crispées et balançait si fort le sac à dos de Serena que sa main tremblait.

– Jason ?

Il a continué à marcher.

J'ai couru pour le rattraper, tandis que Serena restait en arrière pour nous laisser un semblant d'intimité. En effet, elle entendrait tout, les loups-garous ayant une ouïe hyperdéveloppée.

– Jason ! Tu veux bien t'arrêter une seconde ?

J'ai saisi une courroie du sac de Serena.

Aussitôt, il a pivoté et a fait glisser ses lunettes de soleil sur son nez. Son expression restait impassible mais ses yeux étincelaient. Le sac à dos pendait entre nous, chacun tenant une courroie comme si on se disputait un butin.

– Tu veux me dire pourquoi Serena est ici ?

– Je… j'ai pensé qu'elle pourrait nous aider.

– Donc tu l'as appelée sans m'en parler ?

– Tu l'aimes bien. Du moins, tu l'as toujours bien aimée jusqu'ici.

J'aurais dû ajouter : « Jusqu'à ce que tu découvres qu'elle est contaminée. »

– Là n'est pas la question. Si tu penses que Serena peut nous aider, super. Mais tu ne peux pas me faire une scène parce que j'ai rencontré les Trackers sans te prévenir, et toi, téléphoner à Serena derrière mon dos.

– Ce n'est pas pareil.

– C'est exactement pareil. Tu ne fais jamais confiance à personne.

J'ai failli éclater de rire. Seule son expression furieuse m'en a empêchée. Cela lui allait vraiment mal, de me donner des leçons !

– Je fais confiance aux gens qui méritent qu'on leur fasse confiance.

Il a lâché le sac et est reparti vers la voiture. Lorsqu'il s'est rendu compte que nous ne le suivions pas, il a fait volte-face.

— Écoutez ! Je veux trouver Kyle comme vous. On peut se disputer sur tout le reste mais pas sur ça... Les Trackers ont dit que les gens de Montbello toléraient les loups. C'est un des rares coins de Denver où nous n'avons pas encore mis les pieds. On y va ?

J'ai acquiescé. Seule Serena semblait avoir encore un doute.

— Tu es vraiment de notre côté, Jason ?

Jason l'a regardée avant de se glisser au volant.

— Kyle est mon meilleur ami et Mac ne reviendra pas à Hemlock sans lui. Dans ces conditions, je n'ai pas le choix.

Chapitre 3

Une petite enseigne en bois surplombait une étroite bâtisse en brique. Les mots « Café Joe » – à peine visibles dans la lumière déclinante – étaient gravés en lettres majuscules et peintes de la couleur de grains de café.

– Je me demande s'ils ont des smoothies, a soupiré Serena. Je meurs de soif.

Jason a tiré sur son col montant pour s'assurer que son tatouage était bien caché.

– Pas étonnant. Tu n'as pas arrêté de roucouler depuis ce matin, tu dois être desséchée.

Plusieurs clochettes ont tinté lorsqu'il a ouvert la porte.

– On ne se moque pas de mes méthodes d'investigation, Monsieur, a répliqué Serena. Elles portent souvent leurs fruits.

Jason a marmonné quelque chose dans sa barbe avant de se diriger vers une table.

Il en doutait, évidemment… Serena avait beau battre des cils avec son air le plus charmeur, nous avions passé Montbello et ses environs au peigne fin, sans le moindre succès. Cette cafétéria était notre seule piste. Un type qui travaillait dans une supérette nous avait envoyés ici en échange du numéro de téléphone de Serena.

Avec Serena, nous avons fait la queue au comptoir. L'odeur de café moulu mêlée à celle des pâtisseries sorties du four faisait gargouiller mon estomac. De vieilles affiches style Art déco vantant des voyages couvraient les murs peints en brun. Quant à l'éclairage, il provenait des sobres lampes suspendues au-dessus des petites tables rondes.

Le téléphone de Serena a vibré. Elle l'a sorti de sa poche, a jeté un coup d'œil à l'écran, puis l'a rempoché.

– C'est Trey, a-t-elle dit, réagissant à mon regard interrogateur.

J'ai eu envie de rentrer sous terre en songeant aux reproches que son frère me ferait à notre retour à Hemlock.

– Je n'arrive pas à croire qu'il t'ait laissée venir toute seule ! ai-je murmuré.

– Oh, je ne l'ai pas appelé avant d'être à mi-chemin d'ici. Et je ne lui ai pas dit où j'allais.

Trey n'allait pas se contenter de me crier dessus. Il allait carrément me tuer !

– Ne t'inquiète pas, a ajouté Serena devant mon expression paniquée. Je voulais venir, et ça lui fera du bien de cesser de jouer au grand frère. Il faut absolument qu'il arrête de vouloir me protéger à tout prix.

Hum… je doutais que Trey voie les choses sous cet angle…

J'ai sorti mon téléphone pour faire dérouler mes photos, jusqu'à ce que le visage de Kyle apparaisse. Beaux yeux bruns ardents, traits anguleux, et cheveux châtains qui avaient toujours besoin d'être coupés.

Mon cœur s'est serré.

Sans lui, tout me paraissait vide et morne.

J'ai balayé la salle du regard. Jason était installé à une table près de la fenêtre, les jambes étalées, les mains nouées derrière la tête. Qui veillerait sur lui si je l'obligeais à rentrer seul ? Pas ses parents, en tout cas. Ils se bornaient à lui donner de l'argent.

Serena sautillait d'impatience, nullement fatiguée par son voyage.

— Comment tu fais pour être autant en forme ? me suis-je étonnée.

— C'est un des avantages du SL.

Bien sûr. Une superforce. Une supervitesse. Moins besoin de sommeil. Le syndrome du lycanthrope avait des effets secondaires sensationnels. Si cette maladie n'avait pas transformé les gens en bêtes féroces, tout le monde aurait voulu être contaminé.

Notre tour est arrivé. Serena a commandé un capuccino, et moi deux grands cafés, sachant que Jason aurait bien besoin de caféine après sa folle expédition.

J'ai payé avec un billet de dix dollars et ai refusé la monnaie, ce qui m'a valu un petit sourire. La serveuse avait des cheveux noirs qui lui tombaient sur les épaules et une longue mèche teinte en indigo. Lorsqu'elle a repoussé sa chevelure, j'ai aperçu une bague traditionnelle irlandaise sur sa main droite.

J'ai jeté un coup d'œil par-dessus mon épaule. Il n'y avait personne derrière nous. Je pouvais l'interroger à mon aise.

– Vous n'auriez pas vu ce garçon, par hasard ? Il est peut-être venu ici récemment.

Je lui ai tendu mon téléphone, tournant l'écran vers elle. La fille a pris l'appareil et a froncé les sourcils devant la photo de Kyle.

– Difficile à dire. Aujourd'hui, il n'y a pas beaucoup de monde, mais, d'ordinaire, c'est plein. Je demande à ma collègue... Ève !

Silence.

– Ève !

Une jeune fille est sortie de l'arrière-salle et s'est approchée du comptoir. Elle était petite – peut-être aussi petite que Serena – et perchée sur des rangers dont la semelle avait au moins douze centimètres d'épaisseur. Ses lacets étaient des rubans bleus, et c'était la seule couleur qu'elle arborait. Son tablier, son jean, son T-shirt, tout était noir. Ses longs cheveux acajou étaient retenus en une queue-de-cheval, haut sur son crâne.

– Oui ? a-t-elle demandé d'une voix rauque de fumeuse.

La fille à la bague lui a tendu mon téléphone.

– Elles veulent savoir si tu as vu ce type.

Ève a jeté un œil à la photo de Kyle, a paru surprise et nous a fixées tour à tour, Serena et moi.

– C'est le petit ami de qui ?

Si je répondais que c'était le mien, elle penserait sans doute que nous le harcelions.

– Juste un ami, a répliqué Serena.

Ève a reposé le téléphone sur le comptoir avec une moue d'indifférence.

– Désolée. Il n'est jamais venu ici.

– Vous en êtes sûre ? a insisté Serena. Vous avez à peine regardé.

– Si, j'ai regardé. Je ne l'ai jamais vu.

Pourquoi ce ton défensif ? Elle cachait quelque chose, j'en étais certaine. Ses doigts tripotaient nerveusement un bracelet en cuir autour de son poignet, comme pour se décharger d'un trop-plein d'énergie.

Seulement, je pouvais difficilement me jeter sur le comptoir et la forcer à me répondre en la prenant à la gorge. Si les Trackers avaient raison et que Montbello était un repaire de loups, cette fille avait peut-être été infectée.

Or obliger un loup-garou à avouer quelque chose, ce n'est pas du gâteau, surtout pour un simple être humain.

J'ai tiré un stylo de la poche de ma veste et ai gribouillé mon numéro de portable sur une serviette.

– Pouvez-vous m'appeler, si jamais il passe ?

– Bien sûr.

Je me suis forcée à sourire.

– Merci.

Une fois le stylo et mon téléphone rangés dans ma poche, j'ai pris les deux tasses en carton et me suis dirigée vers un petit chariot roulant garni de sucres, de doses de lait, de cuillères et de couvercles en plastique. Serena m'avait emboîté le pas.

Elle a bu une gorgée de son capuccino en observant discrètement le comptoir, tandis que je versais une dose de lait dans mon café, et du sucre dans celui de Jason.

– Elle vient de jeter ton numéro à la poubelle, m'a-t-elle chuchoté à l'oreille.

– Tu crois qu'elle a menti ? Qu'elle a vu Kyle ?

– Absolument.

Tout en ajustant les couvercles sur les tasses, j'ai regardé le tableau de liège où étaient fixés des flyers. La plupart annonçaient des soirées de lectures de poésie ou des colocations. Je me demandais si Kyle avait trouvé un endroit où dormir en dehors de sa Honda.

Pourvu qu'il ne soit pas obligé de passer ses nuits sur la banquette arrière de la voiture…

C'est un loup-garou. Il est capable de se débrouiller, non ?

Ma petite voix intérieure avait beau me faire la leçon, si j'avais vraiment cru qu'il ne risquait rien, je ne serais pas ici. Avec un petit soupir, Serena toujours sur mes talons, j'ai rejoint la table bancale où Jason s'était installé.

J'avais quand même eu le temps de m'apercevoir que la rousse nous observait derrière le comptoir.

– Elles n'ont pas vu Kyle, ai-je déclaré en posant les tasses.

J'ai ramassé un journal abandonné sur la chaise en face de Jason, et me suis assise. Pour l'instant, mieux valait donner le change.

Jason a continué à se taire mais a daigné prendre son café. Il avait enfin décidé de cesser de bouder ?

J'ai siroté ma boisson à petites gorgées tout en balayant du regard la une du journal. Une brunette souriante, aux tempes argentées, occupait un bon quart de l'espace. Sous la photo, la légende disait : *Mme Sinclair déclare que Thornhill ouvrira dans six mois.*

J'ai senti mon cœur se serrer. Thornhill était la première des cinq infrastructures que le BESL – le Bureau d'enregistrement du syndrome du lycanthrope – avait prévu de construire pour réguler les camps de détention surpeuplés.

C'était le genre d'endroit où l'on enverrait Kyle et Serena si jamais les Trackers les livraient à la police.

Sous l'article, il y avait le commentaire d'un discours prononcé par le grand-père d'Amy – le sénateur John Walsh – recommandant que l'on emprisonne les personnes contaminées si elles ne déclaraient pas leur maladie.

J'ai frissonné. Quelle propagande !

Le sénateur n'aurait sûrement pas été aussi inflexible s'il avait su pourquoi Amy avait été assassinée.

Les clochettes de la porte ont tinté lorsqu'un trio de jeunes filles en tenue de yoga chic ont pénétré dans l'établissement. J'ai jeté le journal sur une chaise vide, espérant que ni Serena ni Jason n'avaient remarqué les articles.

Puis j'ai vu l'expression de Serena. Je n'avais pas été assez rapide. Elle plissait les paupières comme pour retenir ses larmes.

Gênée, je me suis tournée vers le comptoir, où Ève encaissait un prix exorbitant pour trois bouteilles d'eau. Elle semblait très occupée mais je gardais la nette impression qu'elle nous surveillait.

– On ferait mieux de partir.

Jason a haussé les sourcils.

– On vient juste d'arriver !

– Je sais. Mais comme elles n'ont pas vu Kyle, ça ne sert à rien de rester.

Sur ce, je me suis levée en lui décochant une œillade éloquente avant de me diriger vers la sortie.

Une fois dans la rue, Jason m'a dévisagée avec colère.

– Franchement, Mac, tu joues vraiment mal la comédie ! Tu aurais dû prendre modèle sur Amy. Elle savait mentir, elle…

J'ai vu qu'il regrettait déjà ses paroles. Dehors, l'air semblait chargé d'électricité, comme avant un orage, et le crépuscule avait laissé place à une obscurité totale.

– Désolé, a-t-il marmonné.

À mon grand soulagement, Serena a mis fin à notre sinistre évocation :

– La fille du bar a reconnu Kyle. Et elle est contaminée.

Nous étions arrivés à la voiture de Jason. Je me suis assise sur le capot.

– Je croyais que les loups ne pouvaient pas se reconnaître entre eux lorsqu'ils avaient forme humaine ?

– C'est vrai. Mais on peut faire appel à notre intelligence. Cette fille porte un bracelet de cuir pour cacher des cicatrices. Je les ai vues lorsqu'elle a pris son téléphone et que son poignet s'est dégagé.

– Tu parles d'une preuve ! s'est exclamé Jason. La moitié des filles du lycée en ont. Elles ont vu *Une vie volée* et ont lu *La Cloche de détresse*, de Sylvia Plath. Alors elles jouent à se suicider comme leurs héroïnes.

– Ses cicatrices sont au-dessus de son poignet, pas à l'intérieur, crétin, a répliqué Serena. Et elles étaient grossières. De vrais coups de griffes.

Jason a soupiré avant de dessiner des cercles avec sa tête pour faire craquer ses vertèbres et se détendre.

Se détendre, dans ces circonstances... Il avait de la chance !

– OK. Donc on revient demain et on surveille le café au cas où Kyle apparaisse.

J'ai fait non de la tête.

– Je reviendrai seule. Une fois que vous serez rentrés à Hemlock, Serena et toi.

Jason allait protester mais Serena l'en a empêché. Un doigt sur les lèvres, elle nous a fait signe de nous taire et nous a entraînés derrière la voiture. Là, elle a désigné *Chez Joe.*

Ève en sortait, une veste à la main. Elle s'est étirée un instant, se balançant sur les pointes de ses énormes semelles comme si elle voulait s'envoler. Puis elle a enfilé sa veste tout en se dirigeant vers une Thunderbird garée un peu plus loin. Juste avant de prendre le volant, elle a sorti un portable de sa poche et a envoyé un texto.

Je me suis tournée vers Jason. Il avait déjà sorti ses clés. Quand il voulait, il était vraiment efficace !

★

— On dirait que tu as déjà filé des tas de gens, s'est étonnée Serena, assise à l'arrière.

Un fantôme de sourire s'est dessiné sur le visage de Jason.

— Est-ce un compliment ?

Il venait de se garer. Une fois le moteur éteint, il s'est penché pour prendre des analgésiques dans la boîte à gants.

— Toujours la gueule de bois ? lui ai-je demandé.

— Seulement la migraine. En plus, les coupures de tessons de bouteille, ça fait mal.

Il a avalé deux cachets sous l'œil goguenard de Serena, qui s'est penchée pour lui tapoter l'épaule.

— Ne t'inquiète pas. Les balafrés plaisent beaucoup aux femmes. À moi, non, mais à plein d'autres.

— Parfait. Alors avec deux ou trois cicatrices de plus, je suis certain de ne pas te faire fantasmer.

33

Cinquante mètres plus loin, Ève traversait la rue. Le quartier semblait abandonné : partout ce n'était que terrains envahis de mauvaises herbes et entrepôts délabrés. Question vibrations, c'était franchement postapocalypse. Pourtant, Ève marchait sans crainte sur ses hautes semelles.

Elle a disparu au coin de la rue.

J'ai tendu la main pour ouvrir ma portière mais Jason a arrêté mon geste.

— Attends. Il ne faut surtout pas lui faire peur.

Serena a poussé un soupir exaspéré.

— C'est un loup-garou, pas un cheval !

Avant que Jason ait eu le temps d'objecter, elle est sortie de la voiture et s'est élancée sur le trottoir. Nous n'avions plus qu'à la suivre.

Ève avait laissé sa voiture de l'autre côté d'un immeuble en brique à quatre étages – sans doute une usine désaffectée. Les fenêtres étaient toutes condamnées ou fracassées, et un énorme grillage entourait le bâtiment.

Parvenue au coin de la rue, j'ai vu que cette clôture était dépourvue d'ouverture.

— Je crois qu'elle a sauté par-dessus, a murmuré Serena. C'est facile, d'ailleurs.

— Hein ? Elle mesure au moins quatre mètres de haut !

— Et alors ?

Jason a paru médusé.

— Bon sang, je me demande ce qui vous résiste ! En tout cas, je ne vois aucun portail pour les humains. Alors, vous en déduisez quoi ?

— Qu'on n'en a pas besoin.

Je n'ai pas eu le temps de réagir à la voix qui lui avait répondu. Deux mains m'avaient saisie aux épaules et plaquée contre le grillage. La fille était plus petite que moi mais la taille ne compte pas quand on est face à un loup-garou. Elle a glissé les mains autour de mon cou, m'écrasant la trachée.

Puis les yeux gris-vert d'Ève – la couleur de la brume sur un étang – ont plongé dans les miens.

– Je peux briser le cou de cette humaine en un rien de temps. Vous devriez reculer. Pourquoi vous me suivez ?

J'ai tenté de répondre, ce qui m'a fait tousser. Elle a relâché son étreinte d'un ou deux centimètres.

– On cherche notre ami, a répondu Serena. Celui dont on t'a parlé.

– Je vous l'ai dit : je ne l'ai jamais vu.

Son expression et sa voix paraissaient sincères, mais ses yeux étaient aussi changeants que le temps. Ils la trahissaient.

– Je ne te crois pas, ai-je dit d'une voix râpeuse.

– C'est un de vos amis ? Un loup-garou ?

J'ai acquiescé.

– Sans vouloir vous offenser, la plupart des loups qui viennent à Denver ne veulent pas qu'on les retrouve. Surtout si c'est des humains qui les recherchent.

– Qu'est-ce qui te fait penser qu'elle n'est pas contaminée ? a demandé Jason.

– Si elle l'était, vous m'auriez écoutée quand je vous ai dit de rester en arrière ?

Elle m'a lâchée si brusquement que j'ai dû me rattraper au grillage pour ne pas tomber sur les fesses.

– Vous feriez mieux de déguerpir, a-t-elle ajouté. Ici, ce n'est pas un quartier où on se mélange.

J'ai massé ma gorge douloureuse. J'étais vraiment soulagée, et pas seulement parce que la louve m'avait laissé la vie sauve. Kyle était à Denver et Ève l'avait vu. Si j'en avais douté jusqu'ici, maintenant j'en avais la certitude.

– Je t'en prie, ai-je supplié. Si Kyle est à l'intérieur, dis-lui que je l'attends dehors. S'il ne veut pas me voir, je m'en irai. Je m'appelle Mackenzie Dobson. Dis-lui juste que Mac est ici.

Ève a paru désorientée. Une seconde plus tard, son expression avait cédé la place à la colère.

– Qu'est-ce que tu crois ? Que je vais gober tes mensonges ?

Là, je n'y comprenais plus rien.

– Pourquoi mentirais-je ?

Avec une rapidité inhumaine, elle est passée derrière moi et a sorti mon portefeuille de la poche arrière de mon jean.

– Hé !

Ce qui l'intéressait, c'était mon permis de conduire. J'ai vu les émotions se succéder dans ses yeux : surprise, farouche détermination, et quelque chose qui ressemblait à de la peur.

– Mackenzie Dobson, de Hemlock, a-t-elle lu.

– Et alors ? Je ne te connais pas.

– Mais nous avons une connaissance en commun.

Serena s'est avancée :

– Donc vous savez où est Kyle Harper ? Celui dont on vous a montré la photo dans le café…

Ève a eu un étrange sourire, plus triste qu'amusé.

– Oui… bien sûr. Suivez-moi.

J'ai échangé des regards inquiets avec Serena et Jason. Rien de tout cela ne faisait sens.

Nous avons suivi Ève jusqu'à un angle, où elle a soulevé le grillage, laissant juste assez d'espace pour se glisser dessous en rampant.

— Vous devriez peut-être m'attendre ici, ai-je chuchoté à mes amis.

C'était parfaitement inutile de baisser la voix en présence d'une louve mais je l'avais oublié.

Jason m'a toisée d'un air furieux, comme si je l'avais repoussé.

Ève s'est retournée.

— Vous venez tous les trois. Pas question que l'un d'entre vous aille raconter ce que vous avez vu.

— Un grillage et un bâtiment abandonné ? a marmonné Jason. Tu parles d'une révélation !

— Si la patrouille de nuit faisait correctement son boulot, vous n'auriez même pas pu arriver jusqu'à ce terrain vague.

D'un geste, Ève nous a invités à passer. Serena s'est accroupie gracieusement et a glissé comme un poisson. Jason l'a suivie, mais il a dû se tortiller pour caser ses larges épaules. Je me suis faufilée sans difficulté, suivie par Ève. Une fois de l'autre côté, j'ai essuyé les mottes de terre et l'herbe sur mes mains et mon jean.

Nous étions dans une jungle de mauvaises herbes et de buissons qui nous arrivaient jusqu'aux genoux. Ève s'y est enfoncée sans hésiter, se déplaçant aussi silencieusement qu'un fantôme. Nous avons contourné le bâtiment. Sur le côté, trois marches de pierre menaient à une porte en acier. Ève les a montées lentement, presque à contrecœur, et s'est arrêtée un instant, la main sur la poignée. Allait-elle changer d'avis et ne pas nous laisser entrer ?

J'ai retenu mon souffle.

Elle s'est retournée et m'a décoché un regard glacé. Je ne l'avais jamais vue avant aujourd'hui, alors pourquoi avais-je l'impression qu'elle me détestait ?

Puis elle a disparu à l'intérieur. J'ai avancé à mon tour, et les doigts de Jason m'ont effleuré la main.

– Tu es sûre de ce que tu fais, Mac ?

Chapitre 4

Aussitôt entrés, nous avons été happés par une vague de bruits et de lumières. Le rez-de-chaussée était un immense espace ouvert jalonné de piliers. Une musique au rythme frénétique semblait accompagner les battements de mon cœur, tandis qu'un kaléidoscope de lumières – pourpre, orange, rouge et bleue – illuminait plusieurs douzaines de danseurs.

Enfin, ce n'était pas exactement de la danse… Leurs mouvements avaient une puissance et une grâce que seul le SL pouvait procurer. Ils bondissaient haut dans les airs, se contorsionnaient avec une souplesse qui n'avait plus rien d'humain, en proie à une sorte de transe.

C'était beau et déconcertant, tout comme les ombres basses qui rôdaient au bord de la foule : des loups dont la fourrure semblait rutilante sous les éclairages multicolores.

Un bar occupait un pan entier de la pièce et les gens faisaient la queue pour les boissons.

C'était un club.

Un club de loups-garous.

Je les contemplais, sidérée et craintive. D'accord, ce n'étaient pas des monstres, mais savoir que tous ces gens pouvaient me mettre en pièces, une fois dans leur état de bêtes, me rendait claustrophobe. Surtout si vite après Ben…

J'ai jeté un coup d'œil à Serena. La lumière violacée effleurait sans le colorer son visage au teint foncé, et elle avait une expression de désir ardent. Elle a marmonné quelque chose, mais c'était difficile d'entendre quoi que ce soit avec cette musique.

Jason, lui, semblait sur le point d'exploser. Était-ce à cause de tant de loups-garous ou bien par peur de leur réaction s'ils découvraient le symbole caché sous son col ?

Finalement, Ève a interpellé un géant qui semblait capable de s'emparer de Jason et de le projeter de l'autre côté de la salle sans le moindre effort.

J'ai saisi la toute fin de leur conversation, dans l'intervalle entre deux chansons.

– Merde, Ève. Je n'ai pas l'intention de rester.

Il tirait sur une des nombreuses boucles en argent qui ornaient son oreille.

– J'en ai pour deux minutes. T'inquiète pas, il ne fera pas attention. Contente-toi de veiller à ce qu'ils restent tranquilles jusqu'à mon retour. D'accord ?

Avant qu'il ait pu répliquer, elle s'était fondue dans la foule.

D'une main lourde, le géant m'a fait reculer.

– Bouge pas de là, a-t-il grogné d'une voix qui dominait la musique.

Ève nous avait menti, dans le café. Donc je ne pouvais pas lui faire confiance et l'attendre sagement ici.

J'ai regardé Jason, qui d'un coup de menton m'a désigné la piste de danse. J'ai compris le message : si nous attirions l'attention, nous risquions la colère de tous les loups de la salle.

En voyant nos mines défaites, Serena a soupiré et s'est avancée entre le géant et moi. Un sourire ravageur aux lèvres, elle lui a dit quelque chose à l'oreille et le pauvre garçon s'est changé en agneau. Même lorsque nous nous sommes éloignés, il l'a suivie du regard comme une boussole qui cherche le nord.

Nous avons contourné de petits groupes en grande conversation, et des loups qui dansaient comme si c'était leur dernière nuit sur terre. J'ai scruté en vain leurs visages. Aucun n'était celui de Kyle.

Nous avons atteint un grand escalier dans le coin de la salle, évitant de justesse un couple qui se pelotait dans l'ombre. Au premier étage, le niveau sonore de la musique était nettement plus supportable.

Un trio de loups à la fourrure noir de jais nous a dépassés sur le palier, bondissant sans nous bousculer. Tout de même, je n'en menais pas large.

J'ai regardé autour de moi.

Nous étions dans une salle de billard, ou du moins le genre d'endroit où je retrouvais toujours mon père les dimanches après-midi, quand j'étais petite. Des suspensions basses révélaient les éraflures des tables et les tapis d'un vert fané. Les joueurs pariaient de l'argent, laissant parfois éclater leur dépit.

Un homme blond nous tournait le dos. En le voyant, mon cœur a tressailli dans ma poitrine. Ben !

J'étais paralysée.

L'homme s'est penché pour jouer, puis s'est redressé et a pivoté comme s'il avait senti mon regard. Ce n'était pas Ben.

Ouf.

Jason m'observait en fronçant les sourcils.

– Tu es bizarre, Mac. Qu'est-ce qui ne va pas ?

J'ai ouvert la bouche pour mentir, dire que tout allait bien, mais les mots sont restés dans ma gorge. Kyle se tenait de profil devant une des fenêtres qui n'étaient pas condamnées. Il ne m'avait pas remarquée et tapotait machinalement la vitre. Puis il a soupiré et a fait volte-face.

Même de loin, je voyais les cernes sous ses yeux, ses joues ombrées d'une barbe de plusieurs jours, ses cheveux hirsutes. On aurait dit qu'il venait de se réveiller. Il semblait déjà plus maigre et plus grand que quelques jours auparavant, comme si son corps s'était étiré.

Je mourais d'envie de m'élancer vers lui mais ce n'était pas si simple…

J'avais tout abandonné pour le trouver. Pourtant, maintenant qu'il était en face de moi, je ne savais plus où j'en étais, partagée entre le soulagement et le ressentiment.

C'est alors qu'il m'a vue.

Il a paru stupéfait. Puis vingt questions sont passées sur son visage tandis que je m'avançais vers lui. Mais je me suis arrêtée à deux mètres de distance, débordante d'émotions.

J'attendais qu'il dise quelque chose. N'importe quoi.

Enfin, il a posé la main sur ma joue.

— Mac ? C'est toi ?

Je me suis mise à trembler, encore incapable de parler. J'avais à la fois envie de rire et de pleurer. J'ai choisi de fermer les yeux et de poser ma joue au creux de sa main.

— Que fais-tu ici ?

Sa voix était rauque. J'ai ouvert les paupières et avant d'avoir eu le temps de répondre, ses lèvres étaient sur les miennes, affamées et peut-être un peu désespérées.

Alors j'ai tout oublié — le club de loups-garous, le motel miteux, la ville inconnue — et lui ai rendu son baiser.

Kyle a été le premier à s'écarter. J'ai pressé ma joue sur son T-shirt du groupe de rock Arcade Fire — celui qu'il portait le jour où il est parti — et j'ai écouté les battements rapides de son cœur. Même pour un loup-garou, il semblait battre trop fort.

Kyle a déposé un autre baiser sur mes cheveux.

— Idiote… Je n'arrive pas à croire que tu aies tenté de me retrouver.

Il semblait me gronder mais son ton était tendre. Presque soulagé.

J'ai reculé la tête à mon tour pour plonger le regard dans le sien.

— Tu croyais qu'on t'aurait laissé partir comme ça ?

— On ? a-t-il répété en regardant autour de lui.

Son visage s'est assombri. On aurait dit qu'il avait peur de quelqu'un, derrière moi…

Je me suis retournée.

C'était Jason.

43

– Il est venu pour nous aider, Kyle.

Pourquoi est-ce que je ressentais le besoin d'expliquer la présence de son meilleur ami ? Parce qu'il le prenait pour un rival ?

– Oh, Mac ! Tu ne devrais pas être ici. Ni Jason, d'ailleurs.

Il a posé une main sur mon dos pour m'entraîner vers l'escalier. J'ai fait un pas de côté.

– Tu viens avec nous, n'est-ce pas ?

– Non, Mac. Les raisons pour lesquelles je suis parti n'ont pas changé.

Je tremblais d'appréhension. Jason a secoué la tête.

– Viens dans notre motel, Kyle, on parlera tranquillement. Après, si tu veux toujours rester, nous partirons. Mais tu dois au moins ça à Mac.

Du coin de l'œil, j'ai aperçu un éclat de tissu de couleur vive près de la cage d'escalier. Le géant censé nous surveiller tenait fermement le bras de Serena d'une main et scrutait la salle à notre recherche. Nous n'avions plus le temps de tergiverser.

– Je t'en prie, Kyle, viens au moins discuter avec nous.

Je ne voulais pas le supplier mais c'était plus fort que moi. Si nous parvenions à l'arracher à cet endroit, il comprendrait son erreur et rentrerait avec nous à Hemlock.

– Je ne peux pas, a-t-il dit d'une voix à peine audible. Ça ne ferait que rendre les choses plus difficiles, tu peux me croire. Il faut que tu partes, Mac.

Jason lui a saisi le bras.

– Espèce d'égoïste, tu ne penses donc pas à elle ?

Kyle s'est dégagé.

– Reste en dehors de ça, Jason.

– Je viens de passer quatre jours à voir ses espoirs se briser un à un, et à l'écouter pleurer quand elle pense que je ne l'entends pas.

Je me suis figée. Lors de notre deuxième nuit à Denver, j'avais cédé aux larmes que je retenais depuis mon départ de Hemlock. Pour ne pas faire de bruit, je m'étais enfermée dans la salle de bains, le visage enfoui dans une serviette. J'avais cru que Jason dormait.

– Tu crois que je m'en fiche ? a répliqué Kyle avec un rire si amer que j'ai frissonné. Tout ce que je fais, c'est pour la protéger.

Il s'est détourné, mais Jason a voulu le retenir par l'épaule. Alors tout est allé très vite. Kyle l'a repoussé violemment, plus violemment qu'il ne l'avait voulu, à en juger par son expression stupéfaite. Jason, projeté à deux mètres de là, a heurté une table de billard. Un groupe de joueurs ont levé la tête.

J'étais hors de moi. Ce n'était pas ainsi que les choses étaient censées se passer !

– C'est ton meilleur ami, ai-je dit d'une voix suraiguë. Il est venu à Denver pour nous aider à te retrouver, et c'est comme ça que tu réagis ?

Je suis allée jusqu'à Jason et l'ai aidé à se relever.

– Ça va ?

Il a hésité avant d'accepter ma main tendue, et s'est relevé en vacillant.

– Pas de problème. Comme tu sais, j'ai l'habitude de la bagarre…

Il a secoué la tête comme si cela allait lui éclaircir les idées, et le col de sa chemise s'est ouvert, exposant son tatouage.

Je me suis empressée de remonter son col, mais c'était trop tard. Un homme s'est approché de nous tandis qu'un mot circulait de loup en loup : *Tracker* !

Cessant aussitôt de jouer ou de boire, les loups ont formé un demi-cercle autour de Jason et moi. Les doigts de Jason ont serré les miens, et je me suis cogné la hanche contre la table de billard en reculant.

— C'est un espion. Ils ont envoyé un espion.

L'accusation s'est répandue comme une traînée de poudre. Les visages inconnus exprimaient tous la peur et la colère.

Kyle a réussi à s'interposer :

— Non, vous vous trompez, ce n'est pas un Tracker.

Un grand costaud à la crinière grise s'est avancé d'un air menaçant.

— Il a le tatouage.

— Il n'est pas allé au bout de l'initiation. Son tatouage n'est pas terminé. Il ne fait pas partie de leur groupe !

Kyle tentait de les empêcher de voir Jason mais sa voix vibrait de désespoir.

— Tu penses qu'on va te croire ? En plus, tout le monde a vu que tu lui as parlé ! Qu'est-ce que t'as fait ? Tu lui as donné l'adresse pour venir ici ?

— Non, personne ne nous a donné cette adresse, ai-je protesté.

Du coin de l'œil, j'ai vu que Serena essayait de gagner le devant de la foule.

– On est venus avec Ève, ai-je poursuivi. Elle sait qu'on est là.

– Foutaises, a répliqué le loup. Ève ne laisserait jamais entrer un Tracker ici.

La foule s'est avancée, comme un nœud coulant qui se resserrait autour de nos cous.

Le T-shirt de Kyle était trempé de sueur, et il m'a semblé voir des muscles tressaillir sous le tissu.

– Je vous jure que c'est un être humain et rien d'autre. Il est inoffensif.

– Et elle ? a demandé une voix au-dessus du bourdonnement de la foule.

Kyle s'est tourné vers moi, cherchant comment me permettre de sortir de là indemne.

Les loups ne lui ont pas laissé le temps de réfléchir.

Dans un mouvement si rapide qu'il m'a paru flou, une femme, partiellement transformée avec des mains et des dents inhumaines, m'a jetée à terre. Je suis tombée à genoux, heurtant douloureusement le sol. Serena a crié mon nom tandis que la femme déchiquetait le col de mon polo et de ma veste avec des doigts griffus. J'ai senti l'air froid quand elle m'a forcée à pencher la tête de côté, cherchant la marque des Trackers.

Kyle a bondi sur elle. Son visage était un masque de fureur, et pour la première fois, j'ai vu en lui l'homme qui avait tué pour me protéger. Il a saisi la femme et l'a écartée de moi mais elle s'est mise à se métamorphoser.

Ses os crépitaient, ses muscles se tendaient et ses vêtements tombaient un à un sur le sol, en lambeaux. Soudain, un loup à la fourrure couleur de miel a pris sa place.

J'ai essayé de me relever, mais quelqu'un m'a attrapée par-derrière et m'a à nouveau projetée sur le sol, à genoux.

– ÇA SUFFIT !

Un rugissement a déchiré l'air, provoquant un silence total.

Un homme est apparu, encadré de deux énormes loups au pelage roux. J'ai tenté de voir son visage mais une main sur l'arrière de mon crâne m'a contrainte à regarder le sol.

L'homme s'est placé entre moi et les loups.

– Lâchez-la.

Cette voix…

Je la connaissais…

La main m'a lâchée. J'ai relevé la tête juste au moment où l'homme me tournait le dos. À la tension de ses épaules, à leur puissance, on voyait qu'il était habitué à la violence. Son attitude, sa silhouette… et sa voix, tout cela m'était si familier…

– Ce sont des Trackers, Curtis, a déclaré le loup aux cheveux gris. Il a la marque.

J'aurais pleuré de soulagement. Je m'étais trompée. Je n'avais jamais croisé le chemin de ce Curtis. Même si j'étais bien placée pour savoir que les noms ne prouvent rien.

Je me suis relevée péniblement.

– Et tu allais faire quoi ? Le renvoyer en petits morceaux ? Commencer une guerre ? a continué Curtis.

Chaque syllabe était une menace.

L'autre loup a reculé et s'est enfoncé dans la foule.

Lentement, les autres se sont éloignés aussi, retournant aux tables de billard et à leurs boissons. Mon sauveur s'est tourné vers moi.

Et j'ai failli m'évanouir.

Car en dépit de mes pressentiments, rien ne m'avait préparée à plonger les yeux dans ceux de mon père.

Chapitre 5

— Hank ?
Prononcer ce nom me faisait l'effet de passer un papier de verre sur ma langue.

Il m'a attrapée par le bras.

J'étais si pleine de rage que j'ai essayé de me libérer.

— Ce nom-là n'existe plus depuis trois ans, a-t-il répliqué.

Jason et Kyle s'étaient remis debout. Un filet de sang coulait de la bouche de Jason et il s'appuyait sur Kyle comme s'il n'arrivait pas à tenir debout.

Kyle ne semblait en guère meilleur état. Il s'est écarté quand Serena est venue soutenir Jason, et a fait un pas vers moi. Aussitôt, sur un signe de Hank, trois hommes lui ont bloqué le passage.

— Surveillez-les, a ordonné mon père d'une voix forte, pour que tout le monde l'entende. Assurez-vous qu'ils ne bougent pas. Et personne ne les touche, compris ?

Il a traversé la pièce, m'entraînant dans son sillage. J'ai essayé de résister mais ça ne l'a même pas ralenti.

– Je ne veux pas laisser mes amis !

– Tu n'as pas le choix.

J'ai cru entendre Kyle – à moins que ça ne soit Jason – crier quelque chose, mais Hank m'a fait franchir une porte qui a claqué derrière nous. Nous avons ensuite parcouru un grand couloir gris et lugubre, et il m'a poussée dans une pièce.

J'ai titubé et me suis rattrapée de justesse à un fauteuil en cuir.

– À présent, Mackenzie, je m'occupe de loups.

Je m'étais attendue à un sermon…

On aurait pu croire qu'il s'excusait, mais Hank ne s'excusait jamais. Soudain, j'ai compris.

– Tu es contaminé !

Il a acquiescé.

– Ça fait trois ans et demi. Presque quatre.

Donc, il avait été infecté quand je vivais encore avec lui, et il ne m'avait rien dit. Décidément, plus je connaissais mon père, plus il me décevait.

J'ai examiné la pièce pour éviter de le regarder. Sièges en cuir, bois précieux et tapis d'Orient… Dans mon enfance, il n'aurait fréquenté un endroit pareil que s'il était en train de combiner une arnaque. Et ce luxe tranchait avec l'aspect délabré du reste du club.

Hank s'est assis sur le coin de l'énorme bureau en bois. Il semblait parfaitement à l'aise, comme s'il avait tous les droits d'être là.

Il portait un anneau d'argent à la main droite. La lumière s'y est reflétée quand il m'a indiqué le fauteuil.

– Assieds-toi.

Je ne voulais rien faire de ce qu'il disait – pas même une chose aussi insignifiante – mais mes jambes tremblaient toujours à cause de la bagarre.

Je me suis laissée tomber dans le fauteuil, luttant contre l'envie de mettre la tête entre mes genoux, comme dans un avion en difficulté.

J'ai marmonné :

– Pas de panique... Respire calmement...

J'ai vu un muscle tressaillir sur sa joue. Je l'énervais, peut-être ? Eh bien, c'était réciproque !

– Tu veux m'expliquer ce que tu fais à Denver dans un bar de loups-garous ? Avec un Tracker, en plus ?

Hank avait toujours eu une voix intimidante. Maintenant, en plus, il grognait comme un loup et elle faisait carrément peur.

– C'est pas un Tracker, dis-je en essayant de ne pas paraître impressionnée.

Je serrais les accoudoirs du fauteuil. À lui seul, ce meuble coûtait plus cher que tout ce que nous avions, Tess et moi. D'ailleurs, le contenu de cette pièce devait représenter deux fois le salaire annuel de ma cousine...

– Et puis, je ne comprends pas ce que tu fais dans un lieu aussi somptueux.

Hank s'est penché vers moi. Il avait les cheveux plus longs qu'autrefois et ils grisonnaient sur les tempes, mais ses yeux n'avaient pas changé. D'un bleu clair comme un ciel d'hiver, sans nuances et tout aussi inexpressifs.

– Je ne joue pas, Mackenzie. Pourquoi es-tu à Denver ?

– Qu'est-ce que ça peut te faire ?

– Tu es ma fille, a-t-il répliqué avec un haussement d'épaules, comme si cette réponse était évidente.

J'ai senti mon cœur se contracter. Il n'avait pas le droit de m'appeler sa fille ! Sa fille, il l'avait perdue bien des années avant même qu'il ne parte.

– Pourquoi ce loup t'a appelé « Curtis » ? Pourquoi ils t'écoutent tous ?

– Bon sang, Mackenzie ! As-tu la moindre idée du nombre de loups que les Trackers ont raflés et tués dans cette ville ? Si la meute m'avait vraiment mis au défi de le punir...

Il a fait craquer ses phalanges.

Ses mains étaient encore constellées de cicatrices, souvenirs de bagarres trop anciennes pour que le SL les efface.

Je me souvenais d'avoir versé de l'eau oxygénée sur ces coupures lorsqu'il revenait à la maison, tout sanguinolent. Une sensation de déjà-vu m'a inondée et une douleur lancinante m'a vrillé le front.

– Je veux savoir ce que tu faisais avec ce garçon.

Au bout d'un long silence, il a compris que je n'allais pas répondre.

– Il m'a appelé Curtis parce que c'est sous ce nom qu'ils me connaissent. Hank Dobson a un casier judiciaire trop rempli pour continuer à exister.

Ainsi il avait coupé les amarres avec son nom. Tout comme il avait coupé les amarres avec moi.

– Alors tu es venu à Denver.

– On a habité ici quelques mois quand tu étais petite. Déjà, à l'époque, il y avait plus de loups-garous que partout ailleurs dans le pays.

– Je vois. L'union fait la force.

Je ne me rappelais pas avoir jamais vécu dans cette ville – mais quand on ne reste jamais au même endroit plus de deux ou trois mois, difficile d'avoir des souvenirs.

– Quand est-ce arrivé, exactement ? Ton infection, je veux dire.

– Le jour où je n'ai pas voulu que tu reviennes chercher ton sac avant de filer ailleurs.

Vers l'âge de huit ans, j'avais commencé à porter un sac à dos contenant tout ce qui était vraiment important pour moi. Un nounours. La photo d'une femme qui selon Hank était ma mère. La figurine en plastique d'un chevalier sur un cheval blanc, et une poignée de petits billets chapardés dans le portefeuille de mon père. Au fil des années, le nombre de billets avait augmenté et le contenu du sac avait changé, mais il était toujours prêt, au cas où. Quelle que soit la raison qui poussait Hank à s'enfuir, j'avais toujours eu le temps de prendre mon sac à dos.

Jusqu'à ce jour où le temps m'avait manqué.

C'était au moins six mois avant qu'il m'abandonne à Hemlock. Six mois pendant lesquels il m'avait caché qu'il était contaminé.

– Tu as toujours été doué pour les mensonges, ai-je murmuré.

À cet instant, la porte du bureau s'est ouverte et Ève est entrée sans un mot. Le bruit de ses pas était étouffé par les épais tapis. Comme Hank, elle paraissait tout à fait à l'aise dans ce luxe.

– Je t'avais dit d'attendre au bar.

Le regard furieux que Hank lui a lancé aurait fait trembler des criminels endurcis, mais elle s'est contentée de hausser les épaules.

— Oui, mais il faut que tu saches qu'ils ont mis le Tracker et les deux loups dans la réserve. Heather avait peur que les gars ne respectent pas tes ordres.

— Des ordres que je n'aurais pas eu à donner si tu n'avais pas fait entrer ces gens ici.

Cette fois, Ève a rougi.

— Désolée. J'ai pensé que tu voudrais la voir.

En fait, elle n'avait pas du tout l'air désolée. Et le regard que Hank lui a lancé disait clairement qu'elle aurait dû l'être.

Désolée de faire de moi le problème de Hank.

Les yeux me brûlaient.

Tout ce que je voulais, c'était que Hank me rende mes amis et nous fasse sortir d'ici. Après, il n'aurait plus à me revoir.

— Rends-toi utile et ramène-la avec les autres jusqu'à ce que j'aie décidé quoi faire d'eux.

J'ai bondi.

— Jason et Serena n'ont rien à se reprocher. Tout ce qu'on voulait, c'était trouver Kyle et partir.

— Tu voudrais me faire croire qu'un Tracker est l'ami de deux loups-garous ?

— Je t'ai déjà dit que ce n'était pas un Tracker. Il n'a pas terminé son initiation.

Le regard d'Ève allait de mon père à moi et de moi à mon père, et elle ne cessait de tirer sur le bracelet de cuir qui cachait les cicatrices de son poignet.

À la voir si près de Hank – lui qui détestait qu'on l'approche – j'ai soudain compris qu'elle savait qui il était.

— C'est pour ça que tu nous as laissés entrer, ai-je dit en la fixant. Tu as reconnu mon nom !

Cette fois, elle a paru mal à l'aise.

– Je ne savais pas que tu étais avec un Tracker.

– Ce n'est pas un…

Une sonnerie m'a interrompue. Hank a sorti un portable de sa poche et a regardé l'écran avant de porter le téléphone à son oreille.

– Quoi ?

Il a écouté quelques instants avant de déclarer :

– Je te retrouve en bas.

Il a éteint son portable, s'est levé, puis s'est tourné vers Ève.

– Un groupe de Trackers a attrapé un loup près du parc Elitch. Il est vivant. Pour l'instant.

– C'est un des nôtres ? a demandé Ève d'une voix rauque.

– Probablement.

Il m'a pris le bras et m'a conduite vers la porte. Ève nous suivait d'un pas lent.

– Je vais avec toi, a-t-elle déclaré.

– Non. S'ils sont en chasse, ils sont peut-être encore dans le coin.

Il s'est arrêté à la moitié du couloir, devant une porte métallique que je n'avais pas remarquée tout à l'heure. Il a retiré une lourde barre en métal et la porte s'est ouverte d'un coup. Il m'a poussée à l'intérieur et j'ai eu le temps d'apercevoir Kyle, Jason et Serena avant de pivoter pour faire face à mon père. Ses yeux se sont posés sur Jason, puis sur les miens. Toujours aussi froids et indéchiffrables.

– Je reviens très vite.

Soudain, Ève a tendu le bras derrière lui et a plongé la main dans ma poche. Avant que j'aie eu le temps de reculer, elle avait pris mon téléphone.

— Faut pas laisser le Tracker appeler quelqu'un, a-t-elle déclaré en tendant mon portable à Hank.

La porte s'est refermée brusquement.

J'ai tenté de tourner la poignée. Nous étions enfermés.

★

Je ne sais pas combien de temps je suis restée à contempler la porte close. Assez longtemps pour que Kyle se lève, traverse la pièce et pose une main sur mon épaule.

— Mac ?

Je l'entendais à peine tant ma tête bourdonnait. J'ai serré fort les paupières.

J'avais très souvent imaginé me confronter à mon père, mais jamais je n'aurais pu penser qu'il m'arracherait à une meute de loups-garous pour m'enfermer dans un placard, pendant qu'il réglait des choses plus importantes.

Une excuse... voilà ce qu'il avait attendu de la part d'Ève, tout à l'heure.

— Pour avoir été obligé de s'occuper de moi, ai-je chuchoté.

— Mac ? Ça va ? Ils t'ont fait mal ?

Je voulais lui répondre, mais toutes les choses que j'aurais dû dire dans le bureau de mon père restaient coincées dans ma gorge. J'ai serré les poings et donné un grand coup dans la porte, les yeux toujours clos.

Enfin, ce que je croyais être une porte.

J'ai ouvert les yeux.

Jason se tenait devant moi, les mains levées. J'avais frappé dans sa paume !

Il avait une lèvre enflée et fendue, et sa chemise était déchirée, mais sinon, il semblait être sorti indemne de la bagarre.

– Si tu veux cogner, choisis quelque chose de moins dur, Mac.

Il a refermé la main sur mon poing fermé.

– Tu peux me croire, a-t-il ajouté. J'ai une sacrée pratique.

Il a regardé Kyle puis a lâché ma main et s'est écarté.

Kyle a tiré sur le tissu déchiré de mon T-shirt pour examiner mon cou et mon épaule. Il a paru soulagé.

– J'ai eu peur, dans la salle de billard, tout à l'heure… je n'arrivais pas à savoir si la louve t'avait égratignée.

– Ne t'inquiète pas. Je suis archiblessée mais rien n'est physique.

Serena est intervenue :

– Le type qui t'a emmenée tout à l'heure. Ce Curtis… Tu l'as appelé Hank.

Elle était assise sur un lit de camp entouré de cartons et de tabourets de bar déglingués. De l'autre côté du mur trônait un futon déchiré. La principale source d'éclairage venait d'une ampoule nue vissée au-dessus d'un évier taché. L'unique fenêtre, condamnée, ne laissait passer aucune lumière.

C'était un débarras, rempli de choses – et maintenant de gens – sans valeur.

J'ai enfoncé les mains dans mes poches, espérant que cela m'empêcherait de frapper devant moi à l'aveuglette.

– Son vrai nom, c'est Hank, pas Curtis. Hank Dobson. C'est mon père.

J'essayais de parler normalement, mais ma voix tremblait.

– Je ne savais pas qu'il avait été contaminé, ai-je repris. Il me l'avait caché.

Jason s'est tourné vers Kyle.

– Toi, tu l'avais reconnu ?

– Bien sûr que non, a répondu Kyle d'un ton offensé. Ce n'est pas comme si Mac montrait des photos de son père à tout bout de champ.

Il a voulu passer un bras autour de mes épaules mais j'ai reculé.

– Ce n'est pas toi…, ai-je dit en voyant son expression peinée. Si tu me touches maintenant, je vais pleurer.

Kyle a hoché la tête puis est allé s'asseoir à l'autre bout du lit de camp.

– Il se fait appeler Curtis Hanson, a-t-il dit. Ève me l'a présenté quand elle m'a amené ici, il y a quelques jours. Il est le chef de la meute d'Eumon.

– Chef de meute ? ai-je répété.

Hank avait toujours détesté les responsabilités. L'idée qu'il soit le chef d'un club de loups-garous était tout simplement insensée !

Kyle a continué ses explications.

– J'ai rencontré Ève le premier soir où je suis arrivé à Denver, a expliqué Kyle. Elle a essayé de me mettre en pièces avant de se rendre compte que je n'étais pas d'ici.

– Pourquoi t'a-t-elle agressé ? a demandé Serena en fronçant les sourcils. En général, les loups sont solidaires.

– En fait, il y a trois meutes séparées, ici, à Denver, et chacune a son territoire. Comme j'étais sur le territoire des Eumon, elle a cru que je venais en rival. Elle est petite, mais costaud.

Il y avait une étrange note de respect dans la voix de Kyle, et j'ai senti mon cœur se serrer. Je n'avais aucune raison d'être jalouse mais pourquoi Ève nous avait-elle menti en disant qu'elle ne le connaissait pas ? Qu'avait-elle à gagner, finalement ?

— Après, a poursuivi Kyle, comme elle s'est sentie coupable, elle m'a amené ici et m'a présenté aux autres. J'ai pu trouver des endroits où dormir. Eumon est la seule meute de la ville qui prend des solitaires — des gens qui n'ont pas été contaminés par quelqu'un du groupe.

— Tu aurais pu revenir à Hemlock.

Je me suis reprise aussitôt

— Tu *peux* toujours revenir à Hemlock.

— Ce n'est pas si simple. Et puis… vous êtes plus en sécurité sans moi.

Serena a poussé une exclamation de mépris.

— Ah ! Parlons-en ! Le gosse de riche est entré dans un groupe d'extrême droite, et la tutrice de Mac sortait avec un tueur en série. À côté, tu es aussi dangereux qu'un litre de lait dont la date de péremption a expiré depuis deux jours.

Je me suis dirigée vers le lit de camp et me suis accroupie devant Kyle. Lorsque j'ai réussi à parler, ma voix était trop haut perchée.

— Tu veux rentrer à Hemlock, n'est-ce pas ?

Son regard s'est assombri mais il n'a pas répondu. Peut-être n'arrivait-il pas à croire que j'aie posé une question aussi stupide…

Je me suis redressée en soupirant et ai marché jusqu'à la fenêtre. Une des planches me semblait un peu moins fixe que les autres. J'ai tiré dessus, puis j'ai tenté de la déplacer d'un coup d'épaule.

— Qu'est-ce que tu fais ? m'a demandé Jason.

— Je cherche un moyen de sortir d'ici. Vous n'envisagez pas sérieusement de passer la nuit dans ce cagibi ?

J'ai recommencé à frapper la planche.

— Nous *(bang)* allons *(bang)* sortir d'ici *(bang)* et *(bang)* rentrer chez nous.

À chaque coup, j'imaginais que je frappais Hank.

Je me suis arrêtée pour reprendre mon souffle, et soudain Jason a tenté d'arracher la planche. Elle a grincé sans bouger d'un millimètre.

— Ah, ces humains ! a marmonné Serena d'un ton affectueux.

Elle s'est levée, a poussé Jason et a envoyé son poing dans le bois. Le bas de la planche s'est déplacé, lui laissant la place de glisser les doigts par-dessous. En quelques secondes, elle avait dégagé la fenêtre.

Elle a regardé ses ongles.

— Et ma French manucure est restée intacte !

Un air frais a empli la pièce. Je l'ai inspiré jusqu'à ce que mes poumons manquent d'exploser.

Puis j'ai regardé la fenêtre de plus près. Elle était petite. Trop petite pour que l'un d'entre nous — même Serena — se glisse par l'ouverture.

J'ai ramassé une des planches et l'ai jetée sur le mur, les yeux pleins de larmes. Je sentais l'air nocturne sur le visage et entendais le bruit de la circulation, mais nous étions toujours pris au piège.

Je me suis laissée tomber sur le futon. Hank et ses loups nous tenaient bel et bien prisonniers.

J'ai remonté mes jambes contre ma poitrine et ai appuyé mon front sur mes genoux.

Au bout d'une minute, Kyle est venu s'asseoir près de moi. Cette fois, lorsqu'il a essayé de mettre un bras autour de mes épaules, je n'ai pas protesté.

★

— Tess ?

J'ai poussé la porte de sa chambre. Le matelas avait été dépouillé des draps et des couvertures, et les portes béantes de la penderie laissaient voir un cintre solitaire. Tout avait été vidé.

— Elle n'est pas ici.

Amy a traversé la pièce et s'est effondrée sur le lit.

— Tu vas le tacher.

Dès que les mots ont eu franchi mes lèvres, une flaque rouge est apparue sur le T-shirt blanc d'Amy.

Elle a soupiré et s'est redressée.

— Quel rabat-joie tu fais ! Ce n'est pas comme si Tess allait revenir.

Un oreiller gisait sur le sol. Je l'ai ramassé et l'ai serré contre moi.

— Elle reviendra. Elle ne serait pas partie sans moi.

Amy m'a décoché un petit sourire plein de compassion.

— Tout le monde t'abandonne. Tu n'as pas encore compris ça ?

En me voyant tressaillir, elle a froncé les sourcils.

— Désolée. Tout est déformé, vu de mon monde. Je finis par devenir aussi nulle que ce que je redoutais.

Je n'ai pas protesté.

Est-ce que Jason et Kyle voyaient Amy différemment ? Ou bien la culpabilité que je ressentais faussait-elle la vision que j'avais d'elle ?

Amy a tendu le bras pour toucher un petit creux dans le matelas.

— Il posait sa tête ici, tu sais.

Un frisson m'a parcouru le dos. Dire que Ben avait dormi dans ce lit ! Ce meurtrier sanguinaire…

Elle s'est levée et s'est étirée, puis a froncé les sourcils comme si elle réfléchissait.

— Ça ne te dérange pas que Ben et Kyle aient la même maladie ?

Je n'avais même pas besoin de réfléchir.

— Kyle n'est pas Ben, et une maladie ne change pas la nature de quelqu'un.

— Ben pensait que si.

Elle a marché jusqu'à la fenêtre et a tambouriné sur le rebord intérieur, d'un geste rapide et furieux — comme les battements du cœur d'un loup-garou.

— Franchement, Mac, comment peut-on sortir avec un loup ? D'accord, j'étais avec Trey, mais il ne m'a jamais dit qu'il était contaminé. En plus, tu as le choix. Jason te désire tellement que ça le consume.

J'ai rougi.

— Je ne veux pas parler de ça avec toi.

— Pourquoi ?

Amy s'est tournée pour me dévisager avec le plus grand sérieux.

— On en revient toujours aux relations qu'on a, a-t-elle poursuivi. Ma relation avec Jason. La relation de Ben avec son père. Mon arbre généalogique, avec un grand-père sénateur. Tout est lié, tout est relié. Les relations ont toujours des conséquences. Kyle le sait. C'est pour ça qu'il s'est enfui loin de toi. Il a peur de te contaminer, de t'entraîner dans des lieux où tu serais blessée ou tuée.

Elle a soupiré.

– Il n'a pas compris qu'on ne peut pas protéger les autres si c'est leur destin.

Pendant qu'elle parlait, les ombres se sont allongées dans la pièce. Des petites vrilles de brouillard montaient de l'obscurité. L'une d'elles est venue s'enrouler autour de mon poignet et des cloques sont apparues sur ma peau.

Amy m'a regardée d'un air triste.

– Tu vois ? Le destin gagne toujours.

Je me suis réveillée en sursaut. Par réflexe, Kyle m'a serrée plus fort, mais sa respiration demeurait profonde et régulière. Même en dormant, il veillait sur moi.

Il m'a fallu une seconde pour me rappeler où nous étions.

À quelques mètres de notre futon, Jason et Serena semblaient avoir été fauchés par le sommeil. Jason dormait assis, le dos contre le mur, et Serena avait posé la tête sur l'épaule de son compagnon.

Et bizarrement, je les voyais flous.

J'ai cligné des paupières. Une envie de tousser m'a écorché la gorge et les larmes me piquaient les yeux.

La pièce s'emplissait de fumée.

Chapitre 6

Kyle !
Je l'ai secoué par l'épaule et il s'est réveillé
— aussitôt, en toussant et en crachotant.

Vacillante, j'ai marché vers la porte.

J'ai touché le métal du bout des doigts. Il n'était pas chaud — pas encore — mais dans la pièce, la fumée s'épaississait.

Kyle a réveillé Serena et Jason. Une seconde plus tard, il me poussait fermement pour se jeter contre la porte.

Elle n'a pas bougé d'un millimètre.

Serena s'est jointe à lui. Tous les deux ont hurlé au secours, appelant pour qu'on nous laisse sortir. Dans le brouillard, j'apercevais des taches sombres sur les mains de Kyle : du sang.

Serena et lui s'étaient écorchés pour défoncer la porte et cela n'avait servi à rien.

Je me suis tournée, cherchant Jason des yeux. Il venait de prendre sa veste et celle de Serena sur le lit de camp, et les trempait dans l'évier. Puis, s'étouffant à moitié, il s'est glissé près de Kyle et a fourré les vêtements dans l'interstice au bas de la porte. Le flot de fumée s'est ralenti mais n'a pas cessé.

Serena a reculé loin de la porte et a pressé les mains sur les côtés de sa tête, comme pour ne pas entendre les cris et le vacarme dans le reste du bâtiment.

Nul doute qu'elle pensait à l'incendie qui avait ravagé sa maison.

– Serena ?

J'ai voulu poser ma main sur son épaule mais elle m'a flanqué une tape si forte que j'ai serré mon poignet meurtri.

– Oh mon Dieu, mon Dieu… Oh mon Dieu… répétait-elle d'une voix haletante.

La fumée me brûlait les poumons. J'ai reculé vers la fenêtre. Là, je respirais un peu mieux. Je me suis allongée par terre. C'est ce qu'on est censé faire, en cas d'incendie, non ? S'allonger sous la fumée.

Jason, à quelques mètres de moi, a eu la même idée. Personne ne pouvait résister très longtemps à l'asphyxie, mais lui et moi, nous n'avions que des poumons humains.

J'avais l'impression que les murs se refermaient sur moi et que le plafond se rapprochait.

Je ne veux pas mourir ici.

Jason a cherché ma main. Avais-je parlé tout haut ? Puis soudain, Kyle s'est accroupi près de moi et a pressé quelque chose d'humide et de froid sur mon nez et ma bouche. Son T-shirt. Il l'avait déchiré et trempé dans l'évier.

Puis il a posé un autre tissu mouillé sur le visage de Jason.

Je n'arrivais pas à voir Serena dans cette fumée, mais je l'entendais se jeter contre la porte. Pourtant, elle n'arriverait jamais à la faire céder. Pas toute seule…

Brusquement, ce bruit mat a cessé. Elle avait renoncé.

L'image de Tess s'est formée dans ma tête tandis que je m'efforçais de me remettre debout. Elle m'attendait.

Nous ne pouvions pas abandonner. Moi, je n'abandonnais pas.

Je suis parvenue à traverser la pièce et ai laissé mes doigts courir le long du chambranle de la porte. Il devait y avoir un gond, ou un espace. *N'importe quoi !* Kyle et Serena avaient essayé la force brutale, mais il devait y avoir un autre moyen de sortir. Les larmes coulaient sur mon visage. J'arrivais à peine à respirer, mais, au bout d'une minute, mes doigts ont trouvé un gond et l'encoche d'une vis.

— Il faut un tournevis ! me suis-je écriée d'une voix rauque. Qu'est-ce qu'on pourrait utiliser à la place ?

Pour toute réponse, il y a eu un grincement de métal et la lumière du couloir a inondé la pièce enfumée. Aussitôt, une voix a crié :

— Venez !

Je me suis frotté les yeux et ai tenté de scruter le brouillard. Ève se tenait devant nous, les cheveux emmêlés. Sa veste était déchirée à l'épaule et les cendres lui noircissaient les joues.

— Que s'est-il passé ?

Ma gorge me faisait atrocement mal et j'ai dû m'y reprendre à deux fois pour prononcer ces mots en sortant dans le couloir, suivie de mes amis.

— C'est une rafle. Il y a des douzaines de Trackers en bas.

Au fur et à mesure que la fumée se dissipait, mes idées redevenaient plus claires et je respirais mieux.

— Où est Hank ?

Ève a ouvert une autre porte, révélant une cage d'escalier à peine éclairée.

– Il est allé voir le loup blessé dans le parc et n'est pas revenu.

Des cris ont retenti à l'autre bout du couloir. Ève m'a attrapée par le bras et m'a lancée dans l'escalier. J'ai manqué m'écraser la cervelle contre le mur.

– File ! Ne t'arrête pas avant le dernier étage !

– Quoi ?

J'ai pivoté et ai regardé Ève comme si elle était devenue folle.

– L'immeuble est en feu et tu veux nous faire monter ?

– Il y a une sortie de secours au dernier étage. Une échelle.

Elle m'a saisie par l'épaule, poussée et remise en direction de l'escalier.

– Je lui fais confiance, a dit Kyle. Allons-y.

De toute façon, nous n'avions pas le choix. J'ai regardé par-dessus mon épaule pour m'assurer que tout le monde était là, et je me suis élancée sur les marches. En arrivant au palier du second, j'ai entendu une porte s'ouvrir à l'étage inférieur.

– Y a un groupe dans l'escalier de derrière ! a hurlé une voix rude.

Les Trackers.

Maintenant, on n'avait vraiment pas d'autre choix que de monter.

Il y a eu un bruit métallique, comme un tir, suivi d'une explosion de lumière tellement éclatante qu'instinctivement j'ai regardé en arrière. Kyle a repoussé Jason et Serena, et m'a attrapée par la main.

– Du gaz lacrymogène !

Il m'entraînait derrière lui mais pas assez vite pour éviter le deuxième flash accompagné d'un cliquetis si bruyant que cela m'a déchiré les tympans. Puis une odeur âcre m'a écorché la gorge et le nez. J'ai essayé de retenir ma respiration. Plus que quelques marches et nous étions arrivés.

Là-haut, on aurait dit un immense grenier rempli de douzaines de machines industrielles. Le clair de lune pénétrait à flots par une série de fenêtres cassées, et lorsque j'ai relevé les yeux, j'ai vu des trous béants dans le toit.

Serena et Jason ont débouché à leur tour de la cage d'escalier.

Les yeux de Serena étaient bordés de rouge, et elle soutenait Jason. Le visage luisant de larmes et de sueur, il s'est écarté d'elle et a vomi. Ève est arrivée un instant plus tard. Elle aussi a eu un haut-le-cœur.

Les yeux pleins de larmes, le nez coulant, elle est passée devant nous d'un pas vacillant pour aller à l'autre extrémité de la pièce. Là, elle a repoussé une bâche en plastique révélant un mur tellement couvert de graffitis qu'on aurait dit un organisme vivant.

Elle a passé la main sur une surface peinte en bleu et ses doigts se sont refermés sur une boucle en métal qui jusque-là avait été complètement invisible. Les bras tremblants, elle a tiré vers elle un pan du mur.

Par-dessus son épaule, j'ai vu un passage exigu et rudimentaire.

— Ça débouche sur une sortie de secours, a expliqué Ève. Du côté sud de l'immeuble.

L'espace devait mesurer moins de cinquante centimètres de large. Il était si étroit qu'il faudrait y avancer de profil, et une personne plus grande que moi devrait se voûter. À quelques pas de l'ouverture, c'était l'obscurité totale.

Une fois la trappe rabattue derrière nous, on n'y verrait rien. J'ai fixé les ténèbres et me suis imaginée en train de brûler vive pendant que l'incendie consumait l'immeuble.

Serena était sur la même longueur d'onde.

– Je préfère encore avoir affaire aux Trackers, ai-je murmuré.

– Trop tard.

Le ton de Serena m'a fait frissonner. Elle avait peur…

– L'incendie est de l'autre côté de l'immeuble, a repris Ève avec une expression furieuse et autoritaire qui m'a rappelé mon père. Vous avez le temps de sortir tous les trois si vous partez maintenant.

– Je vais le regretter, a marmonné Serena en pénétrant dans le passage.

J'hésitais car je venais de comprendre ce qu'Ève avait dit.

– Tous les trois ? ai-je répété.

– Vous, je vous laisse sortir à cause de Curtis. Mais pas le Tracker.

Elle a saisi Jason par le bras et son regard s'est planté dans le mien avant de poursuivre :

– Curtis n'est pas ici et je ne sais pas combien de personnes les Trackers ont réussi à capturer.

– Il n'a rien à voir dans tout ça ! ai-je protesté. Et puis, il n'avait aucun moyen de prévenir les Trackers. On n'a plus nos téléphones.

Le torse de Kyle luisait de sueur et les muscles de ses épaules et de ses bras étaient si tendus qu'on les aurait crus en métal.

Une lueur de colère est passée dans les yeux d'Ève.

– Peut-être. Et peut-être pas. De toute façon, il nous servira de caution.

– Non ! Il vient avec nous !

J'ai fait un pas vers Ève mais Jason a secoué la tête.

– Je vais me débrouiller, Mac.

De sa main libre, il a tiré sur le tissu de son T-shirt, le déchirant encore davantage pour dégager la marque noire sur son cou, avant de poursuivre :

– Hier soir, pas mal de Trackers m'ont vu en ville. L'un d'eux me reconnaîtra.

– Jason, non ! Il n'en est pas question !

Il s'est tourné vers Kyle.

– Assure-toi qu'elle sorte d'ici.

Il a ensuite jeté un coup d'œil à Serena, à peine visible dans l'ouverture du passage.

– Et elle aussi, bien sûr, a-t-il ajouté.

Kyle a hoché la tête et m'a prise par le bras. J'ai lutté sans pouvoir me dégager.

– Kyle ! Non ! On ne peut pas le laisser comme ça !

Il a fermé les yeux pendant un quart de seconde.

– Ne crains rien, je ne le laisse pas, a-t-il dit avant de nous pousser dans l'ouverture, Serena et moi, avec sa force de loup-garou.

Et il a refermé la trappe.

L'obscurité est devenue absolue.

Pendant une seconde, je n'ai pas pu respirer.

Puis je me suis jetée contre le battant, qui n'a pas bougé.

– Kyle ! Ouvre-nous ! Ky…

La main de Serena m'a bâillonné la bouche. Elle sentait la fumée et une autre odeur plus âpre, écœurante, qui venait probablement du gaz lacrymogène.

Il y a eu un grand bruit, de l'autre côté du mur.

Une chute… puis un cri aigu. *On aurait dit Jason…*, ai-je songé, horrifiée.

Serena a mis ses lèvres contre mon oreille.

– Une fois qu'on aura trouvé la sortie, on pourra toujours revenir. Filons !

Nous avons progressé à tâtons, le cœur battant, puis un autre grincement a retenti derrière nous, et un triangle de lumière a transpercé l'obscurité.

Les Trackers avaient ouvert la trappe ? Alors chaque seconde comptait…

– Vas-y ! Je te suis !

Cette fois, c'est moi qui ai poussé Serena. Elle était plus rapide et pourrait s'enfuir, même s'ils m'attrapaient.

Comme si elle avait pensé la même chose, elle m'a pris la main – enfin, disons qu'elle l'a broyée –, me tirant vers la sortie.

Bientôt, l'air frais m'a frappé le visage. Sans Serena qui me tenait toujours, je serais tombée de l'étroite plate-forme métallique, au sommet de l'escalier de secours.

J'ai baissé les yeux sur une volée de marches rouillées et branlantes, reliées par un réseau d'échelles. Si on tombait de là, on se briserait les os.

– Allez, vite !

Serena a descendu l'échelle de secours à une vitesse vertigineuse, puis, se rappelant que j'étais humaine, donc lente, elle a attendu que je la rejoigne.

Descendre trois étages aurait dû être plus facile que d'en monter deux, mais mes pieds et mes mains n'arrêtaient pas de glisser des barreaux. Le métal grinçait et gémissait sous mon poids, et les cris nous parvenant depuis l'intérieur du bâtiment aggravaient ma panique.

Au moment où nous passions devant le premier étage, une grosse voix masculine nous a interpellées :

– On vous tient en joue... Descendez lentement.

Serena s'est figée, et j'ai jeté un coup d'œil en bas.

Trois Trackers s'étaient groupés au pied de l'échelle de secours. Pendant une seconde, j'ai envisagé de remonter, puis j'ai vu un des hommes braquer un fusil sur Serena.

Nous étions piégées.

Les jambes flageolantes, j'ai retrouvé Serena une fois en bas. Elle m'attendait, les mains en l'air.

Deux hommes portant des gilets pare-balles et arborant les tatouages des Trackers m'ont tiré les bras derrière le dos avant de me passer de lourdes menottes. Près de moi, Serena a subi le même sort. Un des hommes l'a saisie un peu trop rudement et elle lui a flanqué un coup de coude dans les côtes.

Le souffle coupé, l'homme a cherché à tâtons le holster accroché à sa ceinture.

– Si tu la tues, on aura une prime en moins, a protesté un de nos assaillants, avant d'envoyer un message radio annonçant qu'ils avaient trouvé deux autres louves.

Nous avons contourné le bâtiment sous une pluie de cendres et de bardeaux en flammes. La clôture qui, quelques heures auparavant, transformait la propriété en forteresse, gisait sur le sol. Mes tennis se sont prises dans les mailles du grillage tandis qu'ils nous poussaient vers une vingtaine de loups groupés sur le trottoir.

Menottés, comme nous.

Des silhouettes noires montaient la garde tout autour : des Trackers, l'arme au poing.

La grande bâtisse semblait en ruine. Le feu avait gagné les deux derniers étages et le toit disparaissait sous les flammes.

J'ai pivoté en entendant mon nom prononcé par une voix familière, rendue rauque par la fumée. Kyle ! Il avait une brûlure sur le bras et une entaille sur le torse, mais ce n'était rien, pour un loup-garou. Son corps allait cicatriser en un rien de temps.

Je me suis lovée contre lui. Pour la première fois depuis que je m'étais retrouvée enfermée dans le passage, je respirais normalement.

Au bout d'une seconde, je me suis écartée.

– Où est Jason ?

Une ombre a passé sur le visage de Kyle.

– Je ne sais pas. Ils ont vu le tatouage sur son cou et ils nous ont séparés dès que nous sommes sortis du bâtiment.

J'ai senti mon cœur se serrer. En temps normal, son tatouage lui aurait assuré d'être en sécurité parmi les Trackers. Mais ils l'avaient trouvé dans un repaire de loups-garous. Il devrait se justifier. Car s'ils pensaient qu'il avait la moindre sympathie pour des loups, ils se déchaîneraient contre lui.

Un gros camion a descendu la rue avec fracas et a pilé devant nous. Deux Trackers ont ouvert les portes arrière avant de lancer une rampe d'accès qui a heurté le trottoir avec un bruit métallique.

Ils nous ont fait monter à bord, comme du bétail. J'ai aperçu la chevelure flamboyante d'Ève, le temps d'une seconde. Le temps de la voir disparaître à l'intérieur.

Puis cela a été le tour de Serena. Puis Kyle. Puis moi.

J'ai essayé de résister, de me tourner pour chercher Jason des yeux, mais quelqu'un m'a poussée rudement sur la rampe. Juste avant de pénétrer dans le camion, j'ai entendu un des hommes expliquer que l'incendie était dû à une bougie renversée.

À l'intérieur j'ai glissé sur une petite flaque de sang et suis tombée à genoux. Avec mes poignets menottés, je n'avais aucun moyen de me retenir. J'ai gémi de douleur avant de me mordre les lèvres. Les loups-garous ne gémissent pas pour des égratignures aux genoux, et si les Trackers se rendaient compte que j'étais humaine, je perdrais ma seule chance de découvrir où ils emmenaient Kyle et Serena.

Tant bien que mal, je me suis approchée de la paroi. Il n'y avait ni banquette ni sièges : ce véhicule était fait pour transporter des marchandises, et non des passagers.

J'ai levé les yeux.

Dehors, Jason essayait de franchir le barrage des Trackers. Il a dit quelque chose d'un air furieux. Cependant, dans ce chaos, je n'ai pas compris un seul mot.

Son visage et ses vêtements étaient striés de cendres, mais il n'était pas menotté et les Trackers ne l'avaient pas réduit en bouillie.

Il s'en sortait sain et sauf.

Son regard a rencontré le mien. Farouche. Désespéré. Déterminé.

– Ça ira, ai-je chuchoté, tout en sachant qu'il ne m'aurait pas crue s'il avait pu m'entendre. Je te promets que ça ira.

Ses yeux continuaient à me fixer lorsque les portes du camion se sont refermées d'un coup sec.

Chapitre 7

Nous sommes restés pelotonnés dans l'obscurité pendant ce qui nous a paru des heures. Le mélange des odeurs de sueur, de peur et de fumée nous donnait la nausée. Certains d'entre nous pleuraient, d'autres priaient. La plupart étaient trop terrifiés pour émettre le moindre son.

Quelques loups ont réussi à sortir leur portable ou leur iPod des poches de leur voisin ou voisine. On n'avait aucun réseau mais ils s'en servaient de lampes de poche. Les faibles lueurs électroniques transperçaient la pénombre, rendant les choses un peu plus supportables.

Un tout petit peu.

— Nous allons mourir.

La voix était jeune, masculine, et s'est brisée sur la dernière syllabe.

— C'est ce qui nous attend, non ? Ils vont tous nous tuer !

Personne n'a répondu, et c'est comme si le silence lui avait fait franchir une frontière invisible.

– C'est ce qui nous attend, non ?

Il s'est mis debout et a commencé à faire les cent pas d'un bout à l'autre du camion. Les fins rayons de lumière le zébraient au passage.

Lorsqu'il passait près de nous, je sentais Kyle et Serena se raidir de chaque côté de moi, craignant de le voir se jeter sur eux.

J'ai entendu distinctement les craquements de ses os lorsqu'il a cédé à la peur. Les menottes étaient lourdes, mais sûrement pas assez solides pour résister à une métamorphose.

Mon cœur menaçait de bondir de ma poitrine et j'ai cherché la main de Kyle.

Une autre silhouette s'est levée. Il m'a fallu quelques instants pour reconnaître Ève.

– Bastian…

Le garçon l'a ignorée.

Tanguant en raison des cahots, elle s'est avancée et lui a bloqué le passage.

– Bastian, écoute-moi, a-t-elle dit d'une voix ferme. Nous n'allons pas mourir.

Il a commencé à protester et elle l'a coupé.

– Écoute-moi ! S'ils voulaient notre mort, ils auraient bouché les issues de l'immeuble quand l'incendie a éclaté, ou ils nous auraient fusillés dans la rue. Ils ne tueront personne à moins que nous ne leur en donnions l'occasion. Si tu te transformes, par exemple.

J'ai retenu mon souffle. Après ce qui a semblé une petite éternité, le garçon a regagné sa place.

Près de moi, Serena a poussé un long soupir.

– On s'en sortira, a repris Ève en s'adressant à la cantonade. Curtis va trouver une solution. La meute viendra nous chercher. En attendant, il faut surtout rester calmes.

Seuls l'épuisement et la peur m'ont empêchée de rire.

Personne ne viendrait nous chercher, et encore moins mon père !

Quelle relation avait Ève avec Hank, pour imaginer une chose pareille ?

À cet instant, le camion a roulé sur une chaussée défoncée, et Serena a retenu un cri. Ses yeux brillaient et j'ai compris qu'elle pleurait. La seule fois où j'avais vu mon amie verser des larmes, c'était le soir où un groupe de Trackers les avait poursuivis, elle et son frère.

– Je suis vraiment désolée.

J'avais demandé à Serena de venir à Denver. C'était à cause de moi qu'elle se retrouvait là. Aucune excuse ne suffirait à la libérer.

Elle n'a pas réagi et chaque instant de silence augmentait la pression sur ma poitrine. Enfin, elle a dit :

– Tu ne pouvais pas savoir que ça se passerait comme ça.

Puis elle a fermé les yeux et a reculé légèrement, indiquant ainsi qu'elle ne voulait plus parler.

Kyle m'a pressé la main et a déposé un baiser très doux sur mes cheveux.

– Ce n'est pas ta faute, a-t-il chuchoté.

– Si.

J'ai posé la tête sur son épaule. Sa peau nue était chaude et sentait vaguement la fumée.

– En fait, je crois que ma tentative de te sauver malgré toi a été un échec retentissant, ai-je marmonné, la gorge serrée. Si tu n'avais pas été enfermé à cause de moi, tu aurais pu sortir avant l'arrivée des Trackers.

Une larme a glissé sur ma joue et sur la poitrine de Kyle. Je l'ai senti se contracter.

– Je t'aime, Mac. Tu le sais, n'est-ce pas ?

– Moi aussi, je t'aime.

Les seules fois où l'un de nous avait réussi à avouer ses sentiments, c'était pendant ou juste après un danger mortel. Quelle ironie !

Soudain, le camion s'est arrêté dans un soubresaut.

La peur m'a envahie, et j'ai senti mon T-shirt s'imprégner de sueur.

Près de moi, Serena a laissé échapper un petit bruit étranglé.

Il fallait que je trouve un moyen de la sortir d'ici ! Jamais je ne me pardonnerais de l'avoir entraînée dans cette galère.

Quelqu'un a ouvert les portes. À l'intérieur, les gens se sont mis debout tant bien que mal, reculant dans l'ombre, tandis que deux Trackers abaissaient la rampe. Deux autres nous surveillaient, leur arme braquée sur nous. J'ai frissonné. À côté d'eux, les Trackers de Hemlock paraissaient insignifiants.

Une fois dehors, ils nous ont comptés.

Puis des gardes en uniforme bleu nous ont fait traverser un large trottoir, comme un troupeau. Ils étaient armés, eux aussi, et nous surveillaient étroitement.

Comme s'il y avait un endroit où se réfugier, dans cette campagne déserte !

Nous sommes arrivés dans une cour, derrière un portail métallique. Une clôture d'au moins neuf mètres de haut surmontée de boucles de fil de fer barbelé acéré s'étirait de chaque côté de l'entrée et disparaissait dans l'obscurité, à l'infini.

Serena a penché la tête de côté.

– Elle est électrique, a-t-elle murmuré.

– Elle a raison. J'entends le voltage grésiller.

La fille du café – celle avec la mèche indigo – se tenait à côté d'Ève.

Elle a tiré sur ses cheveux à pleines mains avant de presser ses paumes sur son crâne.

– Ce n'est pas possible que je sois ici... Dites-moi que c'est un cauchemar...

– Ne t'en fais pas, Mel. Tout ira bien.

La voix d'Ève se voulait rassurante, mais son regard allait nerveusement des gardes aux Trackers.

– Ce n'est pas pour moi que je m'inquiète, a repris Mel, la voix étranglée de chagrin. Qui va s'occuper de ma grand-mère ? Elle n'a personne d'autre pour vérifier qu'elle prend ses médicaments... Que va-t-il lui arriver quand je ne rentrerai pas à la maison ?

Ève n'a pas répondu.

J'avais l'impression de les espionner. Aussi, j'ai détourné les yeux.

De l'autre côté de la cour, un bâtiment de deux étages se dressait dans la nuit. Ses murs de brique rouge étaient couverts de lierre et son toit semblait assez pointu pour percer le ciel. Cette architecture ancienne tranchait avec les bâtisses sans étage qui s'alignaient derrière.

Il n'y avait rien pour indiquer dans quel camp nous venions d'arriver. Aucun panneau, aucun nom nulle part.

Un homme s'est avancé, tenant une écritoire à pince dans les mains.

— Vous allez vous séparer en deux files. Ceux et celles qui ont moins de dix-huit ans, ou juste dix-huit ans, rangez-vous sur la gauche. Les plus de dix-huit ans, rangez-vous sur la droite.

J'étais entre Kyle et Serena. Il n'y avait que trois loups dans la rangée de droite. L'homme a ouvert nos menottes. J'ai massé mes poignets ankylosés.

Cependant, personne n'a ôté leurs menottes aux loups de l'autre file, dont les gardes nous ont éloignés. Ils nous ont fait passer devant une rangée de Jeep blanches identiques, pour gagner un bâtiment en briques, blanches elles aussi, près du portail. Sur la porte, un petit panneau portait l'inscription : ADMISSIONS.

À l'intérieur, on nous a laissés dans une pièce sans fenêtre aux murs carrelés de blanc. Des néons étaient scellés au plafond. L'un d'eux, en panne, clignotait irrégulièrement et bourdonnait, comme ces lanternes que les gens accrochent dehors pour piéger les insectes. La pièce était dépourvue de meubles à l'exception de trois cabines vitrées sur le mur du fond, contenant des tables noires identiques. Les parois de verre me rappelaient la chambre aux tortures du magicien Houdini – un grand coffre transparent rempli d'eau, dont il devait se libérer, ligoté tête en bas et suspendu par une corde.

Personne ne s'est approché des cabines. L'instinct, grégaire ou non, nous faisait nous presser les uns contre les autres, aussi loin que possible de ces étranges structures.

Au bout de quelques minutes, deux gardes avec des holsters à la ceinture – abritant un Taser d'un côté, un revolver de l'autre – ont fait entrer un homme jeune, à la peau sombre et aux yeux écartés. Il était vêtu de blanc et poussait une table roulante métallique devant lui.

Il s'est éclairci la gorge.

– Veuillez former trois files, une devant chaque cabine.

Personne n'a bougé.

Les gardes se sont avancés pour nous séparer, menaçant de se servir de leur Taser lorsqu'un loup ne se déplaçait pas assez vite.

Je me suis retrouvée en sixième position dans la file du milieu. Serena était juste devant moi, et Kyle au tout début de la file de gauche.

– Quand on vous le demandera, entrez dans la cabine en face de vous, a repris l'homme en blanc. Ensuite, suivez les instructions. Premier groupe, allez-y !

J'ai eu du mal à ne pas céder à la panique, à ne pas courir vers Kyle lorsqu'il a ouvert la porte vitrée.

Après une seconde d'hésitation, les deux autres loups se sont exécutés eux aussi.

Puis il y a eu un déclic sonore, comme si les trois portes s'étaient verrouillées automatiquement.

La louve de la cellule du milieu – une fille aux dreadlocks qui lui descendaient jusqu'à la taille – s'est retournée brusquement en comprenant qu'elle était enfermée. Sa bouche s'est ouverte sur un cri silencieux, tandis qu'elle martelait la paroi de verre de ses poings. Son T-shirt Emily the Strange semblait se déformer à chacun de ses mouvements.

L'homme en blanc s'est avancé vers un interphone, et a pressé un bouton. Sa voix a résonné dans un haut-parleur.

– Le verre Securit est incassable et insonorisé. Alors calmez-vous et suivez les instructions. Il y en a pour une minute.

Les épaules tremblantes, la fille a obéi. Le regard de Kyle a rencontré le mien. Juste un instant avant que je ne voie son dos tourné. Que leur ferait-on ? Pourquoi cette procédure ?

Je craignais le pire et pourtant, une minute plus tard, Kyle a pivoté, indemne. Il serrait quelque chose dans son poing.

– Groupe suivant !

L'ordre de l'homme en blanc a coïncidé avec un autre déclic. Les trois loups sont sortis des cabines et se sont dirigés vers lui pour lui remettre ce qui ressemblait à un petit carré de plastique.

Ensuite, l'homme leur a dit d'aller attendre au fond de la salle.

Trois groupes plus tard, cela a été le tour de Serena. Elle a tressailli lorsque la porte s'est refermée derrière elle, mais elle aussi en est sortie sans dommages.

– Suivant !

Je sentais le regard de Kyle sur moi. *Je ne risque rien*, me suis-je dit. *Sinon, Kyle aurait piqué une crise.*

Pourtant, j'ai cru défaillir en entendant le déclic du verrou automatique. Une odeur forte et âcre, comme celle de l'eau de Javel, a empli mes narines et brûlé ma gorge.

J'ai regardé de chaque côté. Mel, la fille du café, était dans la cabine à ma droite, et un garçon inconnu occupait celle de gauche. Les parois latérales étaient en verre dépoli jusqu'à hauteur de la poitrine.

Une voix automatisée est sortie d'un haut-parleur invisible.

– Prenez une plaque dans le distributeur au milieu de la table.

J'ai pris un petit rectangle transparent dans la pile et l'ai tenu entre le pouce et l'index.

– Placez la plaque sur le comptoir et appuyez sur le X rouge avec le centre de votre index.

À une dizaine de centimètres du distributeur, il y avait un cercle blanc, avec un X rouge au centre. J'ai fait ce que la voix disait, non sans retenir mon souffle.

– Aïe !

Quelque chose m'a piquée.

– Appuyez votre doigt sur la plaque jusqu'à ce qu'un échantillon de votre sang soit clairement visible, puis prenez une deuxième plaque dans le distributeur et placez-la sur la première. Si vous cicatrisez avant de pouvoir faire cela, remettez votre doigt sur le X rouge et recommencez la procédure. Une fois celle-ci terminée, prenez une enveloppe dans le deuxième distributeur situé sur le côté de la table, et glissez votre plaque à l'intérieur.

Étant humaine, jamais je ne cicatriserais sur-le-champ… Sans hâte, j'ai mis mon échantillon de sang dans une enveloppe en plastique opaque.

En revanche, mes pensées allaient à mille à l'heure. Neuf mois auparavant, le laboratoire Cutterbrown, en partie dirigé par le père d'Amy, avait annoncé qu'ils travaillaient sur un test permettant de détecter le SL. Presque un an plus tard, ils n'avaient toujours pas fait de découverte majeure – du moins ils n'avaient rien publié à ce propos.

Était-il possible qu'ils aient déjà mis ce test au point ? Et qu'ils l'utilisent dans les camps ?

J'ai regardé Mel dans sa cabine. À l'évidence, elle n'arrivait pas à prendre un échantillon. Les larmes coulaient sur son visage.

Quelque chose a heurté violemment le mur sur ma gauche et j'ai sursauté. Le garçon à côté de moi avait une crise de panique. Il criait des mots que lui seul pouvait entendre, et les muscles de ses bras tressaillaient et se tordaient. Horrifiée, j'ai compris qu'il était sur le point de se métamorphoser.

La voix de l'homme en blanc a retenti à nouveau vers l'interphone.

— La fille du milieu et celle de droite, veuillez sortir et me donner vos échantillons.

Il y a eu un déclic et nos portes se sont ouvertes.

Mel est sortie, tenant son enveloppe du bout des doigts, les épaules voûtées.

Je me suis rappelé ce qu'elle avait dit dans la cour à propos de sa grand-mère. Elle avait vraiment besoin de sortir d'ici, et moi j'avais deux bonnes raisons de rester dans le camp. J'ai pris ma décision en une seconde.

Trois autres gardes se sont précipités dans la pièce et ont foncé vers la cabine du milieu. Mel s'est arrêtée pour les regarder, comme toute la salle. Difficile de trouver meilleure occasion pour ce que je voulais faire...

Les gardes ont ouvert la porte de la cabine en visant le garçon de leur Taser. J'ai reculé comme si j'avais peur, et ai heurté Mel aussi fort que je le pouvais.

Surprise, elle a lâché son enveloppe. La mienne a touché le sol une fraction de seconde plus tard, tandis qu'une vive douleur me vrillait l'épaule. Heureusement, aucune plaque ne s'est cassée.

— Désolée, ai-je soufflé avant de m'accroupir pour ramasser les enveloppes avant elle.

Avec un sourire d'excuse, je lui ai tendu mon échantillon.

Mel l'a pris machinalement, le regard toujours rivé sur les gardes qui traînaient maintenant le garçon inconscient hors de la pièce.

— Il ne supporte pas la vue du sang, a-t-elle chuchoté d'une voix rauque.

Bizarre, pour un loup-garou, ai-je pensé en me dirigeant vers la table roulante.

Kyle, lui, fixait ma main. Il a voulu s'avancer vers moi mais un garde a fait un pas en pointant son Taser et lui a ordonné de rester avec les autres.

Kyle a plongé le regard dans le mien, posant une question que je devinais aisément.

Mon enveloppe m'a soudain paru peser une tonne. J'ai été soulagée de la tendre à l'homme en blanc, qui y a inscrit mon nom.

Ensuite, j'ai pu rejoindre Kyle et Serena. Kyle voulait me parler, mais cernés comme nous l'étions, il ne pouvait rien dire sans être entendu.

Avant que les derniers échantillons soient ramassés, deux autres loups ont cédé à la panique. L'un à la vue du sang, l'autre parce qu'elle était claustrophobe. Ils ont donné une autre chance à la fille. En revanche, le garçon a reçu un tir de Taser et ils l'ont emmené, inconscient.

Une fois sa tâche terminée, l'homme en blanc a quitté la pièce et les gardes l'ont suivi.

Nous, nous avons attendu.

Au bout d'un moment, quelques personnes se sont enhardies à sortir leur téléphone portable, mais, comme dans le camion, ça ne passait pas. Personne ne parlait. C'était comme si nous avions tous peur que les gardes ne reviennent si nous prononcions un seul mot.

Finalement, ils ont appelé les loups par groupe de deux ou de trois pour leur demander de sortir, au fur et à mesure que les résultats des tests arrivaient.

Sauf Mel, qu'ils ont fait partir par la porte où nous étions entrés. Bon, ça avait marché !

Tant qu'elle ne s'étonnerait de rien, elle avait une chance de sortir du camp. Et au moins, j'avais réussi à sauver quelqu'un…

Kyle et moi sommes passés en dernier.

— Dis-moi que tu n'as rien fait d'idiot avec ces prélèvements.

Il me regardait pourtant comme s'il connaissait la réponse.

— Euh… en fait, j'ai échangé nos plaquettes.

Kyle a prononcé une série d'obscénités qui auraient beaucoup impressionné Jason.

— Mac, il faut que tu leur dises la vérité. Ils te feront un autre test et tu seras libre.

— Pas question. Je ne veux pas te laisser, ni Serena. C'est de ma faute si vous avez atterri ici.

— Voyons, c'est un camp de loups ! Tu vas te faire dévorer ! Écoute… Si tu ne veux pas leur dire que tu es humaine, je le ferai.

— Alors ils vont ramener cette fille ici. Tu l'as entendue, tout à l'heure, dans la cour ! Sa grand-mère est malade et seule au monde. Tu veux vraiment l'empêcher de la rejoindre ?

— Ce n'est pas le problème. Tu ne devrais pas être ici !

Sa voix était devenue basse et profonde, presque un grognement. J'ai secoué la tête avec tristesse.

– Toi non plus, ni Serena. On ne sait même pas où on est. Si je reste quelques jours, je pourrai peut-être vous faire sortir d'ici ou apprendre quelque chose d'utile, et prévenir l'ALG.

L'ALG – les Amis des loups-garous – était un des rares groupes qui faisaient du lobbying pour les droits des loups.

Kyle m'a dévisagée comme si j'avais complètement perdu la tête.

– Et il y a Hank ! ai-je insisté, me raccrochant désespérément à l'invraisemblable. Tu as entendu Ève : elle pense qu'il viendra nous chercher. Sans parler de Jason…

Je serrais le bras de Kyle à lui faire mal.

– Je me ferai discrète et j'observerai ce qui se passe – ne serait-ce que pour découvrir où nous sommes – et dans quelques jours, je leur avouerai que je ne suis pas contaminée. Comme ça, je pourrai au moins dire à Trey où est Serena. S'il te plaît, Kyle, quelques jours seulement !

Plusieurs émotions ont passé sur son visage : l'inquiétude, la frustration, la culpabilité. Puis la résignation, lorsqu'il a repoussé une mèche sur mon front.

On nous a emmenés dans une petite pièce nue et blanche.

Elle me rappelait les salles d'interrogatoire qu'on voyait dans les films de guerre ou d'espionnage. Une impression aggravée par le miroir qui occupait tout un mur, et par les deux gardes – un homme et une femme – qui nous surveillaient d'un air morose.

L'homme était grand et dégingandé, avec une crinière rousse et un teint pâle. La femme avait des cheveux gris coupés très court et un corps massif. Manifestement, tous les deux auraient préféré être dans leur lit.

Et ils n'étaient pas les seuls.

Une femme aux lunettes à monture d'écaille, en blazer noir, a étouffé un bâillement avant de nous ordonner de tendre notre bras gauche. Un autre prélèvement sanguin ? Je tremblais d'appréhension. Mais non, en fait, elle voulait nous passer au poignet un large bracelet en métal où était gravé un numéro à quatre chiffres.

– Ces bracelets d'identification sont conçus pour se dilater ou se contracter pendant les métamorphoses, a expliqué la femme d'une voix aussi sèche et indifférente qu'un vent du désert. Toute tentative de les enlever déclenchera une alarme automatique auprès de l'équipe de sécurité.

J'ai passé la main sur le bracelet. Il était épais, et la soudure, au milieu, avait été mal faite. Lorsque j'ai tiré sur la moitié supérieure, j'ai aperçu un autre cercle de métal enchâssé à l'intérieur.

Le regard noir que m'a lancé la femme était si intense que j'ai tressailli.

– Je voulais juste voir comme c'était fait, ai-je balbutié. Je n'essayais pas de l'enlever.

Elle a pincé les lèvres et nous a tendu une écritoire à chacun.

– Allez remplir ces formulaires d'admission dans la salle d'attente.

Les gardes nous ont fait sortir par une autre porte, puis nous avons suivi un couloir et pénétré dans un espace étroit, qui ressemblait plus à une cage qu'à une salle d'attente. Il y avait trois portes : celle que nous venions de franchir et deux à l'autre extrémité. Le plafond était si bas que j'aurais pu le toucher en tendant les bras et en montant sur la pointe des pieds.

Les seules couleurs étaient celles des vêtements des adolescents assis par terre, adossés aux murs gris. Il n'y avait ni chaises ni bancs.

J'ai poussé un soupir de soulagement en voyant Serena. En revanche, elle n'a pas eu l'air contente de me voir.

– Dis-moi qu'elle n'a pas fait ce que je pense qu'elle a fait, a-t-elle murmuré à Kyle, tandis que les loups se poussaient pour nous faire de la place.

– Chut...

J'ai baissé les yeux sur le formulaire. Un stylo était attaché à l'écritoire. *Sans blague...* me suis-je dit. *Ils nous ont kidnappés et ils ont peur qu'on ne leur vole leur stylo ?*

J'ai secoué la tête et me suis concentrée sur les questions. *Nom et prénom...* Mackenzie...

Je me suis creusé la tête pour trouver un faux nom. Finalement, j'ai écrit Walsh. Le nom de famille d'Amy.

Âge ? Dix-sept ans.

À quel âge avez-vous été contaminé(e) ? Avez-vous eu des problèmes de santé avant cette date ? Vous sentez-vous souvent faible, avec des sensations de vertige, en dehors des métamorphoses ? Combien de fois par mois, en moyenne, vous métamorphosez-vous involontairement ?

J'ai jeté discrètement un œil aux réponses de Kyle et de Serena pour répondre à la plus grande partie des questions, en changeant un peu.

Au moment où j'arrivais à la dernière question, la femme aux lunettes a réapparu, accompagnée de l'homme qui avait ramassé nos plaques de prélèvement. Ils ont commencé à prendre les écritoires, s'arrêtant un instant pour balayer du regard chaque ensemble de questions.

La femme a froncé les sourcils en lisant le formulaire de Serena. Une appréhension m'a serré l'estomac lorsqu'elle a entraîné le garde rouquin dans le couloir.

Un instant plus tard, ils étaient revenus.

La femme s'est éclairci la gorge.

— Serena, je vais vous demander de me suivre.

Serena m'a pris la main et l'a serrée si fort que j'ai grimacé. Comme elle ne bougeait pas, les gardes ont fait un pas en avant.

Serena s'est mise debout.

— Pourquoi vous l'emmenez ?

— Nous voulons des précisions pour son dossier, rien de plus, m'a répondu la femme aux lunettes.

Elle avait pris un ton rassurant mais son regard était vide. Hank disait toujours que les yeux trahissent les menteurs.

Kyle aussi l'avait compris.

— Pourquoi elle ne peut pas y répondre ici ? a-t-il lancé.

Cette fois, les gardes ont dégainé leurs Taser. D'instinct, les loups se sont écartés de nous. On aurait dit que la mer Rouge venait de s'ouvrir… Mon sang battait si vite dans mes veines que je le sentais bourdonner à mes oreilles.

Tout ce que Kyle avait fait, c'était poser une question.

J'ai pensé qu'ils allaient lui dire de se rasseoir ou de sortir, mais il n'y a eu ni ordre ni avertissement. La femme s'est contentée d'appuyer sur la gâchette.

J'ai crié le nom de Kyle en le voyant tomber. Je me serais élancée mais Serena m'a retenue.

La femme a tiré un autre coup de Taser.

Le corps de Kyle s'est arqué et j'ai cru entendre quelque chose craquer. Puis il s'est immobilisé. On aurait pu le croire mort, mais je voyais sa poitrine se soulever. Il respirait, Dieu merci !

Lorsque le garde s'est avancé vers elle, Serena a paniqué. Sa main a heurté la mienne et j'ai reculé juste à temps pour éviter d'être griffée. Je me suis poussée contre le mur pendant que son corps se dédoublait et que la fourrure envahissait sa peau.

Puis une louve noir charbon s'est dressée, tremblante, sur ses pattes.

Kyle avait repris conscience et s'efforçait de se lever pour nous rejoindre quand, à ma grande surprise, il s'est effondré.

Lui et tous les autres loups dans la pièce.

Ils se sont écroulés en se tenant la tête. Les os et les muscles du corps de Serena claquaient et se déchiraient tandis qu'elle reprenait forme humaine. Les seules personnes non affectées étaient la femme en blazer, l'homme en blanc et les deux gardes.

Et moi.

Ne sachant ce qui se passait, je me suis recroquevillée par terre comme les autres adolescents, observant la pièce sous mes paupières mi-closes.

— On les a matés, a déclaré la garde en rengainant son Taser.

— Absolument, a répliqué la femme aux lunettes en glissant quelque chose dans la poche de son pantalon. C'est beaucoup plus simple comme ça.

Derrière elle, la porte s'est ouverte et deux hommes habillés en auxiliaires médicaux sont entrés.

Le garde rouquin est venu vers nous. Je l'ai entendu souffler et grogner en soulevant Serena.

J'aurais voulu lui sauter dessus, l'empêcher de l'emmener… mais si je bougeais, ils sauraient que j'étais humaine. Ils me jetteraient dehors et je ne serais plus utile à personne.

Je ne pouvais que les regarder, impuissante.

Dans un geste qui m'a étonnée, la femme aux lunettes a ôté sa veste et l'a mise sur Serena, couvrant ainsi partiellement sa nudité, tandis que le garde la remettait dans les bras des brancardiers. Serena était trop sonnée pour le remarquer. Elle paraissait toute petite, sans défense et complètement abattue.

Ils sont sortis.

Le bruit de la serrure qui se refermait automatiquement m'a transpercée comme une balle de fusil. Autour de moi, les loups recommençaient à bouger.

Au milieu de la pièce, le regard d'Ève a croisé le mien. Elle a eu une expression songeuse, mais je n'avais ni l'énergie ni la curiosité de vouloir en connaître la raison.

J'ai rampé jusqu'à Kyle au moment où il se redressait. Il avait un teint cendreux et le visage couvert de sueur.

— Ça va ? ai-je chuchoté.

— Oui… J'ai juste l'impression qu'on m'a enfoncé un pic à glace dans le cerveau. Et Serena ?

— Ils l'ont emmenée.

— Où ?

— Je ne sais pas, ai-je répondu, la gorge nouée, en l'aidant à se relever.

— Tu as entendu ce qu'ils ont dit. Ce ne sont que des questions. Il ne lui arrivera rien.

En dépit de ses mots rassurants, sa voix demeurait teintée d'angoisse.

Le garde nous a interpellés.

— On se dépêche ! Les filles sortent par la porte de gauche, les garçons par celle de droite.

Je me suis mise à trembler. Ce n'était pas censé se passer comme ça ! J'avais rusé pour rester avec Kyle et Serena, et on me les enlevait tous les deux !

J'ai reculé.

— Kyle… je…

Je voulais lui dire que je l'aimais, mais cela aurait ressemblé à un adieu.

Il a pressé le front contre le mien en soupirant.

— Moi aussi.

Il a posé les mains sur mes épaules, les a glissées sur mon dos et puis, soudain, ses lèvres se sont emparées des miennes dans un baiser passionné qui avait un goût de miel et de cuivre. Il me serrait tellement que je ne savais plus où commençait son corps et où finissait le mien.

J'avais eu peur de dire les mots à haute voix mais il fallait qu'il sache que je l'aimais. Alors je lui ai rendu son baiser avec toute l'ardeur dont j'étais capable.

Soudain, quelqu'un m'a saisi le bras et j'ai ouvert les yeux.

On nous séparait.

D'autres gardes étaient arrivés. Deux ont entraîné Kyle. Il s'est dégagé mais s'est calmé lorsqu'un des gardes a sorti un Taser et le lui a enfoncé dans les côtes.

Il a eu un regard noir, animal, et pendant une seconde d'horreur j'ai cru qu'il allait les frapper. Mais la garde qui me tenait a elle aussi sorti son Taser et l'a pointé sur moi.

Kyle a frémi. Toute résistance l'avait quitté, et j'ai su, soudain, qu'ils n'avaient pas besoin de Taser ni de leurs muscles pour lui faire faire ce qu'ils voulaient. Il leur suffisait de me menacer.

Il m'a jeté un dernier coup d'œil désespéré avant de se laisser pousser vers la porte de droite. Puis cela a été mon tour, vers la gauche.

Il n'était pas trop tard pour dire que je n'étais pas contaminée.

C'était ce que Kyle voulait, et Serena aussi.

Je pouvais sortir et appeler Jason. Il viendrait me chercher, me serrerait dans ses bras sans me blâmer. Je passerais le reste de ma vie à me reprocher mon attitude, mais personne ne me critiquerait.

Je n'étais pas obligée de suivre la garde.

Je n'étais pas obligée de rester ici.

Et pourtant, je n'avais pas le choix. Je me rappelais les mots de Jason dans le parking de la gare routière… Lui aussi avait obéi à une nécessité intérieure…

Évidemment, il serait horrifié s'il savait que je raisonnais comme lui pour justifier mon entrée dans un camp. Pourtant, en dépit de la différence de situations, nous avions la même détermination.

J'ai pris une longue inspiration et ai franchi la porte de gauche.

Chapitre 8

Des murs carrelés de blanc. Des bancs. Des volutes de vapeur qui montaient d'un passage voûté… J'avais imaginé plein de choses, au-delà de ce seuil, sauf un banal vestiaire.

Il y avait une chaise pliante au milieu de la pièce, et, juste derrière, une rangée de bacs en plastique bleu – comme ceux que Tess utilisait pour le recyclage.

Si on ne sort pas d'ici, elle en mourra de chagrin.

Et Jason aussi.

Ces pensées m'ont transpercé le cœur comme des flèches, mais je n'ai pas eu le temps d'y réfléchir davantage. Une garde est entrée, suivie de deux autres femmes – l'une petite et ronde, l'autre semblant sortir d'un magazine de body-building.

Cette dernière s'est avancée jusqu'au premier bac et nous a fait face. Le tissu de son polo brun clair se tendait sur des biceps aussi gros que des melons, et sa peau avait une nuance orange, comme sous l'effet d'un autobronzant. Ses cheveux étaient tressés en une natte raide qui lui tombait dans le dos.

— Une volontaire sur la chaise, a braillé la garde. Toutes les autres, en file indienne derrière.

Personne n'a bougé.

La garde a bâillé puis a regardé sa montre.

— Langley, choisis-en une, je suis épuisée.

La femme à la peau orange a pointé le doigt vers Ève.

— Vous.

Ève s'est avancée la tête haute. Mais une fois assise, elle a essuyé ses paumes sur son jean. Elle devait transpirer à grosses gouttes…

Langley a pris une paire de ciseaux dans le bac, et les longues mèches acajou sont tombées dans un silence que rompait seulement le cliquetis rapide et cruel.

Lorsque Ève s'est levée, ses cheveux lui arrivaient à hauteur du menton. Elle les a touchés, sans révéler d'autre émotion qu'un froncement de sourcils.

Ça plairait à Hank, me suis-je dit avant de me mordre la lèvre inférieure. Comme si je pouvais oublier que nous étions ici par la faute de mon père !

L'autre femme a haussé la voix pour qu'on puisse toutes entendre ses instructions. Un des bacs était destiné aux téléphones portables et autres appareils électroniques. L'autre, aux bijoux ; le dernier, aux vêtements. Rien de ce qui provenait de l'extérieur n'était autorisé dans le camp.

J'ai détourné les yeux quand Ève a enlevé son T-shirt, et mon regard est tombé sur le bracelet d'Amy à mon poignet. C'était une des seules choses que je tenais d'elle. Je ne pouvais pas m'en séparer. En plus, Amy avait toujours déclaré qu'il portait bonheur.

Et en ce moment précis, j'avais besoin de toute la chance possible !

Me cachant derrière la fille qui me précédait, j'ai défait le lien de cuir. Une perle de sueur a coulé sur ma nuque quand la garde est passée près de moi. Dès qu'elle s'est éloignée, j'ai poussé et tiré sur le métal du bracelet d'identification. Il s'est enfoncé douloureusement dans ma peau, mais j'ai pu le soulever pour glisser le bijou d'Amy en dessous, avec toutes ses pièces de monnaie décoratives. On voyait juste un minuscule bout de cuivre, mais personne ne le remarquerait à moins de scruter mon poignet.

Puis, tout d'un coup, cela a été à moi de m'asseoir sur la chaise.

La femme aux ciseaux, Langley, a semblé ravie de tailler dans ma chevelure. Au fur et à mesure que les mèches blondes s'entassaient sur le sol, je tentais de ne pas grimacer.

– Suivante.

J'ai touché ma nuque et mon estomac s'est serré. Du plus loin que je me rappelais, j'avais senti mes cheveux sur mes épaules.

L'autre femme m'a poussée vers les bacs suivants. J'ai éprouvé un instant de triomphe en ne m'arrêtant pas devant celui des bijoux, mais il a cédé place à l'humiliation lorsqu'elle m'a ordonné de me déshabiller complètement.

J'ai gardé mon bras pressé contre mon flanc tout en ôtant mes vêtements, soucieuse de cacher les souvenirs de ma dernière rencontre avec Branson Derby : une cicatrice rose vif et une rangée de points sur l'avant-bras. Une blessure non cicatrisée me désignerait immédiatement soit comme humaine, soit comme n'ayant pas terminé l'incubation du SL, qui durait trente jours.

Dans l'un et l'autre cas, ils me feraient probablement un deuxième test sanguin. Je devais absolument l'éviter…

Même dans la salle des douches, je me suis dirigée vers la cabine la plus éloignée. Là, des aiguilles d'eau glacée m'ont percé la peau. J'avais l'impression d'être dans un film d'horreur, et l'envie de pleurer m'étouffait. Mais je me suis rappelé que Kyle subissait le même traitement à quelques mètres de là. Je devais être courageuse.

Ce n'était pas si terrible. Personne ne m'avait frappée. Il fallait simplement que je continue à penser à Kyle et à Serena.

Une voix a braillé :

— Tout le monde dehors !

Nous sommes revenues en grelottant dans le vestiaire où on nous a tendu à chacune une pile de vêtements et une paire de tennis en toile blanche.

— Tu as fait l'échange, n'est-ce pas ? a soufflé Ève en se plaçant près de moi.

Une autre fille nous a jeté un regard intrigué, mais les paroles d'Ève étaient assez vagues pour qu'on ne comprenne pas exactement ce qu'elle voulait dire.

J'ai vite enfilé des sous-vêtements et un pantalon en treillis gris.

— Ben, oui…

— Idiote ! Si Curtis le savait, il serait furieux.

Un rire amer s'est échappé de mes lèvres.

— Il s'en ficherait pas mal. Au cas où tu ne l'aurais pas remarqué, c'est à cause de lui qu'on est là.

Ève a secoué la tête, faisant virevolter ses cheveux courts.

— Il ne savait pas qu'il y aurait cette rafle.

Peut-être. Mais si Hank nous avait laissés emmener Kyle comme je le lui demandais, s'il m'avait crue pour Jason, nous aurions repris la route de Hemlock bien avant l'arrivée des Trackers.

Ève m'a lancé un long regard.

– Pourquoi avoir choisi Mel pour l'échange ?

J'ai haussé les épaules.

– Elle semblait en avoir vraiment besoin.

J'ai enfilé un épais sweat-shirt, gris comme le pantalon, et ai tiré sur les manches afin qu'elles recouvrent mes poignets. Un logo noir, sur le devant du T-shirt, a attiré mon regard. Des ronces entremêlées de feuilles dessinaient un cercle autour d'un mot familier : *Thornhill*.

Je suis restée médusée.

Ce camp n'était pas censé ouvrir avant six mois !

Mais déjà, les femmes nous houspillaient pour sortir. Elles nous ont ramenées dans le bâtiment de l'administration.

Langley et sa partenaire nous encadraient devant, et la garde nous surveillait à l'arrière. Aucune trace de Serena, ni de Kyle, ni du reste des garçons arrêtés.

Nous avons traversé le camp, passant devant au moins deux douzaines d'édifices, dont certains n'étaient pas encore terminés. Une pancarte indiquait leur fonction : Dortoirs. Salles de classe. Réfectoire.

Je m'étais attendue à un endroit surpeuplé, mais tout cela ressemblait davantage à une école militaire qu'à un camp de concentration.

– La réunion d'orientation aura lieu dans trois heures, a dit la partenaire de Langley lorsque nous nous sommes arrêtées devant une de ces constructions de plain-pied. Je suggère que vous alliez dormir un peu.

Elle a pointé le doigt vers Ève et moi.

— Vous deux, vous êtes dans le dortoir numéro sept. Il faut traverser la salle commune qui sert de foyer. Prenez les lits non occupés.

Une réunion d'orientation ? J'avais plein de questions à poser, mais j'ai suivi Ève en silence. Mieux valait ne pas me faire remarquer.

La salle commune, éclairée par la lumière de la lune, était encombrée de fauteuils et de sofas. Puis nous avons pénétré dans un long espace étroit, où deux rangées de lits en métal étaient alignées de part et d'autre. Jane Eyre se serait tout de suite sentie chez elle ! Un vrai dortoir de collège anglais d'autrefois...

À notre passage, plusieurs filles ont bougé dans leur sommeil mais personne ne s'est réveillé.

J'ai compté trente lits, dont seuls deux étaient vides, près de l'entrée des toilettes. Ils n'avaient ni draps ni couvertures.

Avec un soupir, j'ai choisi le premier et me suis allongée sur le côté. Le matelas était à peu près aussi confortable qu'une couverture étalée sur une route goudronnée. À côté, le lit du motel où j'avais dormi la veille semblait luxueux.

J'ai fermé les yeux et ai pensé à Jason.

À son regard qui avait rencontré le mien juste avant que la porte du camion ne se referme. L'estomac noué, je l'ai imaginé en train de regagner notre chambre, d'allumer la lumière et de contempler les lits vides.

C'était probablement trop espérer qu'il soit retourné à Hemlock. Pourvu qu'il ne tente rien d'irraisonnable !

J'ai soupiré. À quoi bon nourrir des illusions ?

Jason était l'imprudence personnifiée.

La voix d'Ève m'a arrachée à mes pensées.

– Dans la pièce des cabines, quand on a tous été projetés au sol…

J'ai ouvert les yeux et l'ai regardée s'étendre sur l'autre lit. Je voyais où elle voulait en venir…

– Personne n'a rien vu, lui ai-je assuré.

Elle a hoché la tête, comme si je ne faisais que confirmer ce qu'elle soupçonnait déjà.

– Tu pourrais nous être utile…

– C'est ce que je croyais.

Je commençais à douter de ma décision. Pour l'instant, je ne servais pas à grand-chose.

– Curtis va trouver un moyen de nous faire évader, a-t-elle déclaré avec fougue. Les Trackers et le BESL n'ont jamais attrapé plus de quatre loups d'Eumon à la fois. Hier soir, ils en ont raflé trente et un, et ils ont brûlé le club de Curtis. Il va se venger. Il va nous tirer de là.

Elle se montrait aussi convaincue qu'un peu plus tôt, dans le camion.

– Quelle sorte d'entente vous avez, tous les deux ?

Hank ne draguerait jamais une adolescente – c'était un de ses rares principes. J'avais beau être indifférente à la vie de mon père, leur relation me contrariait.

– Il y a un an et demi, je vivais dans un squat et… ça craignait. Curtis m'a recueillie. Après, il m'a fait entrer dans la meute. Il s'est occupé de moi alors que je n'avais plus personne.

J'ai secoué la tête. Comme Ève pouvait être naïve, parfois !

– Hank n'aide jamais personne. Sauf s'il en tire un avantage.

Toute trace d'émotion et de vulnérabilité a quitté son visage.

– Il m'a expliqué comment il était avant. Il t'a perdue quand il a été contaminé, et perdre un enfant… ça change les gens.

Il m'avait abandonnée, cela n'avait rien à voir ! Mais les mots restaient dans ma gorge comme si une aiguille de verre venait de les y clouer. Pourquoi ? Pourquoi Hank m'avait-il abandonnée, pour ensuite s'occuper d'une autre fille ? J'ai senti des larmes brûler au coin de mes yeux mais je les ai retenues. Cela faisait bien longtemps que je ne pleurais plus à cause de mon père, et je n'allais pas recommencer maintenant.

Enfin, j'ai réussi à parler :

– Sache que tous ceux qui ont compté sur Hank ont toujours été amèrement déçus.

Je me suis tournée de l'autre côté avant qu'elle ait eu le temps de réagir. Je n'avais pas besoin qu'on me dise qui était mon père. Ni qu'on me raconte ce conte de fées, comme quoi m'avoir perdue lui avait fait toucher le fond et changer de vie. J'avais passé mon enfance à le regarder mentir, tricher et voler. Du moment que ça l'arrangeait, il pouvait endosser tous les rôles.

L'homme qu'Ève croyait connaître était aussi factice que le nom qu'il utilisait.

Nous étions seules au monde.

– Tu te rappelles cette histoire de fantôme ? Celle que Grand-père John nous a racontée durant la semaine qu'on a passée au chalet ?

J'ai ouvert les yeux. Amy était penchée sur moi et me chuchotait à l'oreille. Son haleine laissait une fine couche de givre sur ma joue et j'ai eu un mouvement de recul.

Elle a eu l'air très peinée. Elle s'est écartée et j'ai essayé de ne pas me sentir coupable. Quand elle vivait, je n'ai jamais eu peur d'Amy. Mais maintenant qu'elle était morte, je ne voulais pas qu'elle me touche.

Je me suis redressée et j'ai posé les pieds par terre. Il faisait jour et nous étions dans le dortoir. Les lits étaient impeccablement faits. Une faible odeur de tabac flottait dans l'air.

— Il nous en a raconté des douzaines, ai-je répondu en me demandant où elle voulait en venir.

La famille d'Amy possédait un chalet à cinq heures de Hemlock. L'été où Amy a eu quinze ans, nous avons passé une semaine avec elle et son frère Stephen à randonner et à pêcher avec son grand-père. Le soir, ce dernier jouait aux échecs avec Amy tout en nous racontant des histoires de fantômes. C'est le père d'Amy qui avait eu l'idée de ce voyage, mais nous l'avions à peine vu. Il passait la plus grande partie de son temps l'oreille collée à son téléphone portable.

— C'est l'histoire avec les poupées...

Une tache rouge est apparue sur le T-shirt blanc d'Amy, mais elle a passé la main sur le tissu et la tache a disparu.

Pendant une seconde, elle a semblé désespérément malheureuse, abandonnant son attitude arrogante de jeune héritière. Puis elle a continué :

— C'est drôle, autrefois, j'adorais les histoires de fantômes. J'en redemandais toujours, et pourtant elles me faisaient peur. Je n'aurais jamais cru en devenir un.

– Tu n'es pas un fantôme.

– Bien sûr que si ! On est fait de souvenirs. Ceux des fantômes et des démons qui traînent dans les greniers.

Une douleur aiguë m'a transpercé le bas du crâne et a irradié dans ma nuque. Pendant une brève seconde, une autre pièce s'est superposée à ma vue. Elle était de la même taille, mais la peinture sur les murs s'était écaillée et avait pris une teinte cendreuse.

Il y avait le même nombre de lits, mais ils n'étaient plus vides. Des corbeaux picoraient les os de vingt-neuf corps calcinés sur les matelas noircis.

J'ai eu un haut-le-cœur et me suis levée en hâte.

– Doucement, Alice ! Tu es encore de l'autre côté du miroir, a chuchoté Amy avant de disparaître.

Chapitre 9

Un coup de sifflet m'a transpercé les tympans. Je me suis redressée si vite que j'ai failli tomber du lit. Un concert de jurons et de lamentations a rempli la pièce, et j'ai réalisé que je me trouvais avec vingt-neuf louves, brutalement réveillées.

Ève était déjà debout, le regard rivé sur la porte.

J'ai tourné la tête : la garde de la veille – la femme trapue aux cheveux courts – semblait occuper toute la largeur de la porte menant à la salle commune. Dans une main, elle tenait une écritoire à pince, et dans l'autre, un sifflet en argent. Elle s'est adressée à nous en réprimant un bâillement :

– Vous, les deux nouvelles ! Je vous emmène à l'orientation.

Sans nous attendre, elle a disparu dans l'autre pièce. Nous l'avons suivie, encore ensommeillées, et plusieurs filles se sont retournées sur notre passage. L'une d'elles – une brunette au visage de renarde dont les traits semblaient vaguement indiens – s'est écriée :

– Super ! Ils nous ont collé d'autres saletés de la meute d'Eumon.

Ève s'est arrêtée net et s'est avancée vers la fille avec un sourire de prédateur.

– Y a la garde dehors, ai-je soufflé, par instinct de conservation.

Ève s'est détournée.

– Oh, rassure-toi, je n'allais pas l'attaquer, juste lui donner une leçon. Elle croit qu'elle a le droit d'insulter tout le monde parce que sa mère dirige la meute de Carteron. Ça ne l'a pas empêchée d'atterrir ici.

Dehors, j'ai croisé les bras pour me protéger de l'air froid du matin. La garde nous a dit de tourner à droite au bout du sentier puis elle est restée derrière nous, nous indiquant la direction au fur et à mesure que nous traversions le camp. J'étais de moins en moins rassurée, me disant qu'elle pourrait facilement nous envoyer un coup de Taser dans le dos.

À la lumière du jour, Thornhill conservait son atmosphère de caserne. Les bâtiments et les pelouses étaient tracés au carré, et le ciel au-dessus du camp était d'un gris de plomb. De temps en temps, j'apercevais une bande argentée au loin : la clôture.

Nous avons atteint un carrefour en même temps qu'un groupe de garçons. Ils avaient tous les cheveux ras et portaient le même uniforme que le nôtre, mais en vert olive. Kyle n'était pas parmi eux.

Le garde qui les conduisait était le rouquin de la veille.

– Tanner ! s'est étonné notre garde, je croyais que ton service s'arrêtait à six heures trente, à la fin du service de nuit.

– Donaldson a démissionné. J'ai été obligé de la remplacer.

Nous avons atteint une structure en brique rouge, où le mot AUDITORIUM était peint en rouge au-dessus d'une double porte en bois. Ce simple rectangle au toit plat semblait de la même époque que le grand bâtiment près de la cour, d'autant que leurs murs étaient recouverts de lierre. Ils devaient dater d'au moins un demi-siècle.

En fait, c'était un ancien gymnase. On voyait encore au sol les lignes blanches marquant les zones du terrain de basket-ball. Le tableau d'affichage des scores était toujours accroché au fond de l'immense salle. Mais la pièce avait changé de fonction : trois sections de bancs la remplissaient, placés face à ce qui avait dû être la ligne de touche.

Seules les deux premières rangées de chaque section étaient occupées. J'ai rapidement scruté les visages des loups-garous déjà assis. Ni Kyle ni Serena n'étaient parmi eux.

– Asseyez-vous dans la section de droite, nous a ordonné notre garde. Première rangée.

Nous avons obéi, puis mon regard a été attiré par trois immenses bannières déployées sur le mur du fond :

LE CONTRÔLE EST PLUS FORT QUE LA COLÈRE
LA LIBERTÉ C'EST LA CONTRAINTE
VOTRE MALADIE N'EST PAS UNE ARME

J'ai eu la chair de poule.

Les slogans, écrits en blanc sur un tissu noir, me rappelaient un livre que nous avions lu en cours d'anglais l'année précédente : *1984*. Amy l'avait détesté.

En dessous des bannières, un podium noir et un pupitre avaient été installés au milieu d'une rangée de dix chaises pliantes. Le symbole de Thornhill avait été dessiné au pochoir sur le podium, en blanc et au milieu, de sorte que le symbole apparaissait juste au-dessous du mot LIBERTÉ.

– Subtil, ai-je marmonné. On est enfermés, mais on est libres !

J'ai jeté un regard par-dessus mon épaule. Quatre garçons venaient d'arriver dans la section à côté, à une rangée derrière moi. Mon cœur a sauté dans ma poitrine lorsque j'ai aperçu Kyle.

Près de la porte, les gardes plaçaient les loups au fur et à mesure de leur arrivée. J'en ai profité pour traverser l'allée centrale et rejoindre la section de Kyle.

Il m'a serrée contre lui.

– Ça a été les trois heures les plus longues de ma vie, a-t-il dit d'une voix rauque.

– Sans blague…

J'ai enfoui le visage dans son cou et ai respiré l'odeur de sa peau.

Au bout d'une seconde, je me suis écartée pour l'examiner. Il semblait avoir vieilli de plusieurs années. L'uniforme vert olive fonçait la couleur de sa peau, lui donnant l'air presque bronzé, et ses cheveux coupés ras révélaient l'aspect anguleux de son visage. Ses yeux reflétaient ce qu'il avait vécu durant ces dernières semaines – un fardeau bien trop lourd pour un garçon de dix-sept ans.

Accablée, je me suis détournée pour qu'il ne voie pas mon expression et ai balayé l'auditorium du regard. Apparemment, il n'y avait ici que les loups de la rafle d'hier.

– Serena devrait arriver, a murmuré Jason en comprenant qui je cherchais. J'ai déjà repéré les deux types qui ont reçu un coup de Taser durant l'examen sanguin.

J'ai continué à scruter l'assemblée, incapable d'accepter l'absence de mon amie.

Un loup de la section d'à côté a tourné la tête pour parler à quelqu'un derrière lui. Pendant une fraction de seconde, j'ai cru voir un tatouage sur son cou. Mais ce n'était qu'une épaisse cicatrice.

– J'espère que Jason n'a pas eu d'ennuis, ai-je murmuré.

– Oh, je lui fais confiance ! Il a assez de baratin pour justifier d'avoir été pris dans une rafle de loups-garous !

Soudain, les portes de l'auditorium se sont fermées dans un bruit de tonnerre. Puis des talons ont claqué comme des coups de feu sur le sol. Une femme venait d'entrer par une porte latérale. Elle me semblait vaguement familière, mais il m'a fallu quelques instants pour la reconnaître : Winifred Sinclair. Cette directrice de camp dont j'avais vu la photo dans le journal.

Elle était mieux en réalité. Ses cheveux d'un beau châtain, que traversait une mèche blanche, étaient coiffés en boucles parfaites, et son tailleur pantalon à fines rayures soulignait sa longue silhouette mince.

Deux femmes et trois hommes – tous vêtus de blanc – la suivaient. Ils se sont installés sur les chaises pliantes de droite tandis qu'elle prenait place derrière le podium.

Les murmures se sont tus. J'ai eu l'impression qu'on me glissait un glaçon dans le dos.

– Bonjour. Je suis la directrice de ce camp. Mon nom est Sinclair et je voudrais vous souhaiter la bienvenue à Thornhill. Bien que le camp ne soit pas encore complètement opérationnel, nous pouvons d'ores et déjà soulager les établissements surpeuplés. À ce propos, je tiens à souligner la chance que vous avez d'être ici.

Tout le monde a retenu sa respiration. Se faire enlever et enfermer sous la menace d'une arme, elle appelait ça de la chance ?

– Le camp de réinsertion le plus proche est celui de Van Horne. Le mois dernier, il y a eu dix-huit morts en raison de la pénurie de nourriture et des émeutes. On trouve des conditions similaires dans pratiquement tous les camps du pays.

Elle s'est interrompue, nous laissant le temps d'absorber ses paroles.

– Thornhill est différent. Nous avons mis en place un programme pilote qui se concentre véritablement sur la réinsertion. Vous avez été envoyés ici, plutôt qu'à Van Horne, parce que vous êtes assez jeunes pour tirer le meilleur parti de cette opportunité.

Assez jeunes ? C'est pour cela qu'ils avaient isolé tous les loups âgés de plus de dix-huit ans. D'ailleurs, où étaient-ils, à présent ?

Le garçon devant moi a levé la main.

– Je ne comprends pas comment vous pouvez nous réinsérer. Je veux dire, il n'existe pas de remède à cette maladie, n'est-ce pas ?

J'ai reconnu Bastian, le garçon qui avait paniqué dans le camion. Il y avait une étrange note d'espoir dans sa voix.

– Pas encore.

J'observais Kyle. La déception et le chagrin se peignaient sur son visage. Il fixait ses mains posées sur ses genoux. Lorsqu'il a relevé la tête, il a paru gêné, un peu fâché même, comme si j'avais espionné quelque chose d'intime.

Sinclair parlait toujours :

— Les meilleurs spécialistes du pays y travaillent, et leurs recherches avancent. Si l'on découvre un traitement efficace, les loups détenus dans des camps comme celui de Van Horne ne seront pas relâchés. Avoir vécu dans ces camps les aura dépouillés de toute humanité, et ils ne seront pas capables de se réintégrer dans la société. En revanche, Thornhill vous prépare pour l'éventualité d'une guérison. Pour vous permettre de regagner le monde extérieur et y vivre sans possibilité de métamorphose. Car c'est la seule et unique forme de vie valable.

J'ai pensé à Ben. Un séjour de quelques années dans un de ces camps l'avait transformé en meurtrier sanguinaire.

Sinclair s'est agrippée aux bords du pupitre. Elle le serrait tellement fort que ses phalanges saillaient.

— Des centaines de loups-garous n'auront pas cette opportunité, a-t-elle poursuivi. C'est pourquoi je vous avertis. Si vous n'êtes pas à la hauteur du privilège que vous avez reçu, si vous causez des problèmes ou si vous ne travaillez pas dans vos classes, les coordinateurs de programmes me le signaleront. Dans ce cas vous serez transférés – soit à Van Horne, soit dans d'autres camps de travail encore en chantier, où les loups-garous servent de main-d'œuvre. Vous pouvez m'en croire, votre sort ici est des plus enviables. Alors j'espère, a-t-elle ajouté avec un petit sourire vide, que nous sommes tous sur la même longueur d'onde…

Chapitre 10

Elle a parlé pendant une heure, énumérant tous les articles du règlement. Puis nous avons reçu l'ordre de rester sur nos sièges. La directrice et les coordinateurs de programmes sont sortis, et on nous a distribué des emplois du temps.

Un garde a été assigné à chaque rangée de loups-garous.

– Mettez-vous en rangs par deux et suivez-moi, a ordonné notre escorte aux joues couvertes de traces d'acné. Et faites bien attention à ce qu'on vous dit. Dès demain, vous devrez vous débrouiller seuls pour circuler dans le camp. Les gardes et les conseillers sont trop occupés pour vous accompagner à vos différentes classes et à vos ateliers.

– Exact, a marmonné une femme derrière nous. On se perd facilement, ici.

Parce qu'on tombait forcément sur la clôture ?

J'ai jeté un œil sur l'emploi du temps de Kyle et l'ai comparé au mien. Tous les jours de la semaine étaient programmés, sauf les soirées, considérées comme « temps libre » jusqu'au couvre-feu. Le matin, nous avions les mêmes cours mais nos ateliers de l'après-midi – des travaux de main-d'œuvre pour nous forger le caractère et permettre au camp d'économiser de l'argent – étaient tous différents.

Kyle a lu la liste de ses cours :

– « Maîtrise de soi ». Dis donc, ça a l'air franchement joyeux !

J'ai levé les yeux, prête à répliquer, et ai aperçu quelque chose de blanc dans l'allée. Un des coordinateurs de programmes s'était arrêté pour parler à un conseiller. Selon les explications qu'on venait de nous donner, les conseillers vêtus de brun clair s'occupaient des cours et des ateliers, tandis que les coordinateurs concevaient les programmes d'études et prenaient des décisions plus importantes, comme le transfert des loups dans d'autres camps.

Nous n'étions pas censés parler à ces coordinateurs mais je ne voyais pas qui d'autre pourrait me dire où était Serena. J'ai tiré Kyle par la manche et lui ai désigné l'homme.

Kyle a acquiescé.

Nous avons ralenti l'allure, passant ainsi jusqu'à la dernière rangée avant de nous détacher complètement du groupe.

Je me suis approchée des deux responsables.

– Excusez-moi…

Le coordinateur s'est retourné. J'ai eu une seconde pour mémoriser ses cheveux blond-roux, et sur sa joue une tache de naissance qui ressemblait à une empreinte de pouce. Puis mon regard s'est porté sur la femme près de lui. J'ai reconnu la conseillère de la veille : Langley.

Elle nous a dévisagés en pinçant les lèvres. Je ne l'avais jamais vue avant d'arriver à Thornhill mais j'avais l'impression très nette qu'elle me détestait − comme toutes les personnes internées dans le camp, d'ailleurs.

Comme tous les loups-garous.

La gorge serrée, j'ai dévisagé le coordinateur. Il tenait une tablette informatique sous le bras et semblait très jeune pour occuper un tel poste. Je lui donnais dans les vingt-cinq ans, tout au plus. Sa jeunesse le rendrait peut-être mieux disposé à notre égard... Mais il fallait faire vite, avant que notre garde découvre notre absence.

− Une amie n'a pas rejoint notre groupe, hier soir, et elle n'était pas à l'orientation ce matin. Je me demandais si vous saviez où...

− Les louves de plus de dix-huit ans ont été transférées ce matin.

Sur ce, il m'a tourné le dos pour parler à Langley, mettant clairement fin à la conversation.

− Elle a dix-sept ans, a ajouté Kyle. C'est après les admissions qu'elle est restée en arrière.

Langley a plissé les yeux.

− Je vous conseille de consacrer moins de temps à vous occuper des autres, et de rejoindre votre groupe.

− Mais...

J'allais objecter quand Kyle a posé la main sur mon bras. Notre garde descendait l'allée à notre rencontre.

J'hésitais encore.

Le coordinateur a paru contrarié. Il a soulevé sa tablette.

− Comment vous vous appelez ?

Un frisson glacé m'a parcouru le dos. Il avait le pouvoir de nous envoyer dans un autre camp, s'il décidait que nous étions des éléments perturbateurs. La directrice nous l'avait clairement expliqué.

J'ai secoué la tête en reculant.

– Ça ne fait rien. Désolée de vous avoir dérangés.

J'avais du mal à parler tant j'avais la gorge sèche, et j'ai fait demi-tour derrière Kyle. Le garde a froncé les sourcils, la main sur son holster. Heureusement, lorsque le coordinateur et Langley ont détourné les yeux, il a semblé soulagé.

Puis il a marmonné quelque chose sur son salaire de misère et a regagné la tête du groupe. Nous l'avons suivi.

J'ai glissé la main dans celle de Kyle.

– Tu crois qu'elle est en sécurité ?

– Serena est solide.

Ce n'était pas une réponse.

Nous sommes arrivés devant un grand immeuble blanc, qui avait autant de caractère et de charme qu'une boîte à chaussures... Je me suis vaguement rappelé être passée devant la veille.

La voix du garde a résonné :

– Réfectoire. Il vous reste vingt minutes pour le petit déjeuner – si toutefois les autres loups vous ont laissé quelque chose.

En entrant dans l'énorme cafétéria, le brouhaha et l'odeur d'œufs brûlés nous ont assaillis. Toute la salle semblait décorée dans des nuances de brun et de beige : carrelages marron, murs marron, longues tables beiges.

Il devait y avoir pas loin de trois cents loups attablés.

Je n'avais vraiment aucune envie de manger mais Kyle s'est dirigé vers une pile de plateaux – marron, bien sûr – et m'en a mis un dans les mains.

– Si tu veux aider Serena, il vaut mieux ne pas tomber dans les pommes.

Soudain, j'ai réalisé que je n'avais rien avalé depuis hier après-midi, dans le café.

Hier…

J'ai suivi Kyle le long du présentoir, acceptant ce qu'on me servait, l'esprit ailleurs. Comment tant de choses avaient pu changer en moins de vingt-quatre heures ?

– Je lui ai demandé de venir à Denver, ai-je murmuré, accablée. C'est de ma faute. S'il lui arrive quoi que ce soit, je suis responsable.

– Je sais ce que tu ressens.

Nous étions arrivés au bout du présentoir. J'ai pris mon plateau et ai levé les yeux vers lui. Comment pouvait-il dire cela ?

– Kyle, tu ne m'as pas demandé de partir à ta recherche !

– Je me sens coupable quand même.

Il s'est dirigé vers une table vide, au bout de la salle. J'ai senti des regards curieux se poser sur moi tandis que je traversais la cafétéria derrière lui. Ève était avec plusieurs ados que je reconnaissais vaguement pour les avoir vus la veille.

À l'orientation, on nous avait dit qu'il était interdit de se regrouper par meute – comme si Thornhill était une de ces facs qui n'autorisaient pas les associations étudiantes. Cependant, apparemment, les loups d'Eumon avaient l'intention de rester ensemble.

Je me suis glissée sur une chaise en face de Kyle et ai soulevé un peu d'œufs brouillés du bout de ma fourchette, sans enthousiasme.

Un garçon blond est soudain apparu près de moi.

– Je peux m'asseoir ?

Sans attendre ma réponse, il s'est installé avec son plateau. Kyle a fait les présentations.

– Mac, je te présente Dex. Il est dans mon dortoir.

Le visage de mon voisin faisait d'abord penser à une publicité. Il avait de grands yeux bruns qui devaient faire chavirer bien des cœurs. Cependant, sa joue droite était couverte d'un réseau complexe de cicatrices blanches, comme si quelqu'un y avait gravé des symboles avec un scalpel.

– Ça fait peur, hein ?

J'avais déjà vu des marques horribles – sur le dos de Kyle, le torse de Ben – mais jamais rien de pareil. Cela me fascinait comme un accident sur l'autoroute, qu'on ne veut pas regarder, mais qu'on regarde quand même.

– Ce sont des lettres ? ai-je demandé dans un souffle.

– Je crois que oui.

Dex s'est frotté la joue. Il avait des mains énormes, assez grandes pour attraper au vol un ballon de basket.

– Mais ne me demande pas dans quelle langue ni ce que ça veut dire. Un loup-garou a décidé de se servir de mon visage comme Post-it parce que j'avais osé toucher à sa voiture…

– Seigneur ! Et lui ? On l'a mis en prison ?

– Curtis s'en est occupé.

Ève était venue s'asseoir près de Kyle. Elle a pris un morceau de pain grillé sur son assiette avant de poursuivre :

– Il n'était pas des nôtres, mais les meutes de Denver s'entendent pour ne pas attirer l'attention.

– Et je ne passe pas inaperçu !

Ève allait protester mais Dex l'en a empêchée d'un geste.

– Je me suis déjà regardé dans un miroir, Evelyn.

Elle a secoué la tête en souriant.

– Bon sang, je suis contente de te voir ! J'adore que tu m'appelles comme ça.

– Ne me dis pas que tu t'es vraiment inquiétée pour moi...

– Si. Et je nierai tout si tu le répètes.

– Ça ne m'étonnerait pas de toi, a-t-il répliqué en riant.

Il a vite retrouvé son sérieux.

– Il paraît que les Trackers ont fait une descente au club ?

– En plus, ils y ont mis le feu.

Ève a reposé sa tartine sur l'assiette de Kyle. Apparemment, elle avait perdu l'appétit.

– À propos, où est ta petite amie ? a-t-elle demandé.

L'air sombre, Dex a tripoté sa joue ravagée.

– Je n'en sais rien.

– Comment ça ? Vous avez été arrêtés ensemble, non ?

– C'est vrai. On est arrivés ici il y a six semaines, Corry et moi. Et au bout de quelques jours, deux gardes sont entrés dans notre salle de cours et l'ont emmenée, pour soi-disant vérifier son dossier.

J'ai eu la chair de poule. C'est ce que la femme avait dit hier en emmenant Serena. Sous la table, j'ai senti la main de Kyle me serrer le genou pour me réconforter.

Un garde est passé près de nous, jetant un vague regard sur notre groupe.

Dex a attendu qu'il s'éloigne pour continuer.

– Quand j'ai vu qu'elle n'était pas rentrée pour dîner, je suis allé à son dortoir. Son lit était complètement défait, il ne restait plus ni couverture ni rien. J'ai demandé où elle était mais ils m'ont filé un coup de Taser. Après, ils m'ont dit qu'elle avait été violente et avait été transférée.

Ève a froncé les sourcils.

– Violente ? Ça m'étonne de Corry.

– Je ne connais aucun loup qui sache se maîtriser à ce point, a répliqué Dex d'une voix si forte que, soudain, tout le monde s'est tu.

Les loups gardaient la tête baissée sur leur assiette, mais à l'évidence, ils ne perdaient pas un mot de notre conversation.

– Ici, a repris Dex plus doucement, il y a des questions à ne pas poser. Sur les cours. Les ateliers. Les disparitions. *Surtout* les disparitions.

– Après, il va leur parler de Willowgrove, a marmonné quelqu'un à une table voisine.

Sa réplique a déclenché des rires nerveux. Dex a rougi de colère.

– Ils pensent que je suis fou. Ils préfèrent croire Sinclair plutôt que d'admettre qu'il se passe quelque chose d'étrange.

– Pourquoi ? ai-je demandé. C'est quoi, Willowgrove ?

– On dit que c'est un camp secret, tellement atroce que personne n'a le droit d'en parler. C'est là qu'on envoie ceux qui disparaissent de Thornhill.

Je n'arrivais pas à y croire.

– Ça n'a pas de sens ! me suis-je exclamée. Le BESL se vante de construire de plus en plus de camps. Ils n'ont pas intérêt à en cacher un.

– En effet, a approuvé Dex en soutenant mon regard.

Kyle s'est penché vers lui.

– Alors, c'est quoi, d'après toi ?

– Un camp imaginaire, pour équilibrer les comptes, ou un mensonge pour que les loups arrêtés se tiennent tranquilles. Vous savez pourquoi les prisons laissent sortir les détenus pour bonne conduite, avant la fin de leur peine ?

— Pour les motiver, a répondu Kyle.

— Pour faire des économies et libérer des places, ai-je corrigé dans un souffle.

Dex a repris la parole :

— Dans un camp, vous ou moi, nous vivons aux crochets du contribuable. Plus nous y restons, plus ça coûte. Les budgets des camps sont déjà réduits au minimum. Tôt ou tard, ils vont avoir besoin de trouver le moyen de réguler l'affluence. Sinclair le fait plus tôt, c'est tout.

Ève s'est éclairci la gorge et lorsqu'elle a pris la parole, sa voix avait le tranchant du rasoir.

— Qu'est-ce que tu veux dire, exactement ?

— Que Willowgrove, c'est la solution pour éviter la surpopulation. Un coup d'accélérateur. Personne ne s'étonne que quelques loups meurent ici et là.

Le silence était devenu encore plus palpable. Tous les loups du réfectoire semblaient nous écouter, et les gardes commençaient à remarquer le changement d'atmosphère.

Et à localiser avec précision notre table comme l'épicentre du phénomène.

Dex s'est levé et a plongé le regard dans le mien.

— Kyle dit qu'ils ont emmené ton amie pendant l'admission ?

J'ai hoché la tête, incapable de parler.

— Si elle est encore en vie, elle est probablement au sanatorium.

Les mots « encore en vie » m'ont fait l'effet d'une gifle. J'ai répété, incrédule :

— Le sanatorium ?

— Le grand bâtiment près de la cour. Autrefois, c'était là qu'on soignait les tuberculeux. L'accès est interdit aux loups sauf si on est mourant ou qu'on nous envoie en détention.

Deux gardes se dirigeaient vers nous et le regard que Dex leur a lancé a suffi pour que le plus grand ouvre son holster et empoigne son Taser. Sans quitter les gardes des yeux, Dex a ajouté :

— C'est l'un des deux endroits où ils ne veulent absolument pas qu'on aille. En plus du portail d'entrée et de la clôture.

— Dex, quel est le deuxième endroit ?

Mais il s'éloignait déjà, et les gardes l'ont suivi jusqu'à ce qu'il sorte du bâtiment.

Je me suis levée avec l'intention de ne pas le lâcher avant qu'il réponde à ma question, lorsqu'une voix a retenti dans le haut-parleur, accompagnée d'un crépitement électrique.

— Avis aux nouveaux arrivants pour le cours de maîtrise de soi : présentez-vous immédiatement sur la pelouse devant le réfectoire.

Chapitre 11

Nous étions seize, en comptant Ève, à marcher derrière Langley sur les sentiers qui traversaient les pelouses jaunies.

Laissant les bâtiments derrière nous, nous avons longé une zone clôturée, complètement vide, de la taille d'un terrain de football américain. Un panneau planté près du sentier indiquait qu'il s'agissait de la « zone de métamorphose autorisée ».

Pendant la réunion d'orientation, on nous avait donné le règlement des métamorphoses. Ce n'était permis que dans deux endroits : cette zone et le cours de maîtrise de soi. Thornhill avait une politique de tolérance zéro pour les loups qui se transformaient ailleurs.

– On dirait un chenil, a marmonné Ève, ce qui lui a valu un petit sourire de Kyle.

J'ai éprouvé une pointe de jalousie. Je n'avais pas vu ce sourire très souvent, depuis qu'il avait été contaminé !

– Pourquoi ils n'interdisent pas ça complètement ? ai-je demandé à voix basse.

Plusieurs loups m'ont regardée avec curiosité. Kyle a volé à mon secours.

– Tu n'es pas contaminée depuis longtemps. Même les loups qui se contrôlent très bien se métamorphosent de temps en temps. Autrement, on risque d'exploser.

– En attaquant toute personne qui se trouve sur son chemin, a ajouté Ève.

Son visage s'est assombri et je me suis demandé pour la première fois comment elle avait été contaminée.

Après une zone boisée, nous sommes arrivés à un autre terrain. Un pré magnifique, vert vif, parsemé de fleurs sauvages. Le genre d'endroit qu'on voit dans les publicités de parfums ou dans les films de Walt Disney. Sauf qu'ici, il y avait une cage en plein milieu, comme une mouche piégée dans du miel.

Rien qu'à la voir, j'en avais la chair de poule. Elle avait presque la taille de notre appartement, à Hemlock. Seule une petite porte permettait d'y entrer ou d'en sortir.

Langley a soulevé le loquet de la porte et s'est tournée face à nous.

– On acquiert la maîtrise de soi en apprenant à résister à des stimuli externes, et à supprimer le loup en soi. Ceux qui se contrôleront ce matin recevront éventuellement des privilèges spéciaux. Quant aux autres...

Elle n'a pas terminé sa phrase, laissant planer un doute inquiétant, puis a plongé la main dans sa poche et en a tiré un petit objet rouge.

Un couteau de poche.

Elle a ouvert la lame tout en observant notre groupe. Son regard s'est attardé sur moi.

— Vous aviez beaucoup de questions, ce matin. Remontez votre manche.

J'ai senti, plus que vu, Kyle se raidir complètement. Mon regard allait de Langley au couteau qu'elle tenait à la main.

— Obéissez. Sinon, vous irez expliquer aux coordinateurs pourquoi vous avez refusé de participer au cours.

Le cœur battant, j'ai posé la main sur ma manche.

Kyle a arrêté mon geste.

Langley a plissé les yeux.

— Il y a un problème ?

— Évidemment, a répondu Ève. On est tous effrayés et épuisés, et vous venez de sortir un couteau.

Je me suis retournée, stupéfaite. Pourquoi prenait-elle ma défense, elle aussi ?

Ève se balançait sur ses rangers, avec l'air de s'ennuyer prodigieusement. Seuls ses yeux – vifs et calculateurs – indiquaient qu'elle était aussi tendue que nous autres. Elle a fait craquer toutes les phalanges de sa main droite avant de bâiller.

— Félicitations, a répliqué Langley. Vous venez de vous porter volontaire pour prendre sa place. Votre bras.

Ève s'est avancée sans hésiter.

J'étais pétrifiée. Elle avait provoqué la conseillère pour que je ne sois pas blessée ? Nous n'étions pas amies. Elle ne me devait rien.

Ensuite, Langley a désigné huit loups, dont Kyle, et leur a ordonné d'entrer dans la cage. Une fois qu'ils ont été à l'intérieur, elle m'a tendu le couteau.

J'ai secoué la tête. Pas question.

Le regard de Langley s'est posé sur la cage et désignait clairement Kyle.

La sueur perlait à mon front. Elle pouvait le faire envoyer dans un autre camp – ou pire – juste pour me punir de lui avoir désobéi. Et elle le ferait. L'expression de son visage ne laissait aucune place au doute.

Kyle a secoué imperceptiblement la tête pour me dire de refuser. Il a glissé les doigts entre les barreaux de la cage, saisissant les mailles de fil de fer si fort que j'ai eu peur qu'il ne se coupe.

– Vas-y, m'a dit Ève.

Elle a soutenu mon regard, comme pour me défier.

Le couteau était lourd, et le manche étrangement froid dans ma main.

Pourquoi Langley donnait-elle une arme à une prisonnière ? Puis j'ai compris ma stupidité.

Les loups ont des couteaux sous leur peau vingt-quatre heures sur vingt-quatre. C'était cela qu'elle voulait maîtriser.

– Pratiquez une incision et suivez cette louve dans la cage.

Ève a paru inquiète à l'idée que je me mêle à eux.

– Ce test n'est pas juste, a-t-elle protesté. Si vous mettez un loup qui saigne dans cette cage, on va sûrement se métamorphoser parce qu'on est déjà complètement stressés.

Langley a plissé les lèvres en considérant Ève de la tête aux pieds. Sa bouche n'était qu'une ligne dure.

– Si vous préférez ne pas participer, je suis sûre qu'on vous trouvera une place à Van Horne.

Mais Ève hésitait encore. Elle a baissé le bras.

Je ne pouvais pas la laisser s'attirer autant d'ennuis. Pas pour me protéger. L'estomac noué et le cœur battant à se rompre, j'ai levé le couteau.

La lame a coupé sa peau pâle comme si c'était du papier. Sauf que le papier ne saigne pas.

Le sang est apparu, sombre et abondant, et j'ai senti ma gorge se remplir de bile. Le couteau m'est tombé des mains.

Tenant son bras loin d'elle, Ève est entrée dans la cage au pas de charge. Je l'ai suivie d'une démarche chancelante.

Kyle a essayé de nous bloquer l'entrée mais elle l'a repoussé. J'ai tout juste eu le temps de me glisser à l'intérieur pendant qu'elle soufflait à Kyle que c'était mon choix.

Puis Langley a claqué la porte et tiré le loquet.

Le regard fou, Kyle a contourné Ève pour m'attirer à lui. Il a essayé de se placer entre moi et les loups tandis que nous reculions vers l'autre extrémité de la cage.

Dehors, Langley s'est adressée à la moitié de la classe qui restait devant elle.

– Les gens n'aiment pas l'admettre, mais beaucoup de loups-garous trouvent difficile de ne pas se métamorphoser en présence du sang. Et, bien sûr, la tentation de se transformer quand ils sont blessés, ou quand un autre loup perd le contrôle, est incroyablement forte.

Le sang coulait le long du bras d'Ève et gouttait sur l'herbe. Je l'observais, horrifiée et fascinée. Elle haletait. Soudain, elle est tombée à genoux. Sa colonne vertébrale s'est courbée dans un craquement qui m'a fait songer au dégel brutal d'une rivière. Puis son corps s'est déchiqueté et, quelques instants plus tard, un loup argenté s'est dressé à sa place.

Trois, puis cinq, puis six loups ont perdu le contrôle et se sont métamorphosés. L'un d'eux avait une fourrure blanche, et le souvenir de Ben m'a fait battre le cœur jusqu'à l'affolement.

Mes omoplates ont heurté le mur de la cage.

Un loup s'en est pris à un autre et aussitôt, c'est comme si on avait jeté une allumette sur des haillons imprégnés d'essence.

Les loups montraient les dents en grognant et entraient en lice l'un après l'autre. Le sang coulait. Il était difficile de croire que ces créatures avaient été humaines quelques instants auparavant.

Non non non non…

Le mot résonnait dans ma tête et c'est seulement lorsqu'il a attiré l'attention des loups que j'ai compris que je le marmonnais à haute voix.

Kyle restait devant moi. Sa présence aurait dû me rassurer mais ses manches étaient remontées et je voyais ses muscles trembler et se tordre sous sa peau.

Le loup blanc s'est avancé vers nous et Kyle a poussé un grognement bas et menaçant – le genre de grognement qu'une gorge humaine devrait être incapable de produire.

Le loup a continué d'avancer, et Kyle lui a donné un coup de pied sur le crâne, tellement violent que j'ai entendu un horrible craquement.

Seule une autre personne dans la cage – un garçon qui avait l'air plus jeune que tout le monde – ne s'était pas métamorphosée.

– Je ne… vais pas… me… transformer, scandait-il en serrant les poings, le corps agité de soubresauts.

Soudain, il a porté les mains à sa tête et s'est écroulé. Devant moi, Kyle a fait la même chose, de même que tous les loups, à l'intérieur et à l'extérieur de la cage. Ceux qui avaient conservé leur apparence humaine se couvraient les oreilles et ceux qui avaient perdu le contrôle reprenaient leur forme antérieure.

Je me suis couvert les oreilles moi aussi, et me suis accroupie près de Kyle. J'ai essayé d'avoir l'air de souffrir – ce qui n'était guère difficile tant j'étais effrayée – tout en observant Langley sous mes paupières mi-closes. Elle tenait un petit appareil noir dans la main. On aurait dit une télécommande.

Au bout d'une minute, elle l'a glissé dans sa poche et les loups ont commencé à reprendre connaissance.

La voix triomphante de Langley a couvert nos gémissements.

– Les gardes ont des Taser et des revolvers. Les conseillers, eux, ont des DHF : dispositifs à haute fréquence. Si vous sortez du rang, un conseiller vous immobilisera avec son DHF. Si vous approchez trop d'une clôture ou d'une zone interdite, un dispositif fixe vous enverra immédiatement la même décharge.

Elle semblait excitée, et j'ai eu la détestable impression qu'elle aimait nous faire du mal. Pour elle, nous n'étions guère plus que des animaux.

Kyle s'est redressé en tremblant. Autour de nous, les gens saisissaient les lambeaux de vêtements pour tenter désespérément de cacher leur nudité.

– Ça va, Kyle ? ai-je chuchoté.

– Oui, je crois…

Il avait la voix rauque, et m'a tendu le bras pour m'aider à me lever.

– Et toi ?

J'ai hésité avant d'acquiescer. La propagande du BESL insistait sur la vision cauchemardesque des métamorphoses, et j'avais eu exactement cette impression ! Essayant d'oublier l'image bestiale qu'il m'avait donnée de lui, j'ai accepté sa main tendue. *C'est toujours le même,* me suis-je rappelé. *Ce sera toujours Kyle.*

J'ai regardé le ciel en me remettant debout, et c'est alors que j'ai remarqué une caméra. Je ne l'avais pas vue en entrant dans la cage. Il y en avait une à chaque angle, toutes dirigées vers l'intérieur.

La voix de Langley m'a arrachée à ma découverte.

– Le premier groupe, dehors ! Au deuxième, maintenant.

Personne, dans le deuxième groupe, n'a été capable de résister au besoin de se métamorphoser. Ils sont donc tous sortis nus, et ont vite pris des uniformes dans des bacs en plastique installés dans une remise voisine. Une fois en tenue décente, nous nous sommes assis dans l'herbe, et pendant deux heures Langley nous a raconté d'horribles histoires sur les loups qui avaient perdu leur contrôle humain et avaient commis des meurtres.

Lorsque la sonnerie a retenti pour le déjeuner, nous étions émotionnellement meurtris et physiquement épuisés.

Tous sauf Langley, bien sûr.

La conseillère semblait marcher d'un pas léger en nous ramenant au camp. Elle avait dû choisir cette carrière justement pour ça : humilier et torturer.

Du coin de l'œil, je ne cessais d'observer Kyle. Il avait à peine prononcé quelques mots depuis que nous étions sortis de la cage, et semblait muré dans le silence.

– Tu vas bien ? ai-je chuchoté en effleurant sa main, lorsque nous sommes arrivés en vue du réfectoire.

– C'est moi qui devrais te demander ça.

Nous passions devant un petit bosquet d'arbres.

– Viens...

Il m'a pris la main et m'a entraînée loin du groupe.

– Vous avez quarante minutes de libre, puis une sonnerie de quinze minutes va vous prévenir que...

La voix de Langley s'est estompée tandis que je suivais Kyle, qui ne m'a lâchée qu'une fois sous les branchages.

Ce n'était qu'un petit sous-bois et quelqu'un aurait pu nous voir en passant tout près. Toutefois, l'endroit était assez isolé pour nous garantir une certaine discrétion.

Il y avait un banc de pierre orné de gravures – rescapé de l'époque où le camp était un hôpital. Je m'y suis assise et ai tracé du bout des doigts les lettres qui y étaient gravées. *En souvenir de Miriam.*

J'ai cru que Kyle allait me rejoindre, mais il s'est adossé à un arbre, les bras croisés.

Les deux mètres qui nous séparaient m'ont semblé deux kilomètres.

– Qu'est-ce qu'il y a ?

Puis j'ai réalisé l'absurdité de ma question.

– Je veux dire, outre le fait que nous sommes dans un camp de réinsertion, que Serena a disparu et qu'on dirait que je me suis fait couper les cheveux par un aveugle armé d'une scie à métaux rouillée.

Kyle fronçait toujours les sourcils, l'air sombre.

– Je plaisantais, pour les cheveux, ai-je marmonné.

Un muscle a tressailli dans sa joue. J'ai eu l'impression qu'il se retenait de dire une douzaine de choses – et je ne voulais en entendre aucune. Finalement, la gorge serrée, il a déclaré :

– As-tu la moindre idée de ce qui aurait pu se passer dans cette cage ? Tu as entendu les histoires que Langley nous a racontées ! Il ne s'agit pas de simples égratignures… l'un d'eux aurait pu t'égorger ou te fracasser le crâne. En plus, ils ignorent que tu ne peux pas te remettre de tes blessures, comme nous.

– Je sais… Mais je vais bien. Il ne s'est rien passé.

– Si Langley avait attendu encore un peu avant de déclencher ce DHF, c'était un carnage.

Je ne pouvais pas nier à quel point j'avais eu peur. Pourtant, comment admettre que c'était lui qui m'avait effrayée, et que je tremblais encore lorsque je voyais les muscles tressaillir sous sa peau.

J'ai posé la question qui me brûlait les lèvres.

– Pourquoi ils se sont attaqués ?

– À cause du sang, de leur épuisement, de l'espace confiné… Même des gens normaux auraient eu du mal à ne pas se sauter à la gorge.

Il a décroisé les bras et a passé la main sur sa mâchoire. J'ai su à quoi il pensait : il avait bien failli perdre le contrôle, lui aussi, dans la cage.

– Pourquoi tu ne t'es pas métamorphosé ? ai-je demandé à voix basse.

Il a détourné les yeux vers le camp. Pendant quelques instants, j'ai cru qu'il n'allait pas me répondre.

– À cause de toi, a-t-il admis. J'ai eu peur de ce qui se passerait si tu étais la seule à ne pas te transformer. Et je ne voulais pas que tu me voies comme ça.

– Kyle…

Je me suis approchée de lui, et j'ai glissé ma main dans la sienne. Il n'a pas reculé, mais il fuyait toujours mon regard.

Pendant une seconde, il a eu l'air complètement ailleurs, enfermé dans un endroit de sa tête où je ne pouvais pas le suivre.

– Je t'ai déjà vu te métamorphoser...

– Justement. Je ne voulais pas que ça arrive encore une fois.

Il m'a enfin regardée. De sa main libre, il a repoussé une mèche sur mon visage et a effleuré longuement ma joue.

– Si seulement j'étais humain... rien que pour toi.

J'ai tremblé sous la douleur qui se répandait dans ma poitrine.

– Mais Kyle, tu *es* humain !

– Non, pas vraiment.

Il a paru soudain très déterminé, presque farouche.

– Mac, il faut que tu leur dises que tu n'es pas contaminée. Que tu es normale.

– Tu sais bien que je ne peux pas. Impossible de partir sans savoir si Serena va bien... surtout après ce que Dex a dit ce matin.

Kyle a soutenu mon regard mais est resté silencieux. C'était comme une compétition ; celui qui clignerait des yeux le premier aurait perdu.

– Je ferai attention, ai-je ajouté. Je ne risque rien. Nous n'aurons pas cours de maîtrise de soi avant la semaine prochaine, et c'est le seul endroit où les loups ont le droit de se métamorphoser en dehors de la zone.

J'ai entrecroisé mes doigts aux siens. Je n'avais pas besoin de sa permission pour rester, et surtout je ne voulais pas gâcher nos rares moments ensemble. Il fallait qu'il comprenne...

– Kyle, j'ai besoin de savoir que Serena n'a rien et j'ai besoin que tu m'aides.

J'ai pressé sa main si fort que mon bras tremblait.

– S'il te plaît, Kyle !

– Tu es vraiment cinglée, Mac ! Tu veux te suicider ou quoi ? Les gens normaux ne sont pas censés aimer les loups-garous.

– Avant d'être des loups-garous, vous étiez des gens normaux.

J'ai eu le temps de voir ses yeux tristes, un peu perdus, avant de sentir ses lèvres sur les miennes. J'ai noué les mains autour de son cou pour l'attirer plus près et notre baiser s'est fait intense, presque brutal.

Tout mon corps palpitait de plaisir.

Sans cesser de m'embrasser, Kyle m'a soulevée pour m'adosser à l'arbre. Ses mains me caressaient les cheveux et les épaules, se glissaient sous mon T-shirt, laissant un chemin de feu sur ma peau. Seul le contact du métal froid de son bracelet me rappelait parfois à la réalité.

Kyle s'est écarté le premier, avec un gémissement frustré. À la façon dont il a levé la tête pour regarder au-delà des arbres, j'ai compris qu'il avait entendu un pas. J'ai suivi son regard. Une garde se dirigeait dans notre direction en fumant une cigarette.

Nous avons regagné le sentier.

– On a sans doute le temps de déjeuner, ai-je dit, encore frissonnante.

Kyle s'est retenu pour ne pas m'enlacer.

– J'espère bien. En plus, si tu insistes pour courir autant de risques, il faut que tu gardes tes forces.

– À propos...

Nous commencions à apercevoir un petit bout du toit du sanatorium, au-dessus du réfectoire.

— Dex semblait certain que Serena est là-bas, ai-je poursuivi.

— Ce serait logique. Sinon, nous l'aurions vue au petit déjeuner ou à l'orientation.

— Bon. Alors, on sait quoi faire, maintenant : trouver le moyen d'y entrer, et la retrouver. Facile, n'est-ce pas ?

Je voulais dire cela sur le ton de la plaisanterie mais ma phrase est restée comme suspendue, vibrant encore de doutes et d'inquiétude.

— Nous allons y arriver, Mac. Je te le promets.

Sa détermination me donnait du courage. Cependant, même si nous la retrouvions saine et sauve, nous savions que tout pouvait arriver. Avec des conseillers comme Langley, ce camp ne promettait rien de bon. Surtout après les révélations de Dex sur les gens qui disparaissaient.

J'ai jeté un dernier coup d'œil au sanatorium.

Localiser Serena n'était qu'une première étape. Je ne quitterais jamais Thornhill tant que je n'aurais pas trouvé le moyen de la faire sortir.

De nous évader, tous les trois.

Chapitre 12

Les bras douloureux, j'ai transféré un autre chargement de draps mouillés dans un sèche-linge assez vaste pour qu'une personne s'y allonge. L'humidité de l'air plaquait mon T-shirt sur ma peau, et j'avais du mal à respirer dans cette atmosphère étouffante. Jamais je n'aurais cru que le travail de blanchisseuse était une telle torture.

Évidemment, avant cet après-midi, je n'avais jamais lavé le linge de centaines de personnes.

– Eh ! Vous, là-bas !

La conseillère – une femme potelée au teint olivâtre, avec un piercing dans le nez – avait élevé la voix pour se faire entendre par-dessus le bruit des machines.

Douze paires d'yeux se sont tournés vers elle, chacune d'entre nous essayant de comprendre à qui elle s'adressait. Près de moi, Ève a lâché une brassée de T-shirts gris et a repoussé en arrière ses cheveux humides de sueur.

Le regard de la conseillère s'est posé sur moi.

– Vous, là ! a-t-elle répété.

Elle m'a entraînée dans une longue salle étroite où deux douzaines de containers à roulettes, remplis d'uniformes, de draps et de serviettes de toilette, attendaient de passer dans le circuit continu de la blanchisserie. Là, elle m'a désigné deux bacs plus petits. À la différence des autres, ils avaient des couvercles mais pas de roulettes. L'un était étiqueté *Gants* et l'autre *Blouses*.

– Tout ça doit aller dans les abris de jardin près des champs cultivés. Vous pouvez y arriver seule ?

J'ai senti mon cœur chavirer. Chaque bac devait peser autant que moi…

– Alors, vous vous décidez, oui ?

Espérant que les gants seraient moins lourds que les blouses, j'ai soulevé le premier container… Et j'ai failli le lâcher. Non parce qu'il était trop lourd, finalement, mais parce que j'arrivais à peine à l'entourer de mes bras.

Je comprenais à présent pourquoi la conseillère m'avait demandé si je pouvais y arriver.

– Il faut quelqu'un d'autre pour le deuxième bac, a-t-elle déclaré avant de se tourner vers la salle pour demander une volontaire.

J'ai essayé de cacher ma surprise lorsque Ève a levé la main.

La conseillère lui a fait signe d'approcher et nous a donné les instructions. Ève a soulevé gracieusement le container plein de blouses.

– Vous les déposerez à l'abri numéro quinze. Passez devant l'auditorium, tournez à gauche au premier sentier. Il ne reste que dix minutes avant la fin de l'atelier, aussi inutile de revenir ici. Ensuite, vous pouvez vous rendre directement au réfectoire.

Nous sommes sorties du bâtiment. Pendant quelques instants, je me suis abandonnée avec délices à la sensation de la brise qui rafraîchissait mon visage en sueur. Quel bonheur de respirer l'air pur ! J'avais l'impression de sortir d'un bain de vapeur empli de l'odeur de chaussettes de gym mouillées.

Mais je suis vite revenue à la réalité. L'attitude d'Ève était vraiment bizarre.

— Qu'est-ce que tu veux, Ève ?

— Qui a dit que je voulais quoi que ce soit ?

Pourquoi ce ton défensif, si elle n'avait rien en tête ?

— D'abord, tu as pris ma place pour le cours de maîtrise de soi — je t'en remercie, d'ailleurs. Et maintenant tu te portes volontaire pour traîner ces trucs avec moi dans tout le camp.

— C'est mieux que d'étouffer dans la blanchisserie.

Devant nous, deux hommes arrivaient à un tournant du sentier. Ils portaient des shorts de jogging et des T-shirts bleus — une tenue complètement incongrue par rapport aux holsters qui rebondissaient sur leurs hanches. Mais c'était une information importante : même hors service, les gardes restaient armés.

Nous nous sommes écartées pour les laisser passer. Puis, Ève a posé son container, réajusté sa position et l'a soulevé à nouveau. J'avais envie de faire la même chose mais vu comment mes bras commençaient à trembler, je n'étais pas sûre de pouvoir soulever ma charge une deuxième fois.

— Il faut s'évader, a-t-elle dit d'un ton neutre. On ne peut pas rester sans rien faire.

J'ai haussé un sourcil.

– Que fais-tu de tes beaux discours sur Hank, qui viendra vite nous sauver ?

Nous étions passées devant l'auditorium et avions tourné à gauche selon les indications de la conseillère. Ici, une haie d'arbres bordait le sentier. En fait, nous étions de l'autre côté des bois que nous avions longés en allant au cours de maîtrise de soi, ce matin.

Ève ne s'est pas démontée.

– Curtis va essayer de nous sortir de là, j'en suis sûre. Mais s'il n'y arrive pas, alors il va falloir nous débrouiller. Le camp a été construit pour contrôler des loups, pas des humains comme toi. Tu peux aller dans des endroits où je n'aurai pas accès.

Elle a soufflé pour repousser une mèche de cheveux tombée sur son visage.

– En tout cas, pas question que je passe ma vie ici.

Nous approchions des champs, et Ève s'est tue. Avec tous les loups qui travaillaient la terre, impossible de continuer cette conversation ! Les maigres parcelles produisaient des légumes pour la consommation des détenus. Un vieux château d'eau se dressait au milieu. Couvert de rouille, en équilibre précaire sur quatre pattes grêles, il semblait avoir été construit bien avant le camp, peut-être même avant le sanatorium.

La remise numéro quinze était dans l'ombre du réservoir, non loin de la clôture. De grands panneaux avertissaient les loups de ne pas s'approcher à moins de trois mètres du fil de fer. Sur l'un d'eux, quelqu'un avait même ajouté un bonhomme avec des éclairs sortant de ses doigts et du sommet de sa tête.

– Marrant, a marmonné Ève en entrant dans la remise.

Je me suis arrêtée pour observer la clôture. De l'autre côté, il y avait une sorte de grille en acier. Je l'ai regardée, perplexe, puis j'ai senti mon courage m'abandonner en comprenant que c'était la structure pour élever un mur en béton armé.

Tous les camps en construisaient. Ils empêchaient les humains de s'approcher des clôtures électrifiées, et les loups de parler à des gens à l'extérieur. Certaines personnes édifiaient de petits cairns à leurs pieds, ou les décoraient de graffitis, en hommage aux êtres aimés détenus à l'intérieur. J'en avais déjà vu sur des sites Internet, et jamais je n'avais imaginé me trouver du mauvais côté de la barrière !

Une fois terminé, le mur se dresserait sur douze mètres de haut et encerclerait complètement le camp. Ce serait impossible de voir quoi que ce soit de l'extérieur.

J'ai soudain été envahie d'un sentiment de solitude extrême. J'avais l'impression d'être une de ces silhouettes qu'on découpe à l'école primaire, sur plusieurs épaisseurs. Ma vie prenait cette consistance : étirée et pleine de trous. Si je n'arrivais pas à trouver le moyen de sortir Kyle et Serena d'ici, ils passeraient le restant de leurs jours coupés de tout. Et moi, si on me relâchait, je ne les verrais plus.

Rester ici avec eux n'était pas non plus une solution, car je ne reverrais jamais Tess ni Jason.

Je n'entendrais plus jamais ma chère cousine faire ses plaisanteries douces-amères sur les hommes. Je ne verrais plus jamais les yeux verts de Jason, ni son expression lorsque je le poussais à bout...

J'ai vite chassé ces pensées oppressantes. Je ne pouvais pas me permettre d'envisager le pire.

J'ai gagné la remise pour y déposer mon bac. Les muscles de mes bras ont eu des spasmes, et j'ai ressenti des décharges électriques dans le dos en me redressant. Ève m'a regardée m'étirer, avec une expression étrange qui m'a mise mal à l'aise sans pouvoir dire pourquoi. C'était comme une sorte d'envie, de regret, presque de nostalgie.

Lorsqu'elle s'est rendu compte que je la dévisageais, elle a rougi.

– Désolée, a-t-elle dit avec un haussement d'épaules un peu forcé. J'essayais de me rappeler comment c'était avant.

– Pardon ?

– Ces petites douleurs qu'ont les humains… On ne les ressent plus jamais.

Puis elle est passée devant moi. La sonnerie signalant la fin des ateliers a retenti au moment où je sortais à mon tour. Dehors, Ève avait un visage aussi dénué d'expression qu'une page blanche. Le bref moment de confidence était bel et bien terminé.

Quittant les champs, les loups se dirigeaient vers le réfectoire, et nous les avons suivis sans hâte. Par un accord tacite, nous restions assez loin d'eux pour qu'ils ne nous entendent pas.

– Donc… ai-je fait en shootant dans un caillou, tu veux que je t'aide à élaborer un plan d'évasion, au cas où ce cher Hank ne se pointe pas.

Inutile de lui dire qu'on avait cent cinquante pour cent de chance qu'il ne fasse rien.

– Exact. Si jamais il ne peut pas nous aider, il faut un plan B.

Elle s'est arrêtée et a incliné la tête pour me dévisager longuement. J'ai eu l'impression qu'Ève ne demandait pas souvent de l'aide.

– Tu es insensible aux DHF, a-t-elle poursuivi, et tu peux observer ce qui se passe quand ils l'éteignent. Moi, ça me déclenche un mal de tête épouvantable. Un groupe de death metal pourrait passer à côté de moi sans que je m'en rende compte.

J'ai réfléchi à sa proposition.

Kyle détesterait cette idée. En plus, je lui avais promis d'être prudente. Mais avais-je le choix ?

– D'accord, à une condition. Je veux découvrir ce qui est arrivé à Serena.

Elle a hoché la tête.

– Très bien. Tu m'aides, et après je t'aiderai.

– Non, d'abord Serena. Tu as plus besoin de moi que moi de toi.

J'ai retenu ma respiration. Quelques secondes auparavant, je n'aurais pas songé à demander à Ève de me prêter main-forte, mais maintenant, je le voulais absolument.

Elle a acquiescé de mauvaise grâce.

– Bon, d'accord.

J'ai poussé un soupir de soulagement. Elle était la seule du camp, en dehors de Kyle, à savoir que je n'étais pas contaminée. Et autant je n'appréciais pas sa loyauté envers mon père, autant je savais que vivre près de lui pendant un an et demi avait dû lui être très profitable pour apprendre plein de combines et de stratagèmes. Ce serait une alliée précieuse pour s'évader de Thornhill.

– Il faut se cracher dans la main pour conclure le marché ? ai-je demandé.

Elle a levé les yeux au ciel d'un air exaspéré, puis s'est remise à marcher. Au bout d'une minute, elle a repris la parole :

— Tu sais, même avant que Dex nous raconte tout ça, j'avais compris que quelque chose clochait, ici. Rien ne t'a semblé bizarre dans le laïus de Sinclair ?

J'ai soudain pensé à la réflexion d'un Tracker, durant la rafle. « Si tu la tues, on aura une prime en moins. » Soudain, tout s'est éclairci.

— Elle a dit que les camps sont surpeuplés. Dans ce cas, pourquoi payer des Trackers pour continuer à capturer des loups ? C'est ça ?

— Exactement !

Ève s'est tue en apercevant un garde. J'ai reconnu la silhouette dégingandée et les cheveux roux de l'homme qui les avait aidés à emmener Serena — celui que l'autre garde avait appelé « Tanner ».

Il a quitté le sentier et s'est dirigé vers les arbres d'un pas résolu. Il tenait à la main une petite valise noire de la taille d'une boîte à outils. Qu'allait-il faire dans le bois ? Ève m'a touché le bras.

— On le suit ?

— On le suit.

Pendant une fraction de seconde, nous avons échangé un regard de vraie camaraderie, ce qui m'a laissée perplexe, et gênée. Je n'avais pas envie d'être proche d'une fille assez naïve pour faire confiance à mon père.

Tanner a emprunté un large sentier, mais Ève et moi restions dans les buissons. Elle se déplaçait souplement et en silence, tandis que je trébuchais derrière en essayant de faire le moins de bruit possible.

Au bout d'un moment, le bois s'est fait moins dense et j'ai aperçu des éclats de métal à travers les feuillages : un grillage. Nous étions loin de la clôture du camp. Que voulait-on protéger, ici ? Le garde s'est arrêté devant un poteau. Il a posé la boîte à outils par terre, s'est accroupi, et en a sorti ce qui ressemblait à un iPhone. Il l'a pointé vers le sommet du poteau, a attendu, puis a soupiré et a remis l'appareil dans la boîte.

Puis il s'est levé et a tiré une radio de sa ceinture.

– Le numéro trente-cinq marche très bien. Vous avez voulu me faire une blague, ou quoi ?

Le crépitement de l'appareil nous a empêchées d'entendre la réponse.

– Très drôle, a marmonné le garde. Vraiment très drôle.

Il a repris sa boîte à outils et a rebroussé chemin.

Avant d'aller inspecter la clôture, nous avons attendu jusqu'à ce que nous soyons sûres d'être hors de son champ de vision. J'ai tiré légèrement sur les mailles de fer. Le grillage n'était pas aussi épais que celui qui entourait le camp, et n'était pas électrifié non plus. N'empêche qu'il restait solide et infranchissable.

Je me suis approchée du poteau que le garde avait examiné. Il mesurait environ six mètres de haut ; d'énormes pitons de fer, sur les côtés, formaient une sorte d'échelle. Au sommet, il y avait une boîte qui ressemblait à un petit haut-parleur.

Je me suis retournée vers Ève.

À ma grande stupeur, elle était tombée à genoux et serrait sa tête dans ses mains. J'ai couru vers elle. Elle a eu un haut-le-cœur si violent que j'ai cru qu'elle allait vomir tripes et boyaux. Puis elle s'est essuyé la bouche sur sa manche et s'est relevée en chancelant.

– Il y a un DHF en haut du poteau, ai-je expliqué. Ils doivent se mettre en marche dès qu'ils repèrent un mouvement.

Ève a froncé les sourcils.

– Alors pourquoi ne s'est-il pas mis en marche quand le garde s'en est approché ?

Le bras tendu, elle s'est avancée lentement. À environ un mètre cinquante du poteau, elle a reculé en baissant soudain le bras. Cette fois, elle semblait indemne.

– C'est les bracelets, a-t-elle conclu en enserrant le cercle de métal. Ils doivent contenir un capteur qui met le DHF en marche si on s'en approche trop.

Intriguée, j'ai marché jusqu'au grillage et ai regardé au travers. De l'autre côté, il y avait un sentier, qui se terminait à une dizaine de mètres au pied d'un portail d'environ un mètre de haut. C'était le genre de barrière qu'on pouvait aisément sauter. Avec le DHF qui couvrait le sentier, ils pensaient sans doute qu'aucun loup ne s'aventurerait jusqu'ici.

Mais je n'étais pas un loup.

– Ève… Ce matin, Dex a parlé de deux endroits interdits aux loups.

– Tu penses que c'est le deuxième endroit ?

– Un grillage et un DHF en hauteur, c'est trop de protection pour un petit bout de terrain. Écoute, je vais sauter par-dessus le portail pour aller explorer de l'autre côté.

Ève a acquiescé sans hésiter.

– D'accord, je t'attends ici.

Aussitôt dit, aussitôt fait.

De l'autre côté, le grillage s'élevait à au moins trois mètres de hauteur de chaque côté du sentier, laissant juste assez d'espace au milieu pour permettre à une Jeep de passer. Je ne pouvais chasser l'impression que tout ce fil de fer allait se refermer sur moi comme un filet. La brise, douce et bienvenue lorsque nous avions quitté la blanchisserie, s'était renforcée et me glaçait.

Au bout de quelques minutes, le sentier tournait à droite et aboutissait à une petite clairière envahie de mauvaises herbes. Le grillage encadrait une zone trop carrée pour ne pas avoir été dessinée par l'homme. En examinant mieux cette clôture, j'ai remarqué plusieurs DHF sur les côtés.

En revanche, au milieu, il n'y avait absolument rien.

Pourquoi protéger un lieu vide ?

Je me suis avancée dans l'herbe rare et ai trébuché lorsque ma basket a heurté quelque chose de dur.

J'ai basculé en avant, manquant de perdre l'équilibre. Avec un juron, j'ai baissé les yeux. Un petit rectangle avait été planté dans le sol. Je me suis accroupie et ai repoussé les herbes épaisses agglutinées sur un morceau de granit. C'était une plaque tombale dont le nom et les dates avaient été effacés par le temps et les intempéries.

Je me suis levée et ai marché le long de deux rangées de pierres identiques. Au total, il y en avait quatorze, et une seule avait une date encore lisible : 1933.

Si le bâtiment principal avait été un hôpital pour les tuberculeux, c'était logique qu'il y ait un cimetière. Mais pourquoi le cacher ?

Dans la rangée suivante, les marqueurs étaient différents. Il y avait un peu moins de mauvaises herbes et les plaques étaient en métal, pas en pierre. En revanche, les dates étaient récentes. Je me suis livrée à un rapide calcul. Celle-ci remontait à cinq mois.

Et toutes comportaient un numéro de quatre chiffres là où il y aurait dû y avoir un nom.

Mon sang s'est glacé et j'ai regardé mon poignet. Quatre chiffres, comme mon numéro d'identification.

Et si Dex avait raison ?

Le cœur battant à se rompre, j'ai avancé encore sans cesser de compter. Il y avait six rangées de sept plaques, et chaque rangée était de moins en moins envahie de mauvaises herbes. Lorsque je suis arrivée à la dernière, les tombes étaient simplement couvertes de terre qu'on aurait dit retournée de la veille.

Là, les dates remontaient aux dernières semaines.

J'ai atteint la dernière plaque.

Je n'arrivais pas à me résoudre à regarder.

Pourtant, il le fallait.

Deux secondes plus tard, j'ai cru défaillir de soulagement. Cela faisait six jours. J'ignorais qui était enterré ici, mais ce n'était pas Serena.

Une rafale de vent a plaqué mes cheveux sur mon visage au moment où un grondement de tonnerre s'est fait entendre au loin. Quelque chose de jaune, à quelques mètres de là, a attiré mon attention, et mon soulagement s'est envolé aussitôt.

Un pieu en bois, pareil à ceux qu'on utilise comme repères sur les chantiers, avait été enfoncé dans le sol à égale distance de la dernière plaque.

Un grondement a rempli ma tête, plus fort que le tonnerre lointain.

Il n'y avait que deux raisons pour expliquer la présence de ce pieu : soit on avait enterré quelqu'un et le marqueur n'avait pas encore été installé... soit...

J'ai reculé, tentant de ne pas perdre l'équilibre lorsque les premières gouttes de pluie m'ont frappé le visage.

... soit ils avaient marqué l'emplacement où mettre le prochain cadavre.

Chapitre 13

J'ai une devinette pour toi, Mackenzie Dobson !
— Je ne joue pas.
— Rabat-joie…

Amy a passé les doigts entre les trous du grillage et a contemplé le cimetière. Sa robe d'été bleu pâle luisait doucement dans l'obscurité. Ses pieds et ses jambes nus étaient éclaboussés de boue et de brins d'herbe.

Elle a désigné les plaques tombales, à peine visibles dans le brouillard.

— Tu sais pourquoi ils leur ont donné des numéros, à la place des noms ? Comme ça personne ne se souviendra d'eux. C'est plutôt triste.

Le sang gouttait de ses mains et tombait sur l'herbe. Pendant un instant, j'ai cru qu'elle s'était coupée, mais lorsque la lune est apparue entre les nuages, j'ai vu que toute la clôture était imprégnée de sang. De grosses perles rouges coulaient des mailles du grillage et tombaient sur la terre, qui semblait détrempée comme une éponge. Et lorsque Amy a pris appui sur son autre jambe, il y a eu un bruit mou, comme si elle s'enfonçait dans un sol gorgé d'eau. De sang.

– Si je pouvais parler aux fantômes de Thornhill, tu crois qu'ils me répondraient ?

– Amy… À qui est tout ce sang ?

J'aurais dû demander pourquoi le grillage en était couvert, mais il m'était impossible de traiter deux problèmes à la fois.

– À tout le monde, a répondu Amy, avant de désigner mon bras d'un geste du menton.

J'ai suivi son regard. La manche de mon T-shirt était écarlate, et le liquide poisseux recouvrait ma main comme un gant.

– Tout devient rouge, ici.

J'ai poussé un cri qui m'a réveillée.

J'étais entortillée dans mes draps trempés de sueur. La salle était emplie d'ombres bleu-noir, mais la lumière du petit matin se glissait déjà entre les rideaux. J'avais laissé passer l'aube !

Je me suis habillée rapidement, m'assurant de bien tirer ma manche pour cacher mon bras, celui qui avait saigné dans mon rêve et qui portait des cicatrices bien réelles.

J'ignorais comment réagiraient mes compagnes de dortoir si elles découvraient que je n'étais pas contaminée. Et d'ailleurs, je ne voulais pas le savoir. Hank disait toujours que si on leur ment, les gens ont l'impression qu'on les vole.

Il était bien placé pour le savoir, en tant qu'expert dans les deux domaines !

Ève s'est redressée sur un coude.

Pour elle, mon père était un chef de meute qui prenait soin des plus faibles. Pour moi, c'était un menteur et un égoïste. Comment deux personnes pouvaient-elles avoir des opinions si différentes du même homme, et en attendre des choses aussi opposées ?

– Tu veux vraiment aller jusqu'au bout ? a-t-elle chuchoté.

Les rayons de l'aube se reflétaient dans ses yeux gris-vert. J'ai acquiescé.

Après notre lugubre découverte dans les bois, Ève et moi avions été trouver Kyle. Avec le pieu jaune qui marquait la prochaine tombe, on ne pouvait plus attendre pour tenter de s'introduire dans le sanatorium.

Pour un loup, il n'y avait que deux moyens d'entrer dans ce bâtiment : être blessé ou mis aux arrêts. Donc Kyle allait se blesser volontairement, et je jouerais le rôle de la petite amie hystérique qui voulait absolument l'accompagner. Une fois à l'intérieur, j'essayerais de m'éloigner discrètement et de retrouver la trace de Serena. Ève s'était portée volontaire, mais nous ne savions pas si l'intérieur était équipé de DHF. Donc, la mission me revenait.

En outre, jamais je n'aurais laissé Kyle entrer là-dedans sans moi.

Notre plan était un peu simpliste, mais c'était ça ou rien.

Ève a soupiré en se rallongeant.

– Bonne chance, alors ! Et surtout, ne fous pas tout en l'air.

Je l'ai foudroyée du regard et ai saisi mes tennis. Sans me chausser, je suis passée devant les filles endormies et j'ai traversé la salle commune. Enfin, j'ai poussé la porte principale avec un soupir de soulagement...

Sans voir la grosse flaque d'eau sur le seuil.

Génial ! Mes chaussettes étaient trempées.

Il avait cessé de pleuvoir durant la nuit mais le sentier et l'herbe brillaient sous les lueurs mauves qui envahissaient le ciel nocturne.

Une silhouette s'est détachée du bâtiment. C'était Kyle.

Il me fixait si ardemment que, pendant une seconde, j'ai vraiment cru être le centre du monde pour une autre personne. Puis une petite voix intérieure m'a rappelé qu'il m'avait laissée pour aller à Denver.

Mais j'ai refusé de l'écouter.

J'ai chaussé mes tennis, grimaçant en sentant mes chaussettes mouillées, avant d'expliquer :

– J'ai passé pratiquement toute la nuit à chercher comment te faire entrer dans le sanatorium sans que tu te blesses. Le reste du temps, j'essayais de ne pas penser au cimetière, et aussi de me convaincre que Serena allait bien.

Kyle a passé un bras autour de mes épaules et nous nous sommes mis en route.

– Je suis sûre qu'elle est saine et sauve, Mac. Nous allons la retrouver.

J'aurais tant voulu le croire !

Nous avons marché en silence jusqu'au sanatorium. Il semblait encore plus imposant dans la lumière incertaine du petit matin. Son ombre envahissait la cour, engloutissant le bâtiment des admissions ainsi que la petite armada de véhicules blancs près du portail d'entrée. C'était un rêve de photographe : rien que des angles aux arêtes dures et du lierre. Dans son genre, l'immeuble était étrangement beau, mais je ne pouvais pas me débarrasser de l'impression que ses douzaines de fenêtres sombres nous surveillaient.

Kyle s'est écarté lorsque nous avons quitté le sentier pour nous diriger sur le côté du sanatorium, où l'on construisait une annexe. Nous avons atteint le bord du chantier. Là, d'un bond gracieux, il a pénétré dans l'aile en partie terminée.

Je me suis hissée derrière lui, beaucoup moins gracieusement, puis ai repoussé des copeaux de sciure sur mes vêtements en me relevant.

Des piles de poutres et d'outils abandonnés jonchaient le sol, tandis que des squelettes de murs supportaient des fils électriques et des tuyaux de plomberie. L'aile était plus grande qu'elle n'en avait l'air de l'extérieur, et presque aussi profonde qu'une caverne.

Je me suis tournée vers Kyle.

Il avait une expression familière, presque perturbante. Celle qu'il avait toujours avant de me dire quelque chose que je détesterais. Il s'est frotté la nuque.

– Mac, j'ai réfléchi... Me trancher le bras ne suffira peut-être pas...

J'ai tenté d'ignorer le pincement d'inquiétude dans ma poitrine.

– Que veux-tu faire d'autre ?

– Il faut que je me blesse assez fort pour que la blessure ne puisse pas disparaître sans métamorphose, mais pas trop fort pour que je perde tout contrôle.

Kyle a ôté son T-shirt et l'a laissé tomber par terre.

– Il va falloir y aller franco.

– C'est-à-dire ? ai-je murmuré, la gorge sèche.

Kyle s'est éloigné vers le fond de la salle et a ramassé un long tuyau en cuivre. Il mesurait au moins cinq centimètres de diamètre et les bords étaient déchiquetés.

– Eh bien, il vaudrait mieux que j'aie l'air d'être tombé accidentellement en m'empalant.

– Oh ! Non, Kyle !

J'ai reculé en sentant un flot de bile me monter à la gorge.

– Ce n'est pas ce qu'on avait dit ! C'est fou… complètement insensé.

Kyle a eu un soupir exaspéré.

– Mac, je suis un loup-garou. Je guérirai.

– Comme après l'incendie chez Serena ? Tu es resté dans le coma toute la nuit ! Et on n'était même pas sûrs que tu te réveillerais.

Rien que de penser aux heures que j'avais passées à son chevet, dans la peur la plus totale, j'ai senti une sueur froide me glacer le dos.

Kyle a fait passer le tuyau dans son autre main.

– C'est différent, cette fois. Je sais ce que mon corps peut supporter.

– Foutaise.

Je voulais que le mot claque avec mépris, mais ma voix s'est brisée sur la deuxième syllabe.

– Tu es un loup-garou à part entière seulement depuis trois ou quatre semaines. Comment peux-tu le savoir ?

– Pense à Serena. Il ne faut pas gâcher notre chance.

– Non ! Nous trouverons un autre moyen d'entrer. Partons !

Je me suis tournée pour sortir quand il y a eu soudain le heurt du métal sur le bois, suivi d'un bruit de chute lourde.

J'ai fait volte-face.

Kyle était à genoux, cherchant son T-shirt à tâtons. Il l'a roulé en boule et l'a pressé contre son estomac. Le sang a imprégné le tissu durant les trois secondes qu'il m'a fallu pour arriver jusqu'à lui.

Il s'est mis debout en chancelant. Je l'ai saisi juste à temps pour l'empêcher de s'écrouler comme une masse.

J'ai pressé ma main sur la sienne, tentant de l'aider à plaquer son T-shirt sur sa blessure au ventre.

– Change-toi en loup ! Je t'en prie !

Il était gravement blessé mais s'il se métamorphosait, il ne risquerait plus rien.

– Non, ça va...

La voix de Kyle était pincée et lointaine.

– Je suis un loup-garou, n'oublie pas...

Un frisson violent lui a traversé le corps et son visage est devenu luisant de sueur.

– Je tiendrai le coup, Mac... Allons-y.

Les muscles de son dos se tordaient sous mon bras comme des serpents. On aurait dit qu'il avait des choses vivantes sous la peau, qui bondissaient pour se libérer. J'ai dû faire un gros effort pour ne pas reculer.

Notre plan ne fonctionnerait que si Kyle résistait au besoin de se transformer. Une coupure au bras, comme nous l'avions prévu, ne m'avait pas inquiétée. Mais à présent, je luttais contre la panique.

Il a commencé à marcher et je l'ai soutenu le plus possible. Il était si lourd...

– Faut juste qu'on entre..., a-t-il dit entre ses dents serrées. Faut juste qu'on entre.

Il répétait la phrase comme un mantra. Lorsque nous avons atteint les portes de verre à l'entrée du bâtiment, sa voix était à peine audible et, de toute façon, ses mots étaient incompréhensibles. À un moment donné, il m'a appelée Amy et son erreur m'a fait l'effet d'un coup de poignard.

Le garde près de la porte a jeté un coup d'œil à Kyle et nous a dit d'aller à gauche, puis à droite.

Enfin, nous sommes arrivés à l'infirmerie. Un médecin aux cheveux aussi blancs que sa blouse était attablé devant un café et un beignet.

– Que s'est-il passé ?

Tout en prenant soin de ne pas trop s'approcher de Kyle, il nous a fait pénétrer dans une petite pièce aux parois de métal. On aurait dit une chambre forte.

J'ai hésité sur le seuil, à cause des gros barreaux et des verrous sur la porte.

– Pas de souci, m'a dit le médecin. La pièce est juste renforcée au cas où un loup aurait besoin de se métamorphoser.

L'explication ne m'a pas rassurée pour autant, mais Kyle s'est écarté de moi et s'est avancé en titubant. Il s'est écroulé sur la table d'examen au milieu de la pièce. Il avait les yeux clos. Pendant une horrible seconde, j'ai cru qu'il s'était évanoui, mais il a bougé et s'est installé plus confortablement. Son torse était secoué de violents tremblements tandis que ses muscles gonflés tentaient de se déchirer.

Il a serré les poings et son corps s'est calmé.

J'ai repoussé une mèche de cheveux sur son visage, et, soudain, j'ai vu mes doigts pleins de sang. Mon cœur a failli s'arrêter de battre. On ne peut pas attraper le SL par simple contact sanguin – il faut être mordu ou égratigné par un loup-garou partiellement ou entièrement métamorphosé.

Mais c'était le sang de Kyle, et l'idée de le sentir sur ma peau me bouleversait.

Le médecin me parlait – en fait, il me parlait depuis une minute ou deux. Je me suis obligée à me concentrer sur ce qu'il disait.

Que s'est-il passé ?

– Il a aperçu quelque chose dans la charpente d'un chantier. Il a voulu grimper pour voir ce que c'était mais les planches étaient glissantes et il... il est tombé.

Ma voix s'est brisée.

– Pourquoi ne s'est-il pas transformé ?

Le visage de Kyle se tordait de douleur, mais il a ouvert les yeux et a fixé le plafond.

– Il a eu peur d'avoir des ennuis. J'aurais voulu l'emmener dans la zone autorisée mais l'infirmerie était plus près.

Le regard du médecin s'est posé sur mes mains et il a eu une expression pleine de compassion.

– Il y a un évier dans la salle extérieure, a-t-il dit en tournant toute son attention sur Kyle.

Il lui a posé toute une série de questions ineptes. Quelque chose s'est dénoué dans ma poitrine quand Kyle a su dire quelle était sa couleur préférée ainsi que le nom du président.

Les jambes tremblantes, je suis allée jusqu'à l'évier. L'eau est devenue rose sous tant de sang, et je n'arrivai pas à nettoyer mes cuticules. Puis je suis revenue dans la petite pièce.

Le médecin l'interrogeait toujours.

Le regard de Kyle a croisé le mien. Il m'a fait un petit signe – pour me dire que si je perdais cette occasion il se serait fait mal pour rien. Alors seulement, j'ai eu le courage de le laisser.

Dans cette aile, ce n'était que portes fermées à clé et couloirs identiques, tous vides sauf, de temps en temps, une plante en pot. Elles semblaient éclatantes de santé et leur taille gigantesque était surprenante, dans ces lieux sans fenêtres. J'ai mis un moment à comprendre qu'elles étaient artificielles.

Depuis combien de temps avais-je laissé Kyle ? Cinq minutes ? Dix ? Probablement assez longtemps pour que le médecin envoie quelqu'un à mes trousses.

Jusqu'ici je n'avais réussi qu'à courir comme un rat dans un labyrinthe. Mais en tournant dans un couloir, je me suis figée. Un coordinateur en uniforme blanc parlait à un garde au bout du couloir. Ils me tournaient le dos.

J'ai reculé, cherchant où me cacher.

Avisant une plante en plastique dans un recoin, je me suis accroupie derrière. Seulement, mon genou a heurté le pot, qui a vacillé, manquant de tomber. J'ai cru avoir une crise cardiaque.

Je vous en supplie, ne regardez pas de mon côté ! Je vous en supplie, pas de mon côté…, ai-je prié en silence tandis que les pas se rapprochaient.

– Ce sont simplement des examens complémentaires. Vous voulez qu'on vous aide, non ? Vous ne voulez pas être malade ?

– Non, a répondu une frêle petite voix féminine d'un ton hésitant.

Il y avait donc une troisième personne avec eux.

J'ai senti mon cœur bondir d'espoir. La voix était tellement faible qu'elle était à peine audible mais c'était sûrement Serena.

J'ai risqué un coup d'œil entre les feuilles lorsque les voix sont parvenues à l'intersection des deux couloirs. Le coordinateur s'est à demi tourné dans ma direction, et j'ai pu voir clairement la fille : une adolescente brune et livide.

La déception était si forte que j'en ai eu le souffle coupé. Mais très vite, je n'ai plus songé qu'à l'apparence de cette inconnue. Sa peau avait la transparence du papier-calque, et les cernes, sous ses yeux, étaient tellement noirs qu'on aurait dit des taches d'encre. Ses cheveux, raides et ternes, effleuraient le col d'une tunique blanche sans forme. Elle portait la même sorte de bracelet que les loups du camp, mais ses bras étaient tellement maigres que je me suis demandé comment le cercle de métal ne glissait pas de son poignet.

Elle avait l'air vraiment malade – désespérément malade.

Le garde a poussé une perfusion à roulettes dont la poche était remplie d'un liquide bleu. Du même bleu que le nettoyant pour pare-brise que Tess gardait dans le coffre de sa voiture. Il s'écoulait goutte à goutte dans un tube enroulé autour du bras de la fille avant d'entrer dans sa peau par une aiguille.

Les loups-garous ne connaissent pas la maladie. Leur seule faiblesse, c'est la soif de sang. J'ignorais ce dont souffrait cette fille, mais ce n'était certainement pas ça ! Moins de deux pour cent de personnes infectées par le SL devenaient assoiffées de sang. Cela les mettait dans un état de frénésie sauvage, alors que cette malheureuse tenait à peine debout.

– Je crois… si je peux retourner dans ma chambre… je me sentirai… si je pouvais me reposer…

Elle tortillait le bord de sa tunique entre ses doigts.

Le coordinateur a ignoré ses paroles et l'a entraînée dans le couloir, dans ma direction.

La peur m'a bloqué les poumons, et j'ai tenté de me recroqueviller encore davantage derrière ma plante. Pourtant, jamais ils ne pourraient passer devant moi sans me voir.

Soudain, la fille s'est effondrée. Le garde a juste eu le temps de la retenir, tandis que le coordinateur rattrapait la perfusion au vol.

– Qu'est-ce qu'elle a ? a-t-il demandé.

– Épuisement et stress, probablement.

Tenant d'une main le goutte-à-goutte, le coordinateur avait passé le bras autour des épaules de l'adolescente pour soulager le garde.

– Elle ne dort pas depuis plusieurs jours, a-t-il expliqué. On ferait mieux de l'emmener à l'infirmerie.

À ma grande surprise, ils se sont dirigés vers le hall d'entrée. Ils connaissaient donc un chemin plus court pour gagner la pièce où j'avais laissé Kyle ?

En tout cas, j'étais si soulagée que j'en tremblais. Je me suis glissée hors de ma cachette et me suis approchée du carrefour des couloirs. La voie était libre.

Les nerfs à vif, j'ai tourné sur la gauche, dans la direction d'où était venu le petit groupe. Avec un peu de chance, c'est là que je trouverais Serena. Après… Après, on verrait !

J'ai débouché dans un couloir différent des autres. Il était carrelé de blanc, et non recouvert d'une moquette grise. Et la plupart des portes qu'il desservait étaient équipées de pavés numériques. J'ai marché encore un peu, tourné à un angle et suis arrivée devant une lourde porte métallique. « Bingo ! me suis-je dit. Le bloc de détention... »

– Que faites-vous ici ?

J'ai fait volte-face. Un garde se tenait à trois mètres de moi.

Il était obèse et ses épais sourcils se rejoignaient au milieu de son front. Il me rappelait le sergent Garcia... pas le groupe, mais le partenaire de Zorro.

Il m'observait comme si j'étais une bombe sur le point d'exploser.

– Comment êtes-vous entrée ?

J'ai tenté de dire quelque chose mais ma gorge refusait de m'obéir.

Il a porté la main à son holster.

Il va m'envoyer une décharge de Taser ! Cette pensée m'a traversé le cerveau au moment où il sortait son arme. Sans plus réfléchir, je me suis jetée sur lui, visant son épaule, comme une boule de canon. Je n'avais pas la force d'un loup-garou mais je savais comment frapper quelqu'un et le déséquilibrer.

Le Taser a glissé sur le sol, traversant le couloir, et le garde a titubé. Je n'ai pas tenté de prendre son arme et je n'ai pas attendu de voir s'il était tombé. J'ai couru, tout simplement.

Au bout de quelques secondes, j'ai réalisé que j'étais perdue. Tous les couloirs se ressemblaient. J'ai pressé ma main sur mon flanc pour calmer un point de côté. Quelque part derrière moi, j'ai entendu un chapelet d'obscénités et des pas lourds et furieux. Comment quelqu'un pouvait-il faire autant de bruit en marchant ?

« Oh ! zut, ils sont plusieurs ! » me suis-je dit en courant de plus belle.

En tournant au coin, je suis rentrée de plein fouet dans une porte. L'impact m'a fait ricocher et j'ai atterri sur les fesses.

Lorsque j'ai essayé de me relever, c'était trop tard. Quelqu'un arrivait au coin, un Taser pointé sur moi.

Je me suis recroquevillée contre le mur. Ce n'était pas le garde obèse mais le grand rouquin qu'ils appelaient Tanner. Lorsqu'il m'a vue par terre, il a poussé un long soupir, a abaissé son Taser mais ne l'a pas rengainé.

– Allez-vous m'obliger à m'en servir ?

J'ai secoué la tête. Mon cœur battait tellement fort que je voyais des taches noires tout autour de moi, comme des essaims de mouches.

L'autre garde est arrivé en courant, le doigt sur la gâchette de son Taser.

– Ça va, a dit Tanner. Elle ne va pas opposer de résistance.

Quoi ? Il m'aidait ?

– Elle est dangereuse ! a protesté le sergent Garcia. Elle s'est jetée sur moi et elle a couru. Vous voyez bien qu'elle est couverte de sang.

J'ai porté une main tremblante à mon front. La peau était poisseuse. *Le sang de Kyle...* C'était cela qui avait fait peur au garde... Il avait cru que j'avais attaqué quelqu'un...

J'ai regardé Tanner. Il avait emmené Serena, mais il semblait plus raisonnable que son collègue.

– Mon ami s'est blessé, ai-je expliqué. Je l'ai amené à l'infirmerie. C'est son sang. Je suis sortie de la pièce et je me suis perdue. Tout à l'heure, j'ai couru parce que j'ai eu peur de son Taser.

— Vous aurez de la chance si je me contente d'un coup de Taser !

Devenu rouge betterave, le garde m'a tirée tellement fort par le bras que mon épaule a craqué. Gardant le Taser à trois centimètres de mon visage, il m'a traînée le long des couloirs, tournant ici et là.

— Tu crois vraiment qu'il faut la déranger pour ça ? a demandé Tanner quelque part derrière moi.

Soudain, le sergent Garcia m'a projetée dans une petite salle d'attente. Une réceptionniste, en train d'accrocher son manteau à une patère, s'est immobilisée. Un sac à main et un sachet en papier kraft étaient posés sur le bureau derrière elle.

— Elle a dit qu'elle ne voulait pas être dérangée ! a-t-elle protesté.

— Eh bien, on la dérangera quand même.

Me tenant toujours par le bras, le garde a rangé son Taser et a donné de grands coups dans la porte du fond. Elle était équipée, comme les autres, d'un pavé numérique près de la serrure. Mais elle avait quelque chose que les autres n'avaient pas : une plaque portant l'inscription SINCLAIR, directrice.

Chapitre 14

Lorsqu'elle a ouvert la porte, la directrice ne portait pas de chaussures. C'est la première chose qui a attiré mon attention. Idiot, non ?

Son bureau avait une moquette couleur crème – bien plus épaisse et plus coûteuse que dans tous les bureaux que j'avais pu voir – et ses pieds gainés de nylon s'y enfonçaient.

Je me suis forcée à lever la tête. Elle était vêtue d'un tailleur noir dont la veste ouverte laissait voir un caraco de soie rouge sang. Des mèches s'échappaient de son chignon bas, faisant ressortir les cheveux blancs sur ses tempes. De fines rides apparaissaient au coin de ses yeux et de sa bouche. Pourtant, de loin, je lui aurais donné trente ans…

Pendant quelques secondes, elle a paru ailleurs. Mais cela n'a pas duré. Son regard s'est posé tour à tour sur moi et sur le garde qui me tenait par le bras. Quelque chose de sombre a bougé dans ses yeux clairs : un nuage d'orage traversant un ciel bleu.

— J'ai essayé de les arrêter ! Ils n'ont rien voulu entendre…
a déclaré la réceptionniste d'une voix inquiète.

— Ça ne fait rien, Sophie.

Devant son expression glacée, le garde a paru perdre de
son assurance.

— Je l'ai trouvée en train de rôder dans les couloirs. Elle
m'a pratiquement jeté contre un mur avant de partir en
courant.

J'ai pivoté pour le regarder.

Vu son poids et le mien, son accusation paraissait presque
comique !

Sinclair m'a dévisagée.

— Comment êtes-vous entrée dans ce bâtiment ?

Comme le sergent Garcia, j'ai eu l'impression de rétrécir
devant tant de froideur. J'ai bredouillé pitoyablement :

— Mon ami s'est blessé. Le garde de l'entrée principale
m'a dit de l'emmener à l'infirmerie. Après, je suis sortie
dans le hall pour me reprendre un peu, et je me suis
perdue.

Le garde a manqué de s'étouffer.

— C'est le plus gros mensonge que je…

— Vous avez vérifié ? Avez-vous appelé l'infirmerie ?

Le garde est devenu écarlate.

— Non, je… enfin, comme j'ai dit, elle m'a attaqué et…

Un sourire à peine perceptible s'est dessiné sur les lèvres
de la directrice.

— Je vais m'en occuper. Sophie, appelez l'entrée principale et dites-moi qui était en service.

Le sergent Garcia a ouvert la bouche mais avant qu'il
ait pu dire autre chose, Sinclair m'a fait entrer dans une

pièce sans fenêtre qui ressemblait à un bureau de principal de collège et avait une odeur d'église.

La porte s'est refermée dans un déclic.

– Asseyez-vous, m'a-t-elle ordonné avant de décrocher son téléphone.

– Docteur Lebelle ?… A-t-on admis un loup à l'infirmerie ce matin ?… Je vois.

Le regard de Sinclair a plongé dans le mien.

– Il y a une fille ici. Mackenzie Walsh.

Comment savait-elle mon nom ? Le garde n'avait même pas pris la peine de me le demander. Frissonnante, je me suis assise sur une des deux chaises en bois tandis que Sinclair écoutait la personne qui lui parlait au bout du fil.

J'ai regardé les murs, parsemés de diplômes encadrés et d'articles de journaux. Sauf derrière le bureau, où trônait un énorme tableau représentant une femme vêtue d'une robe grecque de l'Antiquité dont le tissu était déchiqueté. Elle était agenouillée dans un champ, s'efforçant de fermer le couvercle d'une boîte en flammes tandis que l'ombre de la nuit descendait sur elle.

C'était beau… et donnait la chair de poule. En plus, on aurait dit que le lourd cadre noir du tableau penchait un peu sur le côté.

Mon attention s'est reportée sur Sinclair lorsqu'elle a remercié le médecin et reposé le récepteur.

Elle a fait le tour de son bureau pour s'asseoir dans un énorme fauteuil en cuir.

– Votre ami a été autorisé à se métamorphoser. Sa blessure a guéri et on l'a envoyé en cours.

J'ai poussé un soupir de soulagement.

Vite réprimé, car il y avait Serena, et aussi le cimetière dans les bois. Si Dex avait raison, on tuait des loups à Thornhill. Par conséquent, la femme devant moi signait probablement les ordres d'exécution. Impossible de la croire sur parole. Il fallait que je la fasse parler.

– Pourtant, il a perdu tellement de sang...

Elle a cessé de sourire.

– Vous savez fort bien ce que votre corps peut supporter comme blessures.

Selon mon père, le meilleur mensonge était toujours celui qui contenait un peu de vérité.

– Je ne connais pas beaucoup d'autres loups-garous, ai-je balbutié, m'obligeant à soutenir son regard. Et moi, je n'ai jamais été sérieusement blessée.

Sinclair m'a dévisagée un instant avant de sembler satisfaite de mon explication.

– Tant mieux pour vous. Fréquenter des loups depuis longtemps peut rendre plus difficile de s'adapter à un programme comme celui de Thornhill.

Je me suis raidie en la voyant ouvrir un tiroir. Qu'allait-elle en sortir ? Des menottes ? Une seringue ? Mais elle n'en a tiré qu'une boîte de lingettes à l'aloe vera.

– Pour vous essuyer la figure, a-t-elle précisé en les posant sur le coin de son bureau près d'un flacon de lotion pour les mains.

Déconcertée par tant d'amabilité, j'ai pris une lingette et l'ai passée sur mon visage. Lorsque je l'ai abaissée, elle était rouge du sang de Kyle. Proche de la nausée, je l'ai roulée en boule dans ma main.

– Le sang vous met mal à l'aise ?

— Je… J'ai beau être une louve, j'ai toujours trouvé ça dégoûtant.

Mes yeux se sont à nouveau posés sur le tableau derrière le bureau.

Sinclair a suivi mon regard.

— Il représente la boîte de Pandore. J'ai toujours vu un parallèle entre ce mythe et le syndrome du lycanthrope. Certaines personnes considèrent cette maladie comme un don, sans se rendre compte à quel point il est dangereux d'ouvrir le couvercle.

— Ah… Et c'est ça, Thornhill ? Un moyen de nous aider à ne pas ouvrir le couvercle ?

— Pour les loups qui s'engagent totalement dans un projet de réinsertion, oui.

Avec sa peau sombre et ses boucles qui lui tombaient sur les épaules, la femme du tableau ressemblait un peu à Serena.

Cela m'a donné du courage.

— Une de mes amies a été retenue pendant son admission, et personne ne peut me dire où elle est…

Sinclair a tiré un dossier au sommet d'une pile.

— Vous parlez de Serena ?

— Oui, ai-je soufflé, la gorge nouée.

— Il y avait plusieurs anormalités dans son sang. Nous voulons nous assurer qu'elle n'est pas malade avant de l'intégrer à la population du camp.

J'ai pensé à la fille à la perfusion, et j'ai eu l'impression que le sol s'écroulait sous moi.

— Ce n'est pas possible…

Sinclair a croisé les doigts sur son bureau, et j'ai aperçu une bague en argent ornée d'un grenat à l'index de sa main droite. La mère d'Amy avait offert un bijou semblable à ses enfants. Un grenat pour Amy et un saphir pour son frère. Des pierres porte-bonheur, soi-disant.

— Mackenzie, le syndrome du lycanthrope est une maladie nouvelle. Nous comprenons à peine son mécanisme. Récemment, nous avons trouvé un virus semblable à la parvovirose canine, qui affecte les chiens, dans des villes où de grands groupes de loups-garous ont tendance à se rassembler. Nous pensons que Serena l'a contractée.

Elle ment. Il n'y a pas de nouvelle maladie. C'est une ruse, me suis-je répété désespérément.

Puis je me suis souvenue de la fille dans le couloir. C'était comme si quelque chose l'avait dévorée de l'intérieur. J'ai serré si fort l'accoudoir de mon fauteuil que mon pouce a craqué. Lorsque j'ai repris la parole, je n'ai pas reconnu ma voix :

— Vous en êtes sûre ?

Sinclair s'est levée pour poser une main sur mon épaule. Une odeur de lavande montait de sa peau. En bougeant la tête, j'ai repéré un DHF dans son autre main. Bravo pour la confiance…

— Il est encore trop tôt pour le dire, Mackenzie.

— Est-ce que je peux la voir ?

— Pour l'instant, nous devons la garder en quarantaine.

— Je ne comprends pas… S'il y a un autre virus, pourquoi nous n'en avons pas entendu parler ? Pourquoi on nous laisse croire que des loups disparaissent alors qu'ils sont malades ?

Je me serais mordu la langue ! J'avais si peur pour Serena que j'en avais trop dit.

Sinclair a poussé un long soupir.

– Je sais. Quand on emmène les loups durant les admissions ou qu'ils ne retournent pas à leur dortoir, les loups inventent des choses incroyables. Vous savez, a-t-elle ajouté en s'asseyant sur le coin de son bureau, Thornhill est mon premier poste de directrice, mais j'ai travaillé dans trois autres camps. C'est partout la même chose. Chaque fois qu'un loup quitte son lieu habituel, il y a aussitôt des rumeurs de conspiration.

Elle a croisé les bras.

– Quant à savoir pourquoi cette maladie n'a pas été rendue publique, je suppose que le BESL attend d'avoir assez d'informations pour garantir à la population qu'elle ne risque pas d'être contaminée. Personne ne veut provoquer d'émeutes. Rappelez-vous la panique dans tout le pays lorsqu'on a rendu publique l'épidémie de SL.

Cette fois, je suis restée muette. Elle ne m'avait vraiment pas convaincue.

Les meutes l'auraient remarqué si des loups étaient tombés malades…

– Les gens du BESL ne sont pas méchants, Mackenzie. Nous ne sommes pas des croquemitaines. J'ai posé ma candidature pour travailler dans les camps dès que j'ai eu terminé mes études. Savez-vous pourquoi ?

Elle n'a pas attendu ma réponse.

– Parce que je voulais aider les gens contaminés.

Je n'ai pas pu m'empêcher de pousser une petite exclamation sceptique.

Quelque chose a altéré le visage figé de Sinclair. Quelque chose de triste et d'infiniment nostalgique. Je connaissais cette expression pour l'avoir vue dans mon miroir après avoir rêvé d'Amy.

– Lorsque ma propre sœur a été infectée, je suis devenue membre du BESL pour améliorer la situation des personnes comme elle. Plus tard, quand j'ai vu à quel point les autres camps étaient horribles, je suis entrée dans un groupe de pression pour créer Thornhill. J'ai voulu fonder un lieu qui soit autre chose qu'un mouroir.

Elle s'est tue un long moment avant de lâcher :

– Personne ne choisit d'être infectée.

– Votre sœur… Elle a été envoyée dans un camp, elle aussi ?

– Non. Julie est morte quand j'avais dix-sept ans.

Sinclair a tourné sa bague autour de son doigt, et je me suis demandé si ce bijou avait appartenu à sa sœur.

– Je suis désolée.

Ce n'était pas un mensonge, mais ce n'était pas non plus très sincère. Je continuais à me méfier. Nous étions en son pouvoir et ses prétendues révélations étaient peut-être complètement inventées.

– Pourquoi vous me racontez tout ça ?

– Pour que les loups de Thornhill comprennent que leurs intérêts me tiennent à cœur. Pour éviter que mes efforts ne soient sapés par la peur et les rumeurs. Et, a-t-elle ajouté en se penchant vers moi, je reçois des rapports quotidiens sur le cours de maîtrise de soi. Vous avez été remarquable, hier.

L'angoisse m'a fait transpirer.

– Je… je n'ai rien fait…

Mais Sinclair ne m'écoutait pas.

– Une des raisons pour lesquelles nous limitons les métamorphoses à une seule zone, c'est qu'à force, les loups associent la douleur et l'urgence qu'ils ressentent avec cet environnement. Ils ont ensuite plus de mal à se métamorphoser dans d'autres lieux. Donc ils parviennent plus facilement à se contrôler. Dans deux mois, durant le même exercice que vous avez fait hier, moins de loups vont se transformer. Dans six mois, pratiquement aucun ne le fera.

Elle s'est tue un instant pour que je comprenne bien ce qu'elle avait dit.

— Il est rare qu'un loup résiste à son instinct dès le premier jour. Vous êtes déjà en avance dans la maîtrise de vos pulsions. Vous pouvez être un exemple pour vos camarades.

Une goutte de sueur a coulé sur ma nuque. Je ne voulais pas être un exemple. Je voulais être invisible.

Un crépitement a soudain émané de l'interphone, me sauvant momentanément.

Sinclair a pressé un bouton sur l'appareil.

— Madame la directrice ? Il y a un code douze. Il est dans le bâtiment, mais il panique.

— J'arrive. Dites-leur de ne pas le pousser à bout.

Elle s'est levée et a rapidement récupéré une paire d'escarpins à talons hauts sous son bureau.

Je me suis levée à mon tour mais elle m'a arrêtée d'un geste avant de se chausser.

— Restez ici. Je reviens dans une minute.

La femme attentive et pleine de compassion de tout à l'heure avait laissé la place à la directrice froide et résolue. La porte s'est refermée derrière elle avec un bip électronique. J'étais enfermée.

Silence.

J'ai compté jusqu'à dix et je me suis jetée sur le téléphone, pour composer le numéro du portable de Jason. Il y a eu un déclic, puis un message automatique me demandant d'entrer mon code.

J'étais si frustrée que j'ai vu flou et que mes oreilles bourdonnaient. J'ai raccroché.

Puis, après un regard nerveux à la porte, j'ai pris le dossier de Serena. À l'intérieur, il n'y avait que son formulaire d'admission. Aucun résultat de tests sanguins, aucun rapport médical. Rien pour indiquer que son cas posait un problème. La seule chose que je remarquai, c'était un cercle rouge autour de l'âge qu'elle avait lorsqu'elle avait été contaminée.

Si Serena était vraiment malade, y avait-il un lien avec son âge ? Je connaissais les statistiques : les personnes qui contractaient le SL avant l'âge de quinze ans avaient seulement 40 % de chances de survivre à leur première métamorphose. Serena avait été contaminée à l'âge de onze ans.

J'ai refermé le dossier.

Il y avait un ordinateur portable sur le bureau. En m'en approchant, j'ai vu qu'il fallait un mot de passe. Je suis retournée à la pile de papiers sous le dossier de Serena : des emplois du temps des différents cours, et des feuilles de comptes. Rien qui pourrait me permettre de découvrir ce qui était arrivé à Serena. Rien non plus qui me permette de trouver comment nous évader d'ici.

Je suis vite allée ouvrir les tiroirs du bureau. Seul celui du haut n'était pas fermé à clé. Lorsque je l'ai ouvert, j'ai compris pourquoi : il ne contenait qu'un stylo, trois trombones et une boîte de barres de régime hyperprotéinées. Diriger un camp ne laissait sans doute pas beaucoup de temps pour une alimentation équilibrée.

J'ai refermé le tiroir et me suis tournée.

Le tableau a empli mon champ de vision.

Ce que j'avais pris pour des ombres derrière la femme étaient des hommes, contorsionnés et enveloppés de fumée. Ils criaient comme des damnés. De près, je voyais aussi que la robe de la femme n'était pas en lambeaux mais roussie par des flammes.

Ce n'était pas exactement ce que j'aurais choisi pour accrocher dans mon bureau.

J'ai froncé les sourcils.

Le cadre était vraiment de guingois. Machinalement, j'ai voulu le redresser.

Zip… Le bruit m'a fait reculer.

Le tableau s'était ouvert, révélant un écran tactile presque aussi grand que la télé panoramique que Jason avait dans sa chambre, à Hemlock.

Il affichait une liste de noms, divisée en deux sections : « Ressources » et « À traiter ». Il y avait vingt noms dans la première catégorie. Celui de Serena venait en troisième position. Mon nom et celui de Kyle, chacun suivi d'un point d'interrogation, étaient dans les derniers.

J'ai touché le nom de Kyle et une image a envahi l'écran : une photo en noir et blanc de lui dans la cage, hier matin. On me voyait juste un peu derrière ses épaules. J'ai effleuré la photo et elle a disparu.

Maintenant, je savais pourquoi Sinclair connaissait mon nom.

J'ai touché celui de Serena. Elle est apparue, affaissée derrière une table métallique, fixant l'objectif d'un regard horriblement vide. Sous la photo, il y avait une petite icône d'information. À mon contact, l'icône a laissé place au formulaire d'admission de Serena. J'allais refermer l'image lorsque je me suis figée. C'était comme si on m'avait soudain lâchée dans un réservoir d'eau glacée. J'avais le souffle coupé et tout m'a semblé être au ralenti lorsque j'ai lu la dernière ligne du texte :

Admissible à Willowgrove.

Chapitre 15

Willowgrove…

Donc, ce camp existait.

Les loups en parlaient comme d'une légende urbaine, un camp secret, quelque part dans le pays. Selon Dex, c'était un camp d'extermination.

Quoi qu'il en soit, Serena était prise dans ses dangereux filets.

Des voix étouffées se faisaient entendre derrière la porte, me tirant de mon état de choc. J'ai vite touché l'écran, une fois, deux fois, jusqu'à ce qu'il soit identique à celui que j'avais trouvé en premier lieu, puis j'ai remis le tableau en place.

De petits bips électroniques m'ont indiqué que quelqu'un appuyait sur les chiffres du pavé numérique extérieur. Je me suis ruée dans mon fauteuil. Je venais tout juste d'y poser les fesses lorsque Sinclair a ouvert la porte.

Elle avait l'air furieuse.

Mon cœur a flanché : elle m'avait vue toucher au tableau !

— Mackenzie, il est temps pour vous d'aller en cours.

N'osant croire à ma chance, je me suis levée sur-le-champ et ai traversé la pièce. Tant pis pour les mille questions qui me venaient à l'esprit, sur Willowgrove et Serena.

Elle a posé une main sur mon bras et m'a entraînée vers la salle d'attente. J'ai eu la chair de poule jusqu'à ce qu'elle me lâche.

— Elliott, vous voulez bien accompagner Mackenzie à son cours ?

— Bien sûr.

Je connaissais cette voix… Elle aurait été capable de persuader un ange de donner son auréole.

— Merci, Elliott, a dit Sinclair en se retirant dans son bureau.

Je m'en étais à peine aperçue, prise de vertige. Ces cheveux blonds. Ces yeux verts… Comment pouvaient-ils être associés à un uniforme de garde de Thornhill ?

Des mains familières se sont posées sur mes bras pour m'empêcher de tomber, et Jason m'a décoché un sourire tendu.

— Salut. Je suis le nouveau conseiller stagiaire.

J'ai cligné des paupières, encore sous le choc.

Gardant simplement une main sur mon coude, il m'a fait traverser la pièce.

— On vient d'avoir un code douze. Il vaut mieux ne pas rester ici.

Dans le couloir, nous nous sommes plaqués au mur lorsque deux coordinateurs sont passés devant nous à toute allure.

— C'est quoi, un code douze ?

— Un garde égratigné par un loup.

Jason m'a fait descendre des couloirs, tournant ici et là, ne me lâchant qu'une fois en vue de l'entrée. Le garde de ce matin avait été remplacé par une femme.

Elle a salué Jason d'un signe de tête et il lui a rendu son salut.

Je l'ai dévisagé à la dérobée.

Il paraissait si expérimenté qu'on lui aurait donné des années de plus. Personne n'aurait pu deviner qu'il n'avait que dix-sept ans.

Dehors, la cour grouillait de gardes. J'ai regardé le ciel, essayant de calculer l'heure à la position du soleil. Il ne devait pas être loin de midi.

Je pensais que Jason emprunterait le sentier menant aux salles de cours et aux dortoirs, mais il a tourné à droite et s'est dirigé vers un sentier plus ancien, qui contournait une petite colline. Le goudron était craquelé et effrité, et je devais regarder où je mettais les pieds. Nous sommes passés devant un long bâtiment de brique.

– C'était la résidence des employés du sanatorium, à l'origine, a marmonné Jason d'un air absent, comme si je lui avais demandé ce que c'était. Ils la démolissent le mois prochain.

En effet, les fenêtres étaient condamnées et un ruban de plastique jaune barrait les portes.

Je me suis arrêtée au milieu du sentier.

– Jason, qu'est-ce que tu fais ici ?

Il s'est tourné et m'a regardée. Son expression était partagée entre la frustration et l'incrédulité.

– Mais qu'est-ce que tu crois ? Je suis venu pour te faire sortir.

Il s'est remis à marcher.

– Viens, il faut qu'on parle.

J'ai fait non de la tête, même s'il me tournait le dos.

– Plus tard. Kyle a eu un accident. Sinclair a dit qu'on l'avait renvoyé en cours. J'ai besoin de savoir si c'est vrai.

La pelouse bordant le sentier était pleine de mauvaises herbes qui nous arrivaient presque aux genoux, mais couper à travers serait plus court que de revenir sur nos pas et prendre le sentier. Essayant de ne pas penser aux serpents et aux rongeurs qui devaient peupler ce terrain vague, je me suis avancée, contournant les piles de briques abandonnées et une vieille serre délabrée.

Jason me suivait.

– Mac…

– Plus tard, d'accord ? C'est promis.

Je ne pouvais pas croire un mot de ce que me disait Sinclair, surtout après avoir vu cette liste. Tant que je n'aurais pas vu Kyle, je ne pouvais être sûre qu'il allait bien. Et tant que je n'en étais pas sûre, je ne pouvais m'occuper de rien d'autre. Pas même de Jason.

– J'ai une lettre de la part de ton père.

Je me suis arrêtée comme si j'avais reçu un coup.

Jason m'a rejointe. Avant que j'aie pu le questionner sur ce message, il m'a entraînée vers la serre. Pas question de lui échapper. Jason était le seul garçon de mon âge, dans mon entourage, à avoir un coach personnel et une salle de gym. Sans rivaliser avec un loup-garou, il était d'une force bien au-dessus de la moyenne.

– Kyle va bien, a-t-il dit en me lâchant pour forcer la porte de la serre. Je l'ai vu quitter le sanatorium quand j'étais de l'autre côté de la cour.

Je l'ai poussé si violemment que mes paumes me brûlaient.

179

– Bon sang, pourquoi tu ne l'as pas dit tout de suite ?

– Si tu avais ralenti deux secondes, au lieu de filer comme une folle…

À l'intérieur, les parois vitrées étaient recouvertes d'une croûte de saleté remontant à des décennies, et la lumière qui parvenait à filtrer à travers était presque trouble.

On avait l'impression d'être dans un aquarium vide et sale. J'ai pris une grande inspiration et l'ai immédiatement regretté.

– Beurk… Ça sent mauvais. Comme s'il y avait un animal mort…

Jason a jeté un coup d'œil dans le coin.

– Y a un rat mort.

– Oh… Beurk beurk beurk…

J'allais sortir mais il a été plus rapide que moi et m'a empêchée de passer.

– Mac, tu vas m'écouter cinq minutes, oui ?

Il a plongé la main dans sa poche et m'a tendu une feuille de papier pliée en trois.

– De la part de ton père.

J'ai saisi la lettre et me suis appuyée à un vieux comptoir de bois. Jason m'observait avec une expression que je n'arrivais pas à déchiffrer.

Il avait l'air affamé…

C'était absurde !

Même déguisé en stagiaire de Thornhill, Jason restait sûr de lui.

Avant même de lire la lettre, mes questions ont fusé :

– Comment es-tu entré dans le camp ? Que s'est-il passé après la descente des Trackers ? Et … où est ton tatouage ?

Il a d'abord répondu à ma dernière question.

– J'ai trouvé un type qui a été maquilleur à Hollywood. C'est supposé être le même truc qu'il a mis à Johnny Depp pour cacher son tatouage sur le bras.

– Un type... tu veux dire un Tracker ?

À son regard, j'ai compris que j'avais raison.

– Pourquoi t'ont-ils aidé ?

– Pour de l'argent.

Il y avait une petite caisse en bois près de lui et Jason a posé le pied dessus, la faisant tourner sur un côté.

– En plus, être la dernière personne à avoir parlé à Derby avant sa mort donne une sorte de prestige. Thornhill a du mal à trouver du personnel qualifié. Me faire engager n'a pas été très difficile. Je leur ai dit que je suivais un loup de Hemlock. Que je le croyais coupable d'avoir tué Amy. Les Trackers ont l'esprit de vengeance.

Je l'ai regardé, horrifiée.

– Tu leur as dit que Kyle avait tué Amy ?

– J'avais besoin d'un prétexte. C'est tout ce que j'avais.

– Et que se passera-t-il lorsque nous sortirons d'ici ? Ils voudront attraper celui qu'ils croiront coupable de la mort de la petite-fille d'un sénateur et du chef des Trackers.

– Je ne leur ai pas donné le nom de Kyle ni son âge, ni quoi que ce soit qui puisse leur faire penser que c'était lui. Accorde-moi au moins un peu de bon sens.

Jason s'est passé la main sur le visage.

– Écoute, il fallait que je reste ici assez longtemps pour te faire sortir.

– Que fais-tu de Kyle et de Serena ?

– Ce sont des loups-garous, Mac.

Je l'ai repoussé à deux mains. Après tout ce qui s'était passé à Hemlock... après tout ce qu'il avait vu... il oserait les abandonner ?

– Et alors ? Ils sont contaminés donc on les raye de la liste, on fait une croix dessus, c'est ça ?

Jason est devenu tout rouge. Pendant une seconde, il a eu l'air d'un homme qui veut désespérément frapper quelque chose.

– Bien sûr que non ! Mais ils peuvent se protéger. Un tir de Taser ne va pas les électrocuter, et ils ne succomberont pas à un coup de couteau dans le ventre. Toi, si. Il faut d'abord te faire sortir de ce camp. Une fois dehors, nous trouverons un plan. Jusque-là, ils ne risquent rien.

J'ai éclaté d'un rire amer, qui me déchirait la gorge.

– Tu te trompes, Jason. Ils sont bien plus en danger que moi.

Brièvement, je lui ai raconté ce qui s'était passé depuis notre arrivée : la disparition de Serena. Dex et sa théorie sur Willowgrove. Le cimetière. Sinclair et sa sœur.

Lorsque j'ai eu terminé, Jason a eu l'air préoccupé.

– Je n'ai jamais entendu parler d'un camp secret ou de quoi que ce soit appelé Willowgrove. Et crois-moi, j'ai entendu beaucoup de choses, ces derniers jours.

D'un coup de menton, il a désigné la lettre que je serrais toujours dans ma main.

– C'est ton père qui a eu l'idée de se servir des Trackers pour me faire entrer ici. Ne te méprends pas. J'y aurais pensé tout seul mais il l'a suggéré avant que j'en aie eu le temps.

J'ai déplié la feuille. Une série d'instructions étaient gribouillées de la main de mon père. Je reconnaissais son écriture sinueuse. Il n'y avait rien d'autre. Pas même son nom. Ou un de ses noms…

J'ai parcouru brièvement les instructions. « Clôture côté ouest. Dévisser le boîtier. Couper le fil électrique blanc. Replacer le boîtier. Tester avec lecteur. »

— Jason, qu'est-ce que ça veut dire ? ai-je demandé en levant les yeux.

Il a sorti un étui noir de la poche de son pantalon et me l'a tendu. À l'intérieur, il y avait deux tournevis, une minuscule pince coupante et un appareil électronique de la taille d'un iPhone. Ce dernier était noir avec un bouton jaune pour le mettre en marche et un petit écran numérique. Sur le côté, il y avait une mollette pour le son. J'ai retourné l'appareil. Une étiquette marquée « Propriété de Thornhill » était collée derrière.

— Ils s'en servent pour vérifier les DHF, a expliqué Jason. L'appareil capte la fréquence qu'ils émettent et la convertit en un son que les humains peuvent entendre. S'il n'y a aucun son, le DHF ne fonctionne pas – généralement à cause du mauvais temps ou d'animaux.

Je me rappelais qu'Ève et moi avions vu Tanner vérifier le DHF dans les bois.

— C'est pour ça que Hank voulait que j'entre ici, a ajouté Jason. Il avait besoin de quelqu'un, dans le camp, pour tester un de ces lecteurs. Ève ou toi.

— Ève ou moi ? ai-je répété, incrédule.

— La première que je verrais.

J'ai regardé la lettre. Sans doute était-ce idiot de se sentir blessée à cause d'une feuille de papier… Mais comment Ève et moi pouvions-nous être interchangeables, aux yeux de mon père ?

D'autant que ni elle ni moi, à l'évidence, n'avions eu droit à un simple « soyez prudentes » !

— Il vous donne rendez-vous ce soir le long de la clôture côté ouest, à deux heures trente. Choisissez un endroit et déconnectez tous les DHF du secteur. Il vous repérera. Si tu veux, on peut faire un essai avant le couvre-feu, mais ce devrait être facile pour vous.

J'ai remis l'appareil dans l'étui, que j'ai glissé dans ma poche.

— Comment sait-il tout ça ? Sur les DHF et leur fonctionnement ?

— Une des femmes qui ont conçu le système de sécurité de Thornhill a été renvoyée sans indemnités de licenciement.

Il a eu un petit sourire.

— C'est vraiment la vengeance qui fait tourner le monde…

Puis il a regardé sa montre.

— Il reste dix minutes avant le déjeuner. Il vaut mieux que je te raccompagne avant que Sinclair vérifie où je suis.

Il est allé ouvrir la porte. J'ai fourré la lettre de Hank dans ma poche.

— Jason ! Je ne partirai pas de ce camp sans Kyle ni Serena. Alors qu'est-ce qu'on fait ?

— C'est quoi, ton dernier cours de la matinée ?

— L'impact du SL sur la société. Salle D… Jason, il faut qu'on trouve le moyen de les faire sortir. Ce sont *nos* amis… Tu ne vas pas me dire le contraire, maintenant, avec ton déguisement ?

Il a eu l'air paniqué qu'ont tous les garçons quand on leur demande quels sont leurs sentiments.

– Évidemment ! Kyle est mon meilleur ami. Et Serena...
Ne le dis à personne mais je serais vraiment en rogne s'il
lui arrivait quoi que ce soit. C'est une sacrée emmerdeuse
et elle a très mauvais goût question fringues. Et pourtant,
au bout d'un moment, on s'attache à elle.

Je n'ai pas pu m'empêcher de sourire en pensant à ce
que Serena aurait répliqué. Mais mon sourire s'est évanoui
aussitôt.

– Et si elle était vraiment malade ?

– Alors on trouvera le moyen de la guérir.

Il paraissait si confiant que, pour un peu, je l'aurais cru.
En tout cas, je ne savais plus quoi dire...

Nous avons marché en silence pendant quelques instants.

La lettre de Hank me semblait lourde, dans ma poche.
Et elle m'a fait penser au seul membre de ma famille qui
comptait vraiment pour moi : Tess.

Elle devait être folle d'inquiétude. J'étais partie sans un
mot, croyant revenir très vite...

– As-tu appelé Tess ? Sait-elle où je suis ?

– Je n'ai pas eu le temps. Désolé... Dans le camp, on n'a
pas de réseau et ils surveillent les appels sur les postes fixes.
Mais si je reste ici plus d'une semaine, j'aurai un après-midi
de libre et je lui téléphonerai. Et aussi aux parents de Kyle.
S'il veut bien.

Kyle n'avait pas dit à ses parents qu'il était contaminé,
ni où il allait en quittant Hemlock. Il serait certainement
horrifié à l'idée que Jason leur téléphone.

Nous avons atteint la salle D juste au moment où la sonnerie retentissait. Des flots de loups sont sortis du bâtiment
et Jason a glissé une main dans sa poche. Lui avait-on donné
un DHF ? Si c'était le cas, s'en servirait-il ?

Mon cœur s'est serré.

Avant que j'aie eu le temps de l'interroger, Kyle est apparu, parfaitement en forme.

Pendant une seconde, tout m'a paru bouger au ralenti et j'ai senti un poids énorme quitter ma poitrine. Le soleil de midi soulignait ses traits, et le soulagement dans ses yeux était si vif que j'en tremblais presque.

Puis son regard s'est posé sur Jason et le soulagement a laissé place à une immense surprise, puis à quelque chose de plus sombre. Il m'a jeté un coup d'œil lourd de sous-entendus et nous a tourné le dos.

– Pourquoi ai-je l'impression qu'il n'est pas content de me voir ? a murmuré Jason.

Nous avons suivi Kyle, et, à l'angle du bâtiment, il m'a semblé apercevoir Dex. Mais deux filles m'ont bloqué la vue, et la seconde d'après, il avait disparu.

– Super, a marmonné Kyle lorsque nous l'avons rattrapé. Je pars de Hemlock pour que vous soyez tous les deux en sécurité et maintenant vous risquez votre vie ici. Bon sang, Jason ! Qu'est-ce que tu combines encore ? Tu as assommé un conseiller et tu lui as piqué son uniforme ?

– Non, je fais vraiment partie du personnel. On est obligé d'acheter son uniforme mais l'assurance comprend les soins dentaires.

Je lui ai jeté un regard de reproche. Ce n'était vraiment pas le moment de plaisanter ! Il a haussé les épaules.

– C'est pas moi qui ai commencé... Écoute, Kyle, je ne pouvais pas rentrer chez moi en sachant que Mac était enfermée ici. Si tu avais été à ma place, tu aurais fait la même chose.

Comme Kyle ne réagissait pas, il a regardé sa montre en soupirant.

– Très bien. J'ai un rendez-vous avec ma responsable. Si je la fais attendre, elle va me déchirer en deux.

Je ne voyais qu'une femme correspondant à ce signalement...

– Ne me dis pas que c'est Langley ! Elle est sadique.

– Ouais, un vrai pitbull. Mais t'inquiète pas. Elle m'aime bien... J'essayerai de te retrouver après le dîner. On verra si les instructions de Hank fonctionnent.

Avant que j'aie pu dire quoi que ce soit, il s'était volatilisé.

– Il a vu ton père ? s'est étonné Kyle.

– Oui. Apparemment, Hank lui a expliqué comment désamorcer les DHF. Il veut me voir près de la clôture ce soir avec Ève. Kyle... C'est formidable que Jason soit ici. Avec lui, on a plus de chance de trouver Serena.

– Je sais. C'est juste que je ne m'y attendais pas. Je... Mac, pourquoi ton T-shirt sent-il la lavande ?

J'ai froncé les sourcils et reniflé le tissu. Génial. Je sentais comme Sinclair, maintenant !

– C'est la crème pour les mains de Sinclair. Elle a posé la main sur mon épaule, dans son bureau.

L'odorat hypersensible des loups me faisait encore un drôle d'effet. Kyle sentait sans doute des tas de choses sur moi, dont je n'avais aucune idée.

J'ai fait un effort pour revenir à la réalité.

– Qu'est-ce que tu disais, avant ?

– Rien.

– Si, tu as changé de sujet à cause de l'odeur de lavande.

– Non, non.

Sa voix était devenue sèche. Là, j'ai eu un pressenti-
ment : il savait que je n'apprécierais pas ce qu'il avait à
me dire !

J'ai posé les yeux sur le logo de Thornhill imprimé sur
son T-shirt.

Nous quatre – Jason, Kyle, Amy et moi – étions aussi liés
que les plantes grimpantes encerclant le nom du camp. Nos
vies s'entrelaçaient si étroitement que même dans la mort,
nous ne pourrions nous séparer. Amy en était la preuve.

Jusqu'ici, cela me réconfortait de savoir que nous étions
si proches. Mais à présent, je me demandais si ces liens ne
nous étouffaient pas, nous empêchant d'exister pleinement.
Serais-je assez forte pour accepter de me séparer d'eux ? Si
j'avais laissé Kyle partir, rien de tout ceci ne serait arrivé…

Pendant un instant, j'ai vu un autre Kyle. Celui qui, à
quatorze ans, tout dégingandé avec une voix qui n'avait
pas encore mué, conservait toujours un calme grave. Un
garçon à qui je pouvais tout dire – les souvenirs qui me
hantaient et les peurs que je pouvais à peine avouer.

Je ferais tout pour le retenir, même si ce garçon s'était
changé en loup-garou. J'avais trop besoin de lui.

– Salut !

La voix d'Ève est tombée entre nous comme un cou-
peret. Le moment magique était terminé.

Elle paraissait sûre d'elle, mais elle avait les traits tirés et
ne cessait de frotter les cicatrices de son poignet, qu'elle
encerclait de son pouce et de son index.

– Alors, a-t-elle murmuré, vous avez du nouveau ?

Chapitre 16

J'ai fourré la pince coupante dans ma poche et ai remis l'étui en plastique du DHF à sa place.

Un rai de lumière balayait l'obscurité dans le lointain : la lampe électrique d'un garde faisant sa ronde. Il s'éloignait de nous, mais à sa vue j'ai senti la peur m'envahir. Nous avions déjà esquivé deux patrouilles, ce soir.

J'ai commencé à redescendre, posant précautionneusement un pied après l'autre sur les échelons. À mi-chemin du sol, je me suis souvenue du lecteur. Je l'ai sorti et ai réussi à presser sur le bouton qui le mettait en marche tout en m'agrippant au poteau de l'autre main. Silence. Le DHF ne fonctionnait plus.

– Ève ?

Ma voix n'était qu'un chuchotement, mais je savais qu'elle l'entendrait.

– La voie est libre…

J'ai tendu le bras pour me suspendre à l'échelon suivant. Ma main, poisseuse de sueur, a glissé sur le métal et j'ai lâché le barreau. Dans ma chute, tout m'a semblé flou, et la terre, infiniment dure. Sonnée, j'ai regardé le ciel. Les nuages et les étoiles tourbillonnaient comme dans la reproduction du tableau de Van Gogh dans la chambre de Tess. Comment s'intitulait cette peinture, déjà ?

Ève me parlait mais elle me semblait très loin.

Nuit étoilée. C'était le titre du tableau.

Je me suis forcée à m'asseoir.

– Attends, tu ne devrais pas bouger. Tu es tombée comme un sac de ciment.

J'ai tâté mon crâne. Pas de bosse, pas de sang... Je me suis mise debout tant bien que mal. Chacune de mes vertèbres me faisait un mal de chien mais au bout de quelques instants, la douleur s'est atténuée. J'étais pratiquement certaine de n'avoir rien de cassé. Et puis, ce n'était pas le moment de s'écouter. J'ai fait un petit signe à Ève.

– Ça va...

Je me suis tournée vers la clôture. Hank n'était toujours pas là. Suivant ses instructions, nous avions dépassé la zone de métamorphose pour marcher le long de la clôture jusqu'à un endroit apparemment hors des zones de patrouille des gardes.

– Tu crois qu'on va attendre longtemps ?

Ève a haussé les épaules.

– Le temps qu'il faudra.

Je lui ai jeté un coup d'œil exaspéré.

– Il va venir, a-t-elle soupiré. Curtis fait toujours ce qu'il dit.

Je suis partie d'un rire si soudain qu'il a éclaté dans l'air du soir avant que j'aie pu me contrôler.

– Je ne pensais pas nécessaire de vous recommander la prudence !

Hank s'est matérialisé dans l'obscurité, de l'autre côté de la clôture. Il avait l'air d'avoir dévalé un ravin sous une avalanche, avec sa chemise noire déchirée, son jean noir couvert de boue et lacéré au genou.

Pour un peu, je lui aurais demandé s'il allait bien... Mais les mots sont restés dans ma gorge.

— Curtis !

Soudain, devant son héros, Ève paraissait étrangement maladroite et vulnérable. Elle s'est approchée de la clôture sans cesser de parler.

— Le reste de la meute est en sécurité ? As-tu trouvé les Trackers qui ont fait la rafle ? Je t'en prie, dis-moi que tu les as mis en pièces...

Hank a frotté ses joues ombrées par une barbe d'au moins deux jours.

— Le club a brûlé de fond en comble. La plupart de ceux qui s'en sont sortis sont allés à Briar Creek.

— Briar Creek ? ai-je répété. Où est-ce ?

— À environ une heure et demie de Denver, a expliqué Ève. En fait, c'est une ville fantôme. Il ne reste que quelques maisons abandonnées.

— On n'y a accès que par un chemin de terre, a ajouté Hank en me dévisageant intensément. Tu ne devrais pas être de ce côté de la clôture, petite.

J'ai haussé les épaules, geste qui a provoqué une onde de douleur dans mon dos.

— Ils ont pris mes amis. Tu ne peux pas comprendre, j'imagine.

Je pouvais pratiquement sentir le regard mauvais qu'Ève m'a lancé.

— Très bien, a dit Hank.

J'étais décontenancée. Le Hank d'autrefois n'aurait pas laissé passer ce genre de critique.

Il a sorti quelque chose de sa poche et un objet sombre a atterri aux pieds d'Ève : une boîte de pellicule photo, comme celles qui traînaient toujours dans l'atelier d'arts plastiques, au lycée.

Elle l'a ramassée et a ouvert le couvercle. Deux amulettes en étain, chacune attachée à une cordelette, sont tombées dans sa paume. Elle a soulevé un des bijoux et l'a fait danser au bout de son doigt. Il était rond et sans ornement à l'exception d'un étrange symbole. On aurait dit trois larmes entremêlées.

Hank a repris la parole :

— Gardez-les tout le temps sur vous. Un camion va entrer dans le camp demain soir, à une heure trente du matin, pour livrer du bois de construction sur un chantier à l'est du camp. Dortoir numéro quatorze. Le garde qui accompagnera le camion ainsi que le chauffeur vous laisseront monter à bord une fois que vous leur aurez montré ces amulettes. Lorsque le camion partira, vous partirez avec lui.

Ni Ève ni moi n'avons réagi. Le bourdonnement provenant de la clôture a semblé s'accentuer, remplissant le silence jusqu'à ce que je sente la vibration dans ma poitrine.

Hank voulait nous faire évader toutes les deux ?

Cela n'avait aucun sens.

Il ne s'était pas inquiété de moi, trois ans auparavant, alors pourquoi maintenant ? Du coin de l'œil, j'ai vu Ève remettre les amulettes dans la boîte.

— En ce qui me concerne, je ne vais nulle part sans Kyle ni Serena.

Ève s'est approchée de la clôture.

— Et la meute ? a-t-elle protesté. Elle compte sur toi, Hank. Je n'arrête pas de leur dire que tu vas trouver un moyen de nous faire sortir.

Hank a paru excédé. Son ton neutre faisait froid dans le dos.

— J'ai dû pratiquement vendre mon âme, rien que pour votre évasion.

Ève a insisté.

— Tu ne comprends pas. Il se passe des choses, ici. Des gens disparaissent, y compris ceux d'Eumon. Des loups tombent malades et vont peut-être mourir. Tu ne peux pas les laisser !

À présent, les yeux de Hank lançaient des éclairs.

— Même si je pouvais les faire sortir, combien de temps cela prendrait, selon toi, avant que les Trackers et le BESL comprennent qui est à l'origine de tout ça ? Tu imagines les représailles ?

Il s'est interrompu, nous laissant le temps de mesurer les conséquences. Puis il a ajouté, en détachant chaque syllabe comme un coup de fouet :

— Ils nous effaceraient de la surface de la terre.

Cet aspect de Hank m'était familier. Il était redevenu lui-même, menaçant et égoïste.

— Alors, tu te fiches de ce qui leur arrive ! ai-je lancé.

Il n'avait jamais porté la main sur moi, mais j'étais contente qu'il soit de l'autre côté d'une très haute clôture mortelle. J'avais vu mon père regarder d'autres personnes comme ça, et il n'en était jamais résulté rien de bon.

Quant à Ève, elle se tenait étrangement immobile, comme une statue vivante.

– Tu pourrais t'associer aux autres meutes, a-t-elle dit enfin. La fille du chef de Carteron est ici. Si sa mère le savait, elle viendrait avec toi. Et la meute Portheus suivrait aussi. Si tu faisais sortir tous les prisonniers, ils ne sauraient pas sur qui se venger. Même les Trackers ne seraient pas assez fous pour s'en prendre à trois meutes.

– J'ai dit non.

Juste un mot. Pas d'explication ni d'excuse.

– La meute va se mutiner s'ils découvrent que tu m'as fait sortir et pas eux.

Quelque chose a bougé dans les yeux de mon père. Il a regardé Ève comme il m'avait regardée trois ans auparavant, lorsqu'il m'avait dit qu'il sortait acheter un paquet de cigarettes.

– Ève, il ne fera rien.

Elle a secoué la tête.

– Ils ne sont pas idiots, Curtis. Ils le comprendront tout seuls. Ils sauront que je ne me suis pas évadée sans aide.

En dépit de mon antipathie, je me suis soudain sentie désolée pour elle. Je savais comme c'est douloureux de découvrir qu'une personne en qui on a confiance est, en fait, un inconnu. J'ai continué à fixer mon père.

– Il te fera sortir d'ici mais tu ne reviendras pas à la meute d'Eumon. N'est-ce pas ?

Hank a acquiescé.

– Il y a une meute qui l'attend à Atlanta.

– Je n'irai pas.

– Ce sera Atlanta et ce n'est pas négociable.

Ève a regardé mon père comme si elle le voyait pour la première fois.

– Je ne quitterai pas Thornhill en sachant que j'ai abandonné tous les autres.

Hank serrait et desserrait son poing droit. Il faisait trop sombre pour voir le réseau de cicatrices s'entrecroisant sur ses phalanges, mais pendant une seconde j'ai cru qu'elles luisaient de blancheur.

– Vous croyez que cette occasion de vous évader va se représenter ? Personne ici ne laisserait passer une...

Il s'est tourné brusquement, avec l'air d'entendre quelque chose.

Une fraction de seconde plus tard, j'ai perçu le bruit caractéristique d'un moteur de voiture.

– La patrouille est en avance !

Hank a poussé un juron et nous a regardées encore une fois.

– Rentrez dans votre dortoir. Vous serez toutes les deux dans ce camion demain. Une heure trente. Pas de discussion.

Une Jeep est apparue. Instinctivement, je me suis jetée à terre, essayant de me faire aussi petite que possible tandis que les lumières des phares balayaient l'air. Près de moi, Ève a eu la même idée.

Au bout d'une minute, j'ai levé la tête pour voir ce qui se passait. Hank courait loin de la clôture. Puis, il s'est déformé et a commencé à se métamorphoser.

Je voulais détourner les yeux mais c'était impossible.

Ses os se fracassaient et ses muscles claquaient, puis sa colonne vertébrale s'est arquée et sa bouche s'est ouverte sur un cri silencieux.

Le temps a ralenti pendant que son corps semblait céder à une pression intense. Puis, soudain, un loup à la fourrure couleur de cendres mêlée de neige se tenait à sa place.

Et des balles faisaient gicler la terre près de ses pattes.

J'ai eu si peur que j'ai retenu un haut-le-cœur. Mais l'animal était une cible plus rapide et plus petite que l'homme qu'il avait été. Il s'est élancé, indemne, dans la nuit noire.

La voiture a donné dangereusement de la bande en essayant de le suivre, tandis que quelqu'un criait des coordonnées de GPS dans une radio.

Bientôt, Hank n'a plus été qu'un petit point gris. Puis il a disparu totalement.

Je me suis accroupie.

– Ève…

Elle s'était levée et regardait l'endroit où Hank s'était confondu à la nuit. Je me suis redressée à mon tour et lui ai pris le bras.

– Ève !

Cette fois, elle m'a repoussée et j'ai bien faillir tomber en arrière. Sa voix vibrait de colère.

– Comment a-t-il pu passer un marché pour nous sauver et pas les autres ?

J'ai jeté un coup d'œil inquiet dans la direction où j'avais vu les phares pour la dernière fois. Ils risquaient de réapparaître de ce côté-ci.

Ève me dévisageait, attendant une réponse.

– Filons ! ai-je supplié. Nous ne pouvons pas rester ici.

Elle a paru sortir de sa rage.

– D'accord, a-t-elle murmuré avant de se mettre à courir.

J'avais du mal à la suivre, même si elle ralentissait l'allure pour moi. J'avais l'impression d'avoir reçu un coup de couteau entre les côtes.

Et je me concentrais tellement pour avancer que je n'ai pas remarqué la direction où elle m'entraînait.

Elle s'est arrêtée brusquement. À moitié aveuglée par l'épuisement, je l'ai heurtée violemment mais elle n'a pas bougé d'un pouce. J'ai levé les yeux, m'attendant à voir notre dortoir.

Devant moi se dressait un mur de brique couvert de lierre : le sanatorium.

Nous étions à l'arrière du bâtiment, à l'ombre d'un hangar à moitié écroulé qui avait l'air d'avoir un siècle. Il était probablement déjà là lorsque les premiers patients tuberculeux étaient arrivés ici.

Ève a contemplé l'ancien hôpital. Toutes les fenêtres étaient sombres et la seule lumière provenait d'une petite ampoule teintée en orange, suspendue au-dessus d'une porte métallique.

— Je me demande ce qu'ils font aux loups qui disparaissent...

— Je n'en sais rien, ai-je répondu, songeant avec angoisse à Serena.

— Il veut que je m'enfuie, que je les oublie... Que je les raye de ma mémoire pour aller à Atlanta...

Elle a prononcé ce nom avec mépris, tout en se passant les deux mains dans les cheveux.

— Je n'irai pas, a-t-elle ajouté. Quand ce camion partira, ce sera sans moi.

— Et moi, je n'irai nulle part sans Serena et Kyle. Si Hank me connaissait un tant soit peu, il le saurait.

— Tu n'as pas été étonnée, tout à l'heure. Tu n'as jamais cru qu'il viendrait à notre secours, n'est-ce pas ?

Avec un petit soupir, j'ai caressé le bracelet d'Amy sous mon entrave de métal.

– Quand Hank est parti, il m'a fallu trois jours pour comprendre qu'il ne reviendrait pas. Je suis restée blottie dans le coin d'une chambre de motel. J'attendais. Ce n'est que lorsque le directeur m'a flanquée dehors que j'ai accepté la réalité.

Les yeux verts d'Ève étaient embués de larmes.

– Hank m'a dit qu'il t'avait laissée chez des parents.

Tiens, elle ne l'appelait plus Curtis, maintenant... Cependant, je me suis abstenue de le lui faire remarquer.

– Alors il t'a menti. Je me suis rappelé le nom d'une cousine et j'ai trouvé son numéro dans l'annuaire.

– Il est tellement différent de celui que je croyais !

– Et pourtant, il a changé.

D'accord, Hank semblait peu se soucier de sa meute, mais il tentait de nous faire sortir, Ève et moi.

Il avait même trouvé un endroit où Ève pouvait vivre tranquille.

Peut-être le vrai Hank n'était-il pas l'homme égoïste et insensible dont je me souvenais, ni le chef qu'Ève avait imaginé. Peut-être le vrai Hank était-il un mélange des deux.

J'ai soudain revu un loup gris esquivant une grêle de balles. Il avait risqué sa vie pour s'approcher du camp.

– Tu crois qu'il s'en est tiré ?

Ève a haussé les épaules d'un air toujours rageur.

– Il est rapide, même pour un loup-garou. Il faudra plus qu'une Jeep pour l'attraper. De toute façon, a-t-elle ajouté en me dévisageant longuement, je suppose que cela ne t'intéresse pas de le savoir ?

En effet. C'était de la simple curiosité, pas de l'inquiétude.

Ève a regardé la boîte de pellicule qu'elle tenait dans la main.

– On les jette ?

– Non. On va en faire profiter quelqu'un d'autre. Hank a dit que le garde s'attendait à voir deux filles portant ces amulettes, mais il n'a pas précisé qu'il nous reconnaîtrait physiquement. Si nous pouvions trouver Serena avant que le camion parte, je lui donnerais mon amulette.

Ève a réfléchi quelques instants.

– C'est logique. Je peux donner mon amulette moi aussi. Si Hank ne fait rien, peut-être que les chefs des autres meutes agiront.

Elle n'allait donc pas apprécier ma suggestion...

– Ève, toi, tu dois partir.

Elle m'a regardée d'un air incrédule.

– Tu es folle ? Après ce que tu m'as entendu dire à Hank ? Après tout ce que nous venons de discuter ?

J'ai jeté un bref coup d'œil au sanatorium, aux fenêtres toujours éteintes.

– Hank a pris des arrangements pour que tu aies un endroit où aller en quittant le Colorado. C'est beaucoup plus que ce qu'il a jamais fait pour moi. Il tient à toi – assez pour que tu sois capable de le faire changer d'avis pour la meute.

Ève a croisé les bras sur sa poitrine.

– Et s'il ne m'écoute pas ?

– Alors tu devras essayer de mettre d'autres loups d'Eumon de ton côté. Il y en a forcément qui ont perdu des gens qu'ils aimaient, à Thornhill. Et tu pourras aussi approcher les autres meutes.

– Si j'utilise cette amulette pour moi, c'est comme si je leur tournais le dos à tous.

– Écoute, ne pense pas à ça comme à une fuite. Pense que tu sors pour trouver une solution.

Elle a eu une expression complètement dégoûtée.

– Ça, c'est le truc le plus vaseux que j'aie jamais entendu !

– Peut-être. Mais c'est des trucs de développement personnel que je tiens de ma cousine. Sur le fond, c'est vrai.

Elle a fait tourner son bracelet autour de son poignet d'un air songeur.

– Très bien. Imaginons que je sois d'accord. Que se passera-t-il, après ?

Une lumière s'est allumée dans une des fenêtres du sanatorium, et nous avons reculé dans l'ombre.

– Nous convainquons Kyle et Jason d'entrer dans ce bâtiment demain soir. Et nous ne parlerons ni des amulettes ni de l'offre de Hank. Autrement, ils voudront que je parte dans le camion, moi aussi.

J'avais le cœur lourd.

Jusqu'ici, je n'avais jamais rien caché à Kyle sauf la fois où j'avais égratigné sa voiture. Il serait furieux s'il savait ce que nous combinions toutes les deux. Mais il s'en remettrait.

Et surtout, j'espérais qu'il comprendrait mes raisons.

Chapitre 17

J e tournais lentement en cercle dans une rue déserte. Celle du restaurant où je travaillais.

Les magasins avaient fermé après les attaques de l'année dernière. Au loin, le fleuve. Son odeur transportée par la brise me parvenait intacte.

Hemlock.

Ma ville.

Pourquoi n'y avait-il personne, pas même de voitures ? Cela m'a rappelé une croyance de l'Église évangélique, où les justes étaient transportés au ciel en état de « ravissement ». Tous les justes avaient donc quitté Hemlock ?

Puis Amy est sortie d'une maison.

Elle portait un T-shirt blanc qui moulait ses formes et la rendait plus pâle que d'habitude.

– Mac, réfléchis ! S'ils étaient partis, ils auraient laissé leurs vêtements terrestres. Je l'ai vu dans une émission sur les prédictions de la Bible.

Elle s'est avancée vers moi.

— En plus, a-t-elle ajouté, il n'y a pas tant de Justes que ça, à Hemlock.

Elle m'a pris la main. Sa peau était froide et moite : c'était la poignée d'un cadavre et je ne pouvais m'en libérer.

— Viens, a-t-elle dit en me tirant dans la rue.

Nous sommes arrivées dans Windsor Street. J'ai tiqué.

Cette rue ne se trouvait pas près du fleuve. En plus, au lieu de la chaussée pavée, il y avait un gravier grossier.

Lorsque j'ai compris où elle m'entraînait, aucune force au monde n'aurait pu me faire avancer.

J'ai contemplé la ruelle où Ben l'avait assassinée.

— Je refuse d'aller là, Amy !

— Tu ne peux pas l'éviter toute ta vie.

J'ai fini par me libérer d'une secousse.

— Pourquoi es-tu encore ici ? Parce que je n'ai pas pu empêcher Ben de partir ? Parce que Serena a des ennuis par ma faute ?

Amy a tiré un morceau de sucre d'orge de sa poche. Il était rouge sang. Elle l'a glissé dans sa bouche.

— Peut-être parce que je me sens seule et que tu es ma meilleure amie. Tu y as déjà pensé ?

Elle a soupiré et a donné des coups de pied dans les cailloux.

— Tu ne penses pas les trucs que tu as racontés à Ève, n'est-ce pas ? Sur ton père, qui aurait changé et tout le baratin ?

J'étais mal à l'aise. J'avais toujours évité de parler de mon passé avec Amy. Du moins, dans la mesure du possible. Elle ne pouvait absolument pas comprendre cette vie-là : grandir dans le dénuement le plus total, avec un père qui vous considérait comme la dernière de ses priorités.

Il y avait quelque chose dans les yeux d'Amy qui ressemblait atrocement à de la pitié.

— Tu te trompes, a-t-elle repris. Les gens ne changent pas. Ils vous laissent tomber et vous trahissent. On ne peut compter sur personne.

— Je ne compte pas sur Hank.

— Je ne parlais pas seulement de lui.

Un frisson glacé m'a parcouru le dos.

— Quoi qu'il se passe, j'assume.

— Non, Mac. Tu n'es pas prête pour ça. Aucun d'entre vous ne l'est.

Elle a commencé à s'éloigner.

— Amy, attends !

J'ai couru derrière elle et ai trébuché. Je suis tombée à quatre pattes. Le gravier s'est enfoncé dans mes mains. J'ai baissé les yeux. Ce que j'avais pris pour des cailloux ordinaires étaient des éclats d'os.

— *Trois souris aveugles, Voyez comme elles courent, Elles couraient toutes après la femme du fermier, Qui leur a coupé la queue au couteau à rôti*, a chuchoté Amy. Tu vois ce qui arrive quand on court...

Quelqu'un m'a appelée, quelque part dans la rue.

Amy m'a dévisagée tristement.

— Je n'ai jamais assez de temps...

Elle s'est tournée vers moi. Des taches de sang s'agrandissaient sur son T-shirt, tandis que l'obscurité engloutissait la rue.

Quelqu'un a répété mon nom.

— Mac !

J'ai ouvert les yeux. Ève, ses cheveux roux, sa silhouette frêle, tout m'est apparu en séquences.

— Regarde, a-t-elle murmuré en désignant l'autre côté de la salle.

Je me suis tournée sur le côté en tentant de ne pas faire craquer les ressorts du sommier. Le jour se levait à peine mais Ève et moi n'étions pas les seules à être réveillées. Deux gardes, au bout de la salle, défaisaient silencieusement un des lits et vidaient un placard. Quelques instants plus tard, une conseillère conduisait une nouvelle fille jusqu'au lit.

— La réunion d'orientation a lieu dans une heure, a dit la conseillère à voix basse. Essayez de vous reposer d'ici là.

Le sommier a grincé lorsque la fille s'est assise sur le matelas. Elle ne s'est pas allongée. J'ai revu mentalement tout le processus : l'examen sanguin, la coupe de cheveux, la douche… Je comprenais aisément qu'elle n'ait pas envie de dormir !

Un autre problème se posait à moi : pour que cette fille ait un lit, il fallait qu'une autre ait disparu.

— Elle a pris la place de qui ? ai-je demandé lorsque le garde et la conseillère ont été partis.

— Shayla House. Celle qui m'a insultée, l'autre matin.

La fille au visage de renard. Celle dont la mère dirigeait une des meutes de Denver. J'ai soudain eu la gorge sèche. À Thornhill, peu importait de quelle famille on venait…

Le soleil de midi traversait le toit crasseux de la serre. Des grains de poussière étaient suspendus dans l'air et laissaient un goût sec dans la bouche.

Quant à l'odeur, elle était toujours aussi épouvantable. J'ai dévisagé Jason.

— Que veux-tu dire par « Serena n'existe pas » ?

Nous étions assis tous les quatre autour d'une table branlante. Ève était en face de Jason, et Kyle en face de moi. Entre nous, nous avions étalé des tableaux de service et des programmes de livraison. Jason avait passé la matinée à rassembler des informations sur tout ce qui pourrait nous aider à faire sortir Serena du sanatorium.

Jason a fait le mouvement de se gratter le cou, mais s'est arrêté à temps, se souvenant du maquillage qui masquait son tatouage.

– Le BESL contrôle les entrées des loups de tous les camps. Il y a quatre Serena dans leur banque de données. Aucune n'est à Thornhill et aucune n'a l'âge de notre amie. Et ce n'est pas tout, a-t-il ajouté en regardant Ève. Les Trackers m'ont dit qu'ils ont livré cinquante-sept loups à Thornhill, en septembre. Le BESL n'a enregistré que quarante-trois arrivants ce mois-là.

– Ils trafiquent les registres ! a dit Kyle, dont les yeux bruns se sont assombris jusqu'à devenir presque noirs. Cela rend la théorie de Dex beaucoup moins improbable.

J'ai frissonné d'appréhension.

– Alors ça veut dire… que… que tout a pu arriver à Serena, sans qu'on puisse jamais le prouver ! Sinclair pourrait lui faire n'importe quoi, même la tuer, sans que personne ne sache où elle est.

– On va la faire sortir, a promis Kyle. Avant qu'il puisse lui arriver quoi que ce soit.

J'avais mille hypothèses en tête. Et si, et si… Mais je n'ai rien dit. *Et si elle avait déjà eu des ennuis ? Et si c'était trop tard ? Et si Sinclair disait la vérité et que Serena était vraiment malade ?*

Mais mieux valait taire ces questions sans réponses.

J'ai pris le programme de livraisons de la semaine.

– Il faut le faire cette nuit, ai-je déclaré.

Grâce à Hank, je savais déjà ce que je trouverais. Cependant, j'ai feint d'étudier la feuille de papier pendant un long moment avant de donner mes directives :

– Un camion de livraison va arriver ce soir à une heure trente du matin. Si nous nous y prenons à temps, peut-être pourrons-nous faire sortir Serena avant qu'ils se rendent compte de son absence.

– Hum, a répliqué Jason. La faire monter à bord et passer le portail sans que quelqu'un la remarque. Pas facile !

– Tu as une meilleure idée ? lui a demandé Ève.

Jason a froncé les sourcils, sans répondre.

Après quelques instants de silence, Kyle nous a fait sortir de l'impasse.

– Pas facile mais nous n'avons pas mieux pour l'instant.

Il m'a lancé un petit sourire crispé. L'amulette de Hank, attachée au bracelet d'Amy et bien enfoncée sous le cercle de métal qui me ceignait le poignet, m'a soudain brûlé la peau. Je détestais mentir à Kyle et à Jason, mais je craignais trop qu'ils n'insistent pour que je m'évade. Surtout s'ils apprenaient qu'une fille avait disparu de mon dortoir quelques heures auparavant.

J'avais trop besoin de leur aide pour risquer un désaccord. Si nécessaire, je leur dirais la vérité une fois Serena montée dans le camion.

Jason a feuilleté les papiers jusqu'à ce qu'il trouve le plan du sanatorium.

– Il y a une aile de psychiatrie au sous-sol. Elle a été transformée en bloc de détention. Selon toute probabilité,

Serena y est enfermée. C'est le seul endroit du bâtiment qui m'est interdit.

– Des malades mentaux dans la cave…, a marmonné Ève. Comme dans un film d'horreur.

Elle a glissé ses pieds sous elle et s'est accroupie sur son tabouret, comme un corbeau sur un fil électrique.

Jason a continué :

– L'ascenseur descend au sous-sol mais il faut une clé pour avoir accès à cet étage, et Sinclair a l'unique exemplaire. Quant à l'escalier, il est derrière une porte qui s'ouvre avec un code de six chiffres, que seuls la directrice et les coordinateurs connaissent. Même les gardes doivent être accompagnés pour y aller.

Mon cœur s'est serré. Sinclair et ses sbires se hasardaient rarement à l'intérieur du camp. Et même si nous parvenions à les approcher, ils ne nous donneraient jamais le code.

Il y a toujours des moyens de faire parler les gens. La voix de mon père s'est glissée dans mon esprit comme une goutte d'encre dans un verre d'eau. Je l'ai chassée en frissonnant. Certes, j'étais prête à tout pour faire sortir Kyle et Serena de Thornhill, mais moi, j'avais des principes.

L'odeur répugnante qui régnait dans la serre me soulevait l'estomac. Comment Kyle et Ève, avec leur odorat surdéveloppé de loups-garous, pouvaient-ils la supporter ?

Soudain, le mot *odeur* a résonné dans ma tête, comme un coup de sifflet, provoquant une idée qui a failli me faire tomber de mon tabouret.

– La crème pour les mains de Sinclair ! Kyle, tu as dit qu'elle sentait la lavande, c'est comme ça qu'on trouvera le code !

Ève et Jason m'ont regardée sans comprendre, mais Kyle a saisi tout de suite.

— Tu veux qu'un loup-garou renifle l'odeur de sa crème sur les touches, pour trouver sur lesquelles elle a posé les doigts...

— Ça marcherait ?

— Peut-être, répondit-il au bout de quelques instants. Cette crème pue...

Ève a secoué la tête.

— Même si on pouvait trouver les chiffres — ce qui n'est pas évident ! — il faut aussi les trouver dans l'ordre. Ça prendra du temps.

Puis elle a regardé Jason, qui fixait la paroi de verre avec attention.

— Tu pourrais au moins nous écouter ! a-t-elle protesté.

On distinguait de vagues ombres derrière le mur de la serre. Soudain, j'ai réalisé qu'une de ces formes avait bougé. Kyle et Ève ont franchi la porte en une seconde, Jason sur leurs talons. Au moment où je sortais à mon tour, Jason a hurlé un ordre :

— Halte ! Arrêtez-vous !

Il tenait un petit objet noir dans la main. J'ai tourné à l'angle de la serre juste à temps pour voir Kyle et Ève tomber.

À six mètres de là, un garçon en uniforme de détenu s'est figé, l'air éberlué, comme si le DHF n'avait absolument aucun effet sur lui.

Dex !

Il a contemplé les corps fauchés de Kyle et d'Ève, et a froncé les sourcils, ce qui a tordu les cicatrices de sa joue.

— Laissez-les se lever. Je ne m'enfuirai pas.

Jason a hésité.

Je suis allée jusqu'à Kyle et me suis accroupie près de lui.

— Fais ce qu'il dit, Jason, ai-je ordonné en lui jetant un regard noir.

Je n'arrivais pas à croire qu'il s'était servi d'un de ces trucs alors qu'Ève et Kyle étaient dans les parages.

Au bout de quelques secondes, Jason a enfin glissé la télécommande dans sa poche.

Kyle a été le premier à reprendre conscience. Il a refusé mon aide pour se remettre debout.

Ève a accepté la main tendue de Dex.

— Pourquoi tu n'es pas tombé ? lui ai-je demandé.

Il a eu une moue ironique.

— Je pourrais te poser la même question. Cependant, je crois connaître la réponse.

Il a désigné mon bras d'un signe de la tête, et j'ai baissé les yeux. J'avais dû remonter mes manches dans la discussion, et la cicatrice que m'avait laissée Derby était très visible, rose et boursouflée.

— Tu n'as pas passé la période d'incubation, a poursuivi Dex.

— Elle n'est même pas contaminée. Et toi ?

Ève le contemplait d'un air dur, comme si elle se sentait trahie.

Mais c'est Jason qui a répondu.

— Y a-t-il d'autres loups immunisés ? Tu es le seul à avoir compris le système ?

Kyle s'est avancé.

— Mais de quoi tu parles ?

— Les Trackers ont mis au point les DHF il y a quatre ou cinq ans, a répondu Jason. Or ils ne les utilisent plus,

209

parce que certains loups s'y sont accoutumés. Le temps d'insensibilisation varie selon les individus. Et certains ne sont pas affectés du tout. Jamais.

Ève a dévisagé Dex.

– Depuis quand ils ne te font plus d'effet ?

Son ton avait quelque chose d'accusateur, comme si elle lui reprochait de ne pas le lui avoir dit avant.

– Il y a environ trois semaines. Ils avaient déjà emmené Corry et je n'avais pas encore découvert le cimetière.

Il s'est tu un instant avant de continuer.

– Vous êtes au courant pour la zone interdite dans les bois ?

Ève et moi avons hoché la tête.

– Avant, je croyais avoir une chance de retrouver Corry et de nous évader. J'ai continué à tester l'effet des DHF près de la clôture. J'espérais qu'il y en aurait un en panne, même si je n'avais pas encore de plan pour sauter la clôture. Au bout de quelque temps, déconnecter les DHF m'a fait moins mal. Puis, je n'ai plus rien senti. Je les entends, mais c'est comme si mes tympans s'étaient habitués à cette fréquence.

Jason n'a pas paru surpris.

– Ils sont imprévisibles. C'est pour ça que les Trackers préfèrent les Taser et les revolvers. Lorsqu'ils ont découvert que Sinclair avait organisé tout son système de sécurité sur les DHF, ils en ont déduit qu'elle avait trouvé le moyen de les perfectionner.

Il a secoué la tête. Il avait l'air malade.

– Mais ils se trompent. Elle joue à la roulette russe avec son personnel. Les gardes ne disposent pas de cet appareil, et les conseillers doivent remplir un rapport chaque fois qu'ils en utilisent un. Ils croient que Sinclair veut épargner les loups mais, en fait, elle veut éviter qu'ils ne soient immunisés.

À quelques mètres de là, il y avait une vieille brouette renversée. Ève s'est assise dessus, comme terrassée de fatigue.

– C'est le réflexe de Pavlov ! a expliqué Dex. Ils nous font une peur épouvantable dans le premier cours de maîtrise de soi. Et ils comptent sur le souvenir de la douleur pour nous empêcher de nous approcher de la clôture.

Jason a acquiescé.

– Les conseillers, les gardes... Bon sang ! Même les dames de la cantine et les plantons... S'ils savaient les risques qu'ils prennent...

Il s'est passé nerveusement la main dans les cheveux.

– Les risques qu'ils prennent ? ai-je répété, incrédule. Jason, personne ne force tous ces gens à travailler dans un camp de réinsertion !

– Ils ne sont pas méchants pour autant.

– Tu plaisantes ! Alors ils font ce boulot par bonté de cœur ?

Il a tenté de me faire baisser les yeux. En vain.

– C'est pour ça que les Trackers t'ont fait entrer, en fait, a déclaré Kyle d'une voix si tranchante qu'elle donnait la chair de poule. Ils pensent que Sinclair a trouvé le moyen de sécuriser les DHF. Et toi, tu es censé leur révéler son secret.

Ivre de colère, Kyle s'est emparé de lui et l'a jeté contre le mur de la serre. Le verre s'est craquelé, répandant un réseau de fêlures là où l'épaule de Jason avait heurté la paroi.

– Kyle !

Je me suis ruée vers lui mais il m'a repoussée.

– Que leur as-tu promis, Jason ?

Jason est devenu écarlate.

– Un DHF, et les ragots sur Sinclair, a-t-il avoué.

Kyle l'a lâché si vite que Jason a perdu l'équilibre et a glissé sur le sol.

– Je n'ai jamais eu l'intention d'aller jusque-là, a-t-il murmuré en levant sur Kyle des yeux sombres comme les profondeurs de l'océan.

– Tu veux nous faire croire que tu espionnes Sinclair ? a demandé Dex. À d'autres ! C'est forcément une grande copine des Trackers.

– Et toi, pourquoi tu nous espionnais ?

Dex a haussé les épaules.

– Je t'ai vu avec Mac, hier. Vous marchiez drôlement proches l'un de l'autre, pour une louve et un conseiller. Ça m'a intrigué.

– Pourquoi tu ne t'es pas enfui, quand je t'ai ordonné de t'arrêter ?

– L'habitude…

Pendant une seconde, j'ai cru que Jason allait continuer à l'interroger, mais il a accepté l'explication et a continué son récit :

– Elle paye les Trackers pour qu'ils lui amènent des loups. Elle paye très cher, alors qu'elle pourrait se contenter de prendre les loups des autres camps surpeuplés. Du coup, ça éveille des soupçons. Comme sa sœur a été contaminée, des gens en haut lieu pensent qu'elle tente de protéger les loups en créant un lieu sécurisé.

– S'ils ont des doutes, a demandé Ève, pourquoi continuer à lui amener des loups ?

— Par cupidité. La plupart des Trackers ferment les yeux parce que ça les arrange. Ceux qui veulent vraiment savoir ce qui se passe sont ceux qui m'ont fait entrer ici.

Il a regardé Kyle avec une expression douloureuse.

— Je n'ai trouvé que ce moyen pour entrer dans le camp.

Pendant quelques instants, Kyle n'a pas réagi. Puis il a pris une profonde inspiration comme s'il contrôlait sa colère.

— Très bien. Alors maintenant, explique-nous ton plan !

Chapitre 18

J'ai repoussé une bâche en plastique opaque et ai jeté un coup d'œil au-dehors. Au loin, des rayons de phares transperçaient la nuit. Il y en avait beaucoup.

Ève s'était glissée hors du dortoir juste après le couvre-feu, me laissant une note : elle nous retrouverait, comme prévu, à vingt-trois heures. N'ayant aucune idée de l'endroit où elle était allée, j'ai rejoint Jason et Kyle à la salle de cours en construction que nous avions choisie comme lieu de rendez-vous.

À vingt-trois heures vingt, sans nouvelles d'elle, Kyle et Dex étaient partis à sa recherche. Cela faisait déjà un quart d'heure et chaque seconde rendait le silence plus dur à supporter et l'air plus difficile à respirer.

— Te ronger les sangs ne les fera pas arriver plus vite, tu sais ?

La voix de Jason m'a arrachée à mes pensées.

Je me suis retournée.

La lumière de la lune pénétrait le plastique mais son visage restait dans l'ombre. Il s'appuyait contre une poutre, une bouteille à la main, se contentant d'ouvrir et de fermer le bouchon.

— Tu n'es pas un peu inquiet, toi aussi ?

— Non. Ils sont très débrouillards, tous les deux.

Il a ouvert la bouteille et en a bu une gorgée au goulot. Manifestement, il avait besoin de se calmer les nerfs, en dépit de son air bravache. J'ai soupiré. J'aurais dû être rassurée que quelqu'un éprouve la même chose que moi, mais là, il prenait trop de risques. Ivre, il ne pourrait nous aider à rien !

Je suis allée lui arracher la bouteille des mains. Pour un peu, j'aurais bu moi aussi, pour calmer la tempête qui faisait rage dans ma tête. Sans un mot, j'ai remis le bouchon en place et ai caché l'alcool derrière une pile de placoplâtres.

Des lettres grossièrement taillées ont attiré mon regard lorsque je me suis redressée. Quelqu'un avait gravé : THORNHILL FAIT CHIER dans un coin du mur. Étrangement, ce petit acte de rébellion m'a redonné du courage.

— Ça va, Mac ?

Jason était si près de moi que je sentais son haleine sur mes cheveux.

— Ouais...

Je n'étais plus à un mensonge près...

— Mac... pour ce soir... S'il arrive quoi que ce soit...

Étonnée, je me suis tournée vers lui.

Jason n'avait jamais de problème pour s'exprimer – même pour dire des choses sans intérêt.

— Qu'est-ce qu'il y a ?

Avant qu'il ait pu répondre, un froissement de plastique nous est parvenu, à l'autre extrémité du chantier. Quelque

215

chose s'est dénoué dans ma poitrine lorsque Kyle a grimpé dans la salle.

Il a tenu la bâche de côté, pendant que Dex aidait Ève à franchir le fossé. Mes yeux se sont écarquillés en les voyant s'approcher. Ève était si pâle qu'elle avait l'air d'un fantôme, et elle s'appuyait sur Dex comme si ses jambes ne la portaient plus.

– On l'a trouvée dans les bois, près de la zone interdite, a expliqué Dex. Il m'a fallu des semaines pour m'habituer aux DHF mais cette fille de génie a pensé y arriver en quelques heures.

– Ça valait le coup d'essayer, a marmonné Ève en s'écartant de son compagnon. Merci, Dexter. Faut juste que je me métamorphose. D'ailleurs, on est déjà en retard… Désolée, Mac…, a-t-elle ajouté en levant les yeux vers moi. J'aurais dû te dire où j'allais.

– Bon, bon…

Je suppose qu'à sa place j'aurais essayé aussi.

Dex est allé dans un coin du chantier et a ôté son T-shirt. J'ai vite détourné les yeux en le voyant porter la main à sa braguette.

Après maintes discussions, cet après-midi, nous avions convenu qu'Ève et Dex provoqueraient un incident pour attirer les gardes hors du sanatorium. Pendant ce temps, Jason, Kyle et moi irions à la recherche de Serena.

Ève a jeté un regard noir à Jason avant de se diriger vers le coin opposé.

– Si jamais tu regardes, Tracker, je t'arrache les entrailles.

– Tu rigoles ? Même si j'étais condamné à rester dans un camp de mecs pendant dix ans, je ne serais pas encore assez désespéré pour te mater.

J'ai fixé le sol tandis que la pièce se remplissait d'une cacophonie morbide d'os en train de se briser et de muscles en train de se déchirer. On se serait cru en enfer.

Je me suis retenue de justesse de me boucher les oreilles.

Une sensation de fourmillements m'a parcouru le dos et j'ai relevé la tête. Kyle m'observait, le visage soigneusement inexpressif. Était-ce dur pour lui de ne pas se transformer ? Est-ce qu'une partie de lui en avait envie ?

Lorsque les bruits ont cessé, je me suis tournée. Maintenant, il y avait deux loups. L'un avait une magnifique fourrure argentée – Ève – et l'autre était d'un blanc immaculé.

Mon cœur a bondi dans ma poitrine. *C'est juste Dex*, me suis-je dit, *Dex, pas l'horrible Ben...*

Le loup blanc a bondi avec grâce au-dehors, et la louve argentée l'a suivi aussitôt.

Kyle leur a emboîté le pas, puis m'a aidée à descendre. Sentir sa main chaude dans la mienne était familier et rassurant.

D'instinct, j'ai jeté un regard par-dessus mon épaule. Jason contemplait ma main dans celle de Kyle. Il semblait bouleversé... et je préférais ne pas me demander pourquoi !

J'ai lâché Kyle et me suis écartée très doucement, par pudeur et pour ne pas blesser Jason. Je ne me sentais pas coupable – on ne contrôle pas ses sentiments, et j'aimais Kyle – mais je ne voulais pas gêner Jason.

L'amour est un jeu dangereux. Il faut être bien naïf pour croire qu'on s'en sortira indemne. La voix d'Amy me parvenait du fond de ma mémoire. À l'époque, j'avais cru qu'elle et Jason étaient encore dans leur cycle de disputesréconciliations. Mais là, je me suis demandé si elle avait dit cela à cause de moi.

Si elle avait su ce que Jason éprouvait pour moi.

Je ne le saurais sans doute jamais. Et je ne pouvais rien faire pour changer le cours des choses.

Ève et Dex nous tournaient autour. Leurs bracelets étaient restés en place durant la métamorphose, et les faisaient légèrement boiter.

Kyle s'est accroupi pour regarder Ève dans les yeux.

– Rendez-vous ici dans une heure. Si vous êtes séparés, dirigez-vous vers les dortoirs. On va essayer de faire monter Serena dans le camion.

Les yeux de la louve se sont posés sur moi et j'ai acquiescé imperceptiblement. Quoi qu'il nous arrive, elle devait monter dans le camion elle aussi. Il fallait qu'elle sorte du camp. Elle seule pouvait nous sauver tous. Elle a hoché la tête et s'est élancée, Dex sur ses talons.

Kyle, Jason et moi avons traversé le camp. Par trois fois, nous avons dû nous cacher pour éviter les patrouilles. Il y avait beaucoup plus de gardes que la nuit dernière, et la plupart allaient et venaient entre la clôture et l'entrée. Tant de précautions signifiaient que Hank avait réussi à leur échapper.

Cela ne m'étonnait guère. Il avait toujours eu une chance infernale, même avant d'être contaminé.

Et que cela me plaise ou non, c'était mon père et je n'en avais pas d'autre.

En arrivant au sanatorium, nous avons plongé dans l'ombre du bâtiment juste à l'instant où un duo de hurlements a déchiré la nuit.

L'adrénaline a fait vibrer chaque centimètre de mon corps lorsqu'un groupe de gardes est passé devant nous à grand fracas. Les hurlements ont encore retenti, attirant les hommes plus loin à l'intérieur du camp.

– Attendez que je vous fasse signe, a chuchoté Jason avant de disparaître au coin de la bâtisse.

Une minute plus tard, un léger sifflement a tranché l'air.

Kyle et moi avons couru jusqu'à la porte d'entrée du bâtiment, que Jason a tenue ouverte avant de se glisser derrière nous.

– Par ici... Je passe devant.

Nous avons parcouru un dédale de couloirs qui se ressemblaient tous. Cette fois, j'étais certaine de ne plus me rappeler comment revenir sur mes pas. Jason non plus, probablement...

À un angle, je me suis figée en apercevant une caméra de surveillance. Bien sûr... Comment n'y avais-je pas pensé ?

Pourquoi ne les avais-je pas remarquées, quand j'étais venue ici ?

Se rendant compte que j'étais restée en arrière, Jason a fait volte-face.

Il a suivi mon regard.

– Ne t'inquiète pas, Mac. Il n'y a pas assez de personnel de nuit pour les surveiller.

À moitié convaincue, j'ai continué à avancer. Soudain, nous avons débouché dans un couloir différent des autres. J'ai reconnu le carrelage blanc et les pavés numériques près des portes.

Nous avons tourné au coin et sommes arrivés pile devant la porte d'acier qui m'avait arrêtée la dernière fois.

– L'escalier est de l'autre côté, a chuchoté Jason. Je l'ai aperçu ce matin en suivant un garde.

Kyle s'est approché du pavé numérique, et Jason a sorti de sa poche un carnet et un stylo.

– J'ai été boy-scout pendant six mois, a-t-il expliqué en voyant mon expression étonnée. On insistait beaucoup sur la préparation.

Kyle a poussé une sourde exclamation de mépris.

– C'était chez les louveteaux. Et tu nous as fait renvoyer tous les deux au bout de trois semaines.

Il s'est penché et a approché son visage du pavé.

Je me suis mise à prier : *Faites que ça marche… Faites que ça marche…*

Jason s'est impatienté.

– Alors ?

– Attends. Y a plein d'odeurs différentes sur ce truc.

J'ai senti mon courage m'abandonner. C'était une idée stupide. C'était…

– Neuf… trois… deux…

Kyle a tourné le visage pour éternuer.

– Quatre et six.

Jason a contemplé son carnet.

– Il n'y a que cinq chiffres.

Kyle a reniflé le pavé à nouveau.

– Toutes les touches sentent mais l'odeur est plus forte sur ces cinq-là.

– Un des chiffres apparaît peut-être deux fois dans le code.

Je me suis avancée et ai poussé Kyle sur le côté.

– Tu me les lis, Jason ?

– Neuf, trois, deux, quatre, six.

Les répétant à voix basse, j'ai pressé les touches dans différentes combinaisons aussi rapidement que possible. Chaque fois, une petite lumière rouge flashait pendant une demi-seconde.

Je commençais à avoir une crampe. Combien de combinaisons avais-je essayées ? Cinquante ? Cent ?

Un bruit de pas a résonné dans le couloir voisin. Quelqu'un approchait en sifflotant. Pendant une horrible seconde, je me suis figée, puis mes doigts se sont posés au hasard sur le pavé.

— Mac… il faut filer !

J'ai ignoré l'avertissement de Jason.

Rien ne comptait plus que le pavé et la petite lumière rouge.

Enfin, il y a eu un petit déclic et la lumière est passée au vert. Nous étions de l'autre côté quelques secondes avant que les pas atteignent le coin du couloir.

J'ai cligné des yeux dans la lumière trop vive au sommet d'un escalier trop blanc. Avant que mes yeux aient pu s'habituer, les mains de Kyle se posaient sur mon dos. Il est passé devant moi et Jason pour descendre l'escalier. En arrivant en bas, nous avons poussé une autre porte.

Cette fois, nous étions dans un couloir aussi vide que l'escalier. Il distribuait des portes blanches de chaque côté, et chacune avait un pavé numérique.

Nous étions piégés. Faits comme des rats.

Puis la porte du haut a grincé.

— Viens ! a lancé Jason en me prenant le bras pour m'entraîner vers le petit espace à gauche de l'escalier.

Nous nous y sommes glissés tous les deux, laissant Kyle tapi sous l'escalier.

— Kyle, a repris Jason, si c'est un seul garde, saute lui dessus dès qu'il arrive en bas.

Et s'il avait un Taser ? Un pistolet ou même un DHF ? allais-je objecter quand les pas se sont approchés.

L'homme descendait l'escalier.

Mon cœur battait à se rompre. Jason devait le sentir, même à travers nos vêtements. Deux secondes plus tard, la porte s'est ouverte en grand, nous cachant, Jason et moi. J'ai entendu quelque chose rouler à terre. Puis il y a eu un cri étranglé et un bruit de chute lourde.

J'ai repoussé Jason pour sortir de notre cachette au moment où la porte se refermait.

Kyle tenait un coordinateur collé contre le mur. À ses pieds gisait une tasse brisée, dans une flaque de café. Comme l'homme tentait de se libérer, j'ai aperçu une tache de naissance sur sa joue. C'était lui que j'avais interrogé sur Serena, lors de la réunion d'orientation.

— Comment êtes-vous entrés ici ? a-t-il questionné d'une voix rageuse.

Sans lui répondre, Kyle m'a regardée.

J'ai frissonné devant tant de froideur et d'intensité, comme si, soudain, il révélait sa profonde nature de loup.

— Va voir si tu trouves Serena, Mac.

J'ai acquiescé, mais avant de descendre l'escalier j'ai fouillé les poches du coordinateur pour lui prendre son DHF.

— Avez-vous idée des ennuis que vous vous attirez ? Quand la directrice va vous mettre la main dessus…

Il parlait d'un ton autoritaire, mais il était cramoisi et son visage ruisselait de sueur.

Kyle lui a serré les bras plus fort, lui arrachant un gémissement.

— Vous, plus un mot !

— Kyle…

— Va chercher Serena !

Était-ce mon imagination ? Sa voix vibrait comme un grognement… J'ai sursauté et obéi aussitôt.

Les deux premières portes étaient en bois plein, mais ensuite chacune avait une petite ouverture grillagée à hauteur des yeux. C'étaient des cellules, éclairées par des néons et comportant deux lits superposés. La première cellule était occupée par deux loups émaciés et livides, comme la fille à la perfusion que j'avais croisée dans le couloir du sanatorium. D'ailleurs, eux aussi avaient un goutte-à-goutte.

Shayla, la fille qui avait disparu de mon dortoir, se trouvait dans la troisième pièce. Elle était étendue, immobile, le regard fixe comme une droguée. On pouvait donc droguer un loup-garou ?

La quatrième cellule était vide. La cinquième et la sixième abritaient des garçons. J'ai regardé par le hublot de la septième. Pendant quelques secondes, je l'ai crue vide. Puis j'ai distingué une petite silhouette pelotonnée à la tête du lit : Serena.

Chapitre 19

Serena s'était blottie comme un animal blessé dans l'espace entre l'angle du matelas et celui des murs. Ses cheveux, coupés court, étaient en bataille.

Je ne pouvais pas voir son visage mais je savais que c'était elle.

– Serena ?

Aucune réaction. J'ai secoué la poignée mais bien sûr la porte était fermée à clé.

– Les gars, elle est ici !

– Quel est le code ?

La voix de Jason, lourde de menaces, a rempli le couloir. De l'autre côté de la paroi, j'ai vu Serena tressaillir.

– Je ne l'ai pas.

Un bruit d'os brisés a claqué et le coordinateur a poussé un cri étouffé.

J'ai pivoté.

Le bruit d'os brisés venait de Kyle : sa main se transformait. J'ai regardé ses doigts s'allonger et ses ongles se changer en griffes mortelles. Il a croisé mon regard et a vite détourné les yeux, comme si soudain il ne pouvait pas supporter ma vue.

— Réfléchis bien, a-t-il menacé d'une voix rauque en posant sur l'épaule du coordinateur une main qui n'avait plus rien d'humain. Être détenu dans un camp serait vraiment dur pour quelqu'un dans ta position, non ?

Je savais que Kyle n'irait pas jusqu'à le contaminer. Cependant, il était plus que crédible…

Pendant quelques secondes, le seul son dans le couloir a été la respiration haletante du coordinateur.

— Tous les codes sont dans la salle de contrôle, a-t-il dit enfin, en inclinant légèrement la tête vers la première porte sur la droite.

Kyle l'a poussé face au pavé numérique.

— Quel est le code pour entrer ?

Au lieu de répondre, le coordinateur a regardé Jason.

— Qui t'a envoyé à Thornhill ? L'ALG ? Tu ne t'en sortiras pas comme ça.

À nouveau, Kyle a tordu le bras de l'homme.

— Le code ! Si j'ai à te le redemander, tu sais ce qui t'attend.

— Sept-six-un-trois-huit-deux.

Jason a composé le code et la lumière du pavé est passée au vert.

Il s'est glissé dans la pièce, suivi par Kyle, tenant toujours le coordinateur. J'ai jeté un regard inquiet à la porte de l'escalier avant de les suivre. Pourvu que personne d'autre n'arrive !

Ici, la seule lumière provenait d'une rangée d'écrans d'ordinateurs en veille, d'où émanait une lueur bleue.

Un seul était allumé.

– On a eu un petit creux, hier soir ? ai-je ironisé en voyant le tas de papiers d'emballage de hamburgers et de frites.

Le coordinateur m'a jeté un coup d'œil écœuré.

– Les codes sont près de la porte.

Jason a fait glisser un classeur gris d'un casier vissé au mur. Il l'a feuilleté puis a déchiré une des pages.

– Je l'ai.

Il a regardé le coordinateur.

– Et maintenant, qu'est-ce qu'on fait de lui ?

Je n'avais pas pensé à cela…

– On le ligote ? On l'enferme dans un placard ?

– Il a vu nos visages. On ne peut pas le laisser ici.

Kyle a déplacé sa main sur l'épaule du coordinateur. Ou plutôt, sa patte de loup. J'ai vite détourné les yeux.

– On n'a pas le choix, a déclaré Jason. Il faut l'emmener. On l'enfermera dans l'ancienne résidence du personnel pendant quelques jours.

Il a continué à discuter avec Kyle mais j'avais cessé de les écouter car mon regard s'était posé sur l'écran activé. Je n'avais pas prêté attention à ce qu'il affichait, tout à l'heure, mais là…

Le cœur battant, je me suis approchée.

Un dossier vidéo était ouvert et l'image était figée sur une jeune fille assise derrière une table. Elle avait des cheveux bouclés qui lui tombaient sur les épaules et son T-shirt était déchiré.

L'ordinateur n'était qu'à dix pas de distance, qui m'ont fait l'effet de dix kilomètres. Dans la vidéo, Serena était assise derrière une lourde table en métal, la même que j'avais vue sur l'écran de Sinclair. Seulement, cette fois, elle avait les bras attachés et il y avait un pied à perfusion sur roulettes.

J'avais vu Serena quelques secondes auparavant, et ses cheveux étaient plus courts que les miens.

— Ça a été filmé le soir de notre arrivée, ai-je déclaré d'une voix suraiguë. C'est le T-shirt qu'elle portait durant la rafle. C'est quoi ce film ?

Le coordinateur n'a pas répondu. D'une main tremblante, j'ai saisi la souris et ai cliqué sur « Play ».

Serena a reculé. Une femme en uniforme brun clair venait d'entrer dans la pièce. Langley !

Elle tenait une sorte de baguette en métal. Avant que j'aie pu anticiper ce qui allait se passer, elle a abaissé la baguette sur les doigts de Serena.

Le cri de mon amie a éclaté dans les haut-parleurs, résonnant dans toute la pièce. Dans la vidéo, une grande horloge numérique s'est allumée derrière elle.

Jason s'est emparé de la souris et a fermé la vidéo.

Le silence soudain était assourdissant.

Il y avait une autre vidéo ouverte en dessous. Jason a déplacé le curseur sur la petite croix rouge censée fermer la fenêtre mais je l'ai repoussé et ai cliqué sur « Play » avant qu'il ait eu le temps de m'arrêter.

Cette fois, les cheveux de Serena étaient courts mais peignés, à la différence de ce que j'avais vu tout à l'heure. Une femme en blouse blanche est entrée et a fait face à la caméra. Elle a chaussé une paire de lunettes en écaille. J'ai sursauté en reconnaissant la femme qui avait mis Serena à l'écart durant l'admission.

— Depuis qu'elle est entrée en phase deux, ses transformations ont ralenti. Le plus long ralentissement : quatre minutes seize secondes entre le stimulus et la métamorphose. Observation sur mille cinq cent soixante-sept TS.

Serena a tourné la tête.

— Je vous en prie... Je n'en peux plus... Arrêtez...

Sa voix n'était plus qu'un souffle, et mon cœur menaçait d'éclater.

Elle parle à quelqu'un hors champ, me suis-je dit en remarquant une ombre humaine qui se déplaçait sur le mur de l'horloge.

La femme aux lunettes a levé une seringue et s'est approchée de la table. Les larmes coulaient sur les joues de Serena mais elle n'a rien pu faire.

L'aiguille s'est enfoncée dans son bras.

Derrière elle, l'horloge s'est éclairée une fois de plus.

Jason a pris la souris quand le corps de Serena a commencé à se déchirer.

— Attends !

J'ai cliqué sur « Pause » lorsque la silhouette mystérieuse a traversé la pièce. C'était Sinclair.

J'avais les yeux pleins de larmes brûlantes, la gorge serrée. Voilà donc comment elle aidait les loups qu'on lui confiait ? C'était ça, son idéal de réinsertion ?

— Alors c'est vrai, a grogné Kyle. Ils cherchent un traitement pour guérir du SL.

— Moi, j'appelle ça de la torture ! s'est exclamé Jason.

Tout m'a semblé flou. La colère m'a envahie et j'ai dû serrer les poings pour ne pas saisir l'ordinateur et le lancer par terre.

— Il n'y a jamais eu de nouvelle maladie ! En fait, vous les rendez malades, pour les empêcher de se métamorphoser. Bon sang, qu'est-ce que vous lui avez administré ?

La voix de Kyle m'a donné la chair de poule. Il a resserré son étreinte sur l'épaule du coordinateur et l'homme a grimacé de douleur.

– Si je vous le dis, ils me tueront.

Jason a poussé un juron et s'est dirigé vers la porte.

– On n'a pas assez de temps… Kyle, reste avec lui pendant que Mac et moi récupérons Serena. Lui, ajouta-t-il en regardant le coordinateur, on l'emmènera pour l'interroger tranquillement.

Sa voix vibrait de violence, promettant de faire couler le sang sans pitié, si nécessaire.

D'ordinaire, j'aurais protesté. Je ne croyais pas à la violence. Mais à présent, je ne pouvais que me taire.

Je l'ai suivi jusqu'à la cellule de Serena. Là, il a consulté le papier du classeur et a composé le code sur le pavé numérique. L'ampoule est passée au vert.

Je l'ai devancé pour franchir le seuil.

La pièce sentait l'eau de Javel et le cuivre, et la lumière jaune jetait des reflets aigres sur les murs. Dans un coin, il y avait des toilettes et un lavabo.

Serena était toujours pelotonnée sur le lit, vêtue d'une tunique et d'un pantalon blancs qui semblaient flotter sur son petit corps. Sa peau, du moins le peu qui était visible, luisait de sueur.

– Serena ?

Je me suis avancée et elle s'est recroquevillée davantage, comme si elle voulait être la cible le plus petite possible.

J'ai regardé Jason. Il semblait aussi déconcerté que moi.

Puis je me suis retournée vers Serena. Cette fois, j'ai vu les menottes d'acier encerclant ses poignets, liées à une chaîne en acier.

Lentement, très lentement, je me suis avancée vers le lit.

– Serena, c'est moi, Mac…

Elle a levé la tête. Ses yeux se sont écarquillés.

– Mac ?

Sa voix n'était qu'un souffle rauque. Puis elle a fermé les yeux.

– Va-t'en.

J'ai tressailli. Ainsi, elle me reprochait tout ce qui s'était passé !

– Serena…

– Tu n'es pas réelle. Vous venez tous sans arrêt, mais aucun de vous n'est réel.

Elle a donné un coup de tête sur le mur carrelé de blanc. Une fois. Deux fois. Trois fois. J'étais paralysée de frayeur.

– Tu n'es pas vraiment ici, je le sais.

Bang. Bang. Bang.

Chaque coup me transperçait le cœur.

– Regarde ses poignets, m'a dit Jason en s'avançant. Mac, regarde ses poignets !

Que voulait-il dire ? J'avais déjà vu ses menottes, j'avais…

Soudain, j'ai senti mes genoux se dérober sous moi. C'était impossible ! Ce n'était pas les entraves qui semblaient terrifier Jason, mais la peau tout autour. Elle était si écorchée que des bandes de chair semblaient pendre de ses poignets. Le sang s'en écoulait lentement, dans un flux constant, gouttant sur le lit.

Elle avait dû tenter de se libérer jusqu'au sang…

Mais je ne comprenais pas.

Serena n'avait pas bougé depuis que nous étions entrés dans sa cellule. Ses poignets de louve auraient déjà dû cicatriser.

Avec un haut-le-cœur, j'ai remarqué les taches sur le couvre-lit – difficiles à voir de premier abord car il était couleur rouille. Puis j'ai compris.

Voilà pourquoi la pièce sent le cuivre. C'est le sang de Serena !

J'aurais voulu hurler.

Jason s'est approché du lit. Serena ne semblait pas avoir conscience de sa présence, mais elle s'est arrêtée de se cogner la tête et s'est relaxée peu à peu, au fur et à mesure qu'il avançait.

Puis soudain, tout son corps s'est tendu.

Il a levé les mains, essayant de lui faire comprendre qu'il ne lui voulait aucun mal.

– Serena ?

Soudain, elle a bondi du lit, le renversant à terre de ses deux poings.

– Serena !

Je me suis avancée vers elle mais elle m'a repoussée si fort que j'ai heurté le mur, levant les bras juste à temps pour ne pas m'éclater la tête sur le carrelage.

J'ai pivoté au moment où elle lançait la chaîne qui l'entravait autour de la gorge de Jason.

Elle va l'étrangler !

Je me suis élancée.

– Arrête, Serena ! Kyle ! Vite !

Impossible de contrôler Serena. Elle ne lâchait pas prise. Ses muscles étaient rigides et sa peau brûlait de fièvre.

Jason a réussi à passer ses doigts sous la chaîne, pour éviter qu'elle ne lui écrase le larynx. Puis il s'est jeté en arrière pour tenter de lui faire perdre l'équilibre.

Serena a émis un son horrible, comme le cri d'un animal traqué et blessé – et a serré la chaîne plus fort.

Jason étouffait, manquant d'oxygène. Sa voix n'était plus qu'un râle.

Un chapelet de jurons a retenti dans l'embrasure de la porte. Regardant par-dessus mon épaule, j'ai vu Kyle pousser le coordinateur dans la cellule.

– Surveille-le, m'a-t-il ordonné en approchant Serena par-derrière.

Je me suis placée entre le coordinateur et la porte. Il a fait un pas sur la gauche. J'ai grogné comme un loup :

– Stop. Restez où vous êtes !

Kyle a saisi les mains de Serena, l'obligeant à s'écarter de Jason, puis a reculé en la soulevant contre lui. Ses bras l'enserraient comme une camisole de force.

Mais il arrivait trop tard : Jason avait déjà perdu connaissance. J'ai tout juste eu le temps de le rattraper avant que sa tête heurte le carrelage.

J'ai réalisé mon erreur une seconde trop tard, en voyant le coordinateur filer devant moi. L'alarme a sonné avant même que j'aie pu songer à le rattraper.

D'une main tremblante, j'ai pris le pouls de Jason. Il était faible mais régulier. Quant à Serena, elle s'était effondrée dans les bras de Kyle. Que lui avait-on fait pour la rendre aussi enragée ?

En tout cas, il fallait remonter l'escalier avant qu'elle fasse une autre crise. Si nous y parvenions, peut-être aurions-nous une chance de sortir d'ici à temps et de les sauver tous les deux.

Soudain, un fracas a dominé la sonnerie stridente de l'alarme et des cris ont rempli le couloir. Lâchant Serena, Kyle l'a poussée derrière lui, se plaçant ainsi entre elle et la porte. Son regard a cherché le mien. J'y ai vu la peur et le désespoir.

Il savait que nous ne pouvions plus rien faire.

J'ai baissé les yeux sur Jason. Il y avait un trait rouge autour de son cou, là où la chaîne avait appuyé sur sa peau. J'ai posé sa tête sur mes genoux.

Tout était fini.

Les gardes ont envahi la cellule.

Deux d'entre eux ont tiré Jason loin de moi et l'ont traîné dans le couloir. J'ai bondi mais quelqu'un m'a poussée dans le coin le plus proche. Mes omoplates ont heurté le mur carrelé au moment où j'ai entendu Kyle crier mon nom.

Lui et Serena étaient emmenés par un groupe d'hommes en bleu.

Kyle a essayé de la protéger. Aussitôt, un tir de Taser l'a atteint en pleine poitrine.

Un cri m'a déchiré la gorge. J'ai voulu m'élancer vers lui mais les gardes m'ont bloqué le passage, m'encerclant.

Kyle a arraché les dards de sa poitrine et s'est remis debout en vacillant.

La voix du garde a résonné dans la cellule :

— Si vous continuez à résister, nous visons la fille.

La moitié des Taser de la salle se sont pointés vers Serena.

Kyle n'avait pas le choix. Sans un mot, il a levé les bras pour se rendre.

Ils nous ont tous les deux poussés dans le couloir, dans la direction opposée à l'escalier.

Serena s'est mise à hurler sans relâche, à tel point que je me suis bouché les oreilles pour ne plus entendre ses cris.

Pourtant, ils m'ont poursuivie longtemps, jusqu'à l'ancienne section du pavillon psychiatrique qui n'avait pas été rénovée.

Ici, il n'y avait ni carrelage blanc ni pièces sentant l'eau de Javel. Des débris jonchaient le sol des couloirs qui empestaient le moisi. On aurait dit le décor d'une émission où des célébrités de second ordre poursuivent des fantômes. La moitié des portes étaient sorties de leurs gonds, laissant voir des salles remplies de meubles cassés, aux murs couverts de graffitis.

Au bout de la galerie, on nous a jetés dans une cellule à la peinture verte et écaillée, éclairée par une simple ampoule pendue au plafond. La seule ouverture était une fenêtre au-dessus de la porte.

Celle-ci a claqué.

Pour la deuxième fois depuis que j'avais quitté Hemlock, nous étions enfermés dans un cachot, sans espoir de nous en échapper.

Chapitre 20

Quelque chose a détalé dans le coin et a filé derrière un matelas taché de moisissure. J'ai reculé en frissonnant.

Je n'aurais pas su dire depuis combien de temps exactement nous étions bouclés ici, mais j'avais mal aux jambes à force de rester debout.

Personne n'était venu nous voir.

D'ailleurs, comment savoir si quelqu'un viendrait jamais ?

Désœuvrée, j'ai fait tomber des petits morceaux de peinture sèche sur le mur en grattant avec mon pouce.

Kyle faisait les cent pas.

– Pourquoi un camp ? s'est-il exclamé. Je ne comprends pas. Si le gouvernement cherchait à élaborer un nouveau traitement, ce serait dans un centre de recherche scientifique ou dans un laboratoire secret. En plus, personne n'aurait à payer les Trackers pour amener des loups, d'autant que les camps sont déjà surpeuplés. Non... À mon avis, Sinclair fait ses expériences toute seule. Non... ça ne colle pas non plus. Il faut des chercheurs, des laboratoires, des médecins. De l'argent.

– Alors elle travaille peut-être avec quelqu'un ?

Kyle s'est arrêté de marcher.

– Ou bien elle a volé une découverte.

Espionnage industriel. Pourquoi pas ?

J'ai cessé de gratter le mur, le bras douloureux.

Même si nous parvenions à comprendre ce qui se passait à Thornhill, nous ne pourrions rien faire pour l'arrêter. Notre seul espoir était qu'Ève ait pu monter dans le camion, fuir le camp et trouver le moyen de nous sauver tous.

Puis j'ai hésité. Et si je parlais à Kyle de l'amulette et du marché que mon père avait passé avec un garde ?

Mais le courage m'a manqué. D'ailleurs, j'étais hantée par une autre pensée, que j'ai exprimée tout haut pour la dix-huitième fois :

– À ton avis, qu'est-ce qu'on leur a fait pour les mettre dans cet état ?

Je savais bien qu'il n'avait pas de réponse, mais je ne pouvais pas m'empêcher de l'interroger. Chaque fois que je fermais les yeux, je voyais Serena attaquer Jason.

Je voyais son visage lorsque Kyle l'avait tirée en arrière.

On aurait dit une bête sauvage. Rien à voir avec l'amie que je connaissais.

Et c'était de ma faute. Entièrement de ma faute.

Comme il n'y avait pas de chaise, j'ai grimpé sur une vieille commode en bois et me suis adossée au mur.

– Kyle ?

– Oui ?

– Je suis désolée.

J'ai regardé mes genoux parce que c'était plus facile que de le regarder lui.

– Tout est de ma faute…

– Ne dis pas de bêtises…

Il s'est remis à arpenter la pièce. Il me faisait penser aux animaux qu'on voit au zoo – ceux qui tournent dans leur cage jusqu'à ce qu'ils s'écroulent.

– Je ne dis pas de bêtises.

Tout était arrivé parce que je n'avais rien voulu lâcher, parce que je n'avais pas accepté que Kyle s'en aille.

– Si je ne t'avais pas suivi à Denver…

– Il y aurait tout de même eu cette rafle. Cela n'a rien à voir avec toi.

– Mais tu aurais pu t'enfuir. Et Jason et Serena ne se seraient jamais retrouvés ici. Ils…

Ma gorge était tellement serrée que je n'ai pas pu terminer ma phrase.

Kyle a traversé la pièce et a posé ses mains de chaque côté de moi, assez près pour que les pouces effleurent mes jambes.

– Mac, regarde-moi.

J'ai fait non de la tête. J'en étais incapable.

– Mac !

J'ai obéi à contrecœur. Ses yeux étaient sombres et ardents, sans le moindre reproche. Pourtant, je savais à quel point je méritais ses critiques !

– Nous faisons tous des choix. Y compris Jason et Serena.

– Mais ils les ont faits à cause de moi. Jason est venu à Denver pour m'aider à te retrouver, et Serena parce que je l'ai appelée.

– Serena avait envie de vivre une aventure, et Jason… Jason est amoureux de toi, a-t-il lâché dans un souffle. Ni

237

l'un ni l'autre n'étaient désintéressés. Tu peux continuer à t'accuser mais c'est une perte de temps et d'énergie.

J'ai secoué la tête.

— On dirait mon père…

— Ben dis donc… Merci !

— Je veux dire… tu parais tellement terre à terre… Hank a beaucoup de défauts mais il a toujours été bon dans les choses pratiques. Il disait toujours que la culpabilité est une émotion inutile.

J'ai glissé un doigt sous mon bracelet et ai effleuré l'amulette. Pourvu qu'Ève ait elle aussi ce sens pratique ! Pourvu qu'elle soit montée dans le camion, même en nous sachant piégés dans le sanatorium ! C'est ce que Hank aurait fait.

Le silence a rempli la pièce comme une marée montante.

J'étais si oppressée que j'ai pratiquement crié :

— À ton avis, que vont-ils faire de nous ?

— Oh, Mac… j'essaye de ne pas y penser.

Il ne m'a pas dit que tout s'arrangerait.

Il ne m'a pas menti.

J'ai effleuré ses lèvres des miennes, dans un baiser très doux. Par gratitude.

Au bout d'un instant, Kyle s'est écarté.

— Promets-moi de leur dire que tu n'es pas contaminée.

— Tu crois vraiment que ça a une importance, maintenant ?

Il a posé ses paumes sur mes genoux.

— Peut-être pas. Je ne sais plus…

J'ai pressé mon front contre le sien.

— Kyle ?

— Oui ?

— J'ai vraiment peur.

Prononcer ces mots m'a ôté un poids sur la poitrine. Cette fois, c'est Kyle qui m'a embrassée, doucement d'abord, puis avec une passion désespérée.

J'ai essayé de me perdre dans ce baiser, de tout oublier – peur, culpabilité, colère. Les mains de Kyle glissaient sur mon dos, se nouaient dans mes cheveux. Je m'accrochais à lui, éperdument, comme si c'était la dernière fois que nous nous étreignions.

Au bout de quelques instants, il m'a repoussée.

– Mac… Il faut que je te dise quelque chose… à propos du club de Denver…

À l'évidence, il cherchait ses mots. Le doute m'a envahie.

– C'est quelque chose que je ne vais pas apprécier ?

– J'en ai peur.

– Alors le moment est mal choisi. Nous sommes coincés dans une cellule délabrée… probablement en danger de mort. Ou alors on va nous torturer, nous rendre dingues… Je préfère attendre d'être sortie d'ici, d'accord ?

En dépit de la situation, il a souri.

– D'accord.

Il s'est penché pour m'embrasser encore, mais s'est figé et a incliné la tête sur le côté.

– Tu entends quelque chose ? lui ai-je demandé.

– Des gardes, je pense.

Kyle m'a soulevée pour me poser à terre, et a transporté la commode jusqu'à la porte comme si ce n'était qu'un fétu de paille. Il l'a placée sous la fenêtre et a bondi dessus sans effort.

– C'est Dex, a-t-il dit en regardant dans le couloir.

– Et Ève ?

La poitrine crispée d'appréhension, j'ai grimpé à mon tour sur le meuble.

– Non, il est seul.

J'ai pressé le visage contre le verre poussiéreux.

Dex se tenait entre deux gardes et nous tournait le dos. Son torse nu était couvert de taches sombres. Il avait les bras serrés autour de lui, tellement serrés que ses doigts s'enfonçaient dans ses flancs et que ses épaules tremblaient. J'ai cru vomir en comprenant que les taches de sa peau étaient du sang séché.

– Dex ?

La voix de Kyle était trop basse pour que les gardes l'entendent mais assez forte pour un loup-garou.

Dex s'est balancé légèrement sur ses pieds, sans réagir.

Un garde a ouvert la cellule en face de nous. Dès que la porte s'est ouverte, l'autre garde a poussé Dex à l'intérieur. Il a titubé et est tombé à genoux.

Sans un mot, les gardes ont fermé la porte et sont partis.

– Dex ? a appelé Kyle, plus fort cette fois.

Pas de réponse.

– Et s'il s'était évanoui ?

J'ai pensé aux blessures internes et aux histoires qu'on entend sur les gens qui meurent en s'étouffant dans leurs vomissures.

– Non, il est solide.

– Et Ève ?

– Espérons qu'elle a filé, a répondu Kyle en sautant à terre. Et Dex... Il va se remettre.

Mais il ne semblait pas très convaincu et évitait de me regarder.

Je me suis accroupie avant de descendre prudemment de mon perchoir. Ma main a rencontré un bout de papier desséché, collé sur le côté du meuble. Une étiquette d'inventaire. Je l'ai lue, curieuse. Elle était jaunie par le temps et il m'a fallu un moment pour déchiffrer l'écriture fanée.

Je n'en croyais pas mes yeux.

– Qu'est-ce que c'est ? a demandé Kyle.

Je restais muette de surprise, et il a dû s'approcher pour lire à son tour : *Propriété de Willowgrove.*

Willowgrove n'était pas un camp secret ni une rumeur, mais le nom de l'ancien sanatorium. Là où Sinclair faisait ses expérimentations.

Là où nous étions tous enfermés.

Finalement, nous avons perdu la notion du temps.

Nous n'avions même plus envie de bouger. Parfois, nous nous tenions les mains, perdus dans nos pensées.

Puis la fatigue a eu raison de moi et j'ai sombré dans un sommeil intermittent, me réveillant parfois en sursaut sans trop savoir si je rêvais ou non. Dans ces moments-là, Amy était dans la cellule avec nous, et chuchotait des choses que Kyle ne pouvait entendre.

– *Tu vas le faire tuer, tu sais.*

Je me suis réveillée en sursaut, cognant l'arrière de mon crâne contre le mur.

J'ai cligné des yeux, désorientée.

Kyle n'était plus à côté de moi. Il se tenait près de la porte.

– Qu'est-ce qui se passe ?

Je me suis remise debout avec lassitude et ai frotté mon crâne douloureux.

Au lieu de répondre, il a reculé, se plaçant entre moi et l'entrée. Deux secondes plus tard, la commode était repoussée et deux gardes s'engouffraient dans la cellule, suivis par trois autres. Quatre tenaient un Taser à la main. Le cinquième avait une arme au poing. Tous visaient Kyle.

Je pensais qu'ils allaient nous hurler dessus ou nous donner un ordre, mais ils se contentaient de rester là, à attendre.

Un bruit de talons hauts a résonné dans le couloir. Mon cœur battait à une allure folle, et j'avais du mal à tenir debout. Je ne voyais qu'une seule personne pouvant porter des talons dans un endroit pareil.

Sinclair est entrée, et a glissé les mains dans les poches de son pantalon en balayant la pièce du regard. Son tailleur-pantalon semblait sorti du pressing, sa coiffure et son maquillage étaient impeccables.

Un contraste surréel avec la décrépitude et la saleté du lieu.

Un petit sourire méchant a plissé ses lèvres. Aussitôt, Kyle est tombé à genoux.

J'ai tendu les bras vers lui mais un des gardes a pointé son Taser sur moi. Je n'étais pas un loup-garou. Une décharge pouvait me tuer.

– C'est donc vrai, a dit Sinclair en sortant les mains de ses poches pour montrer le DHF niché dans sa paume. Vous n'êtes pas contaminée, Mackenzie.

J'allais lui demander comment elle l'avait appris, mais j'ai tout de suite su la réponse. Jason le lui avait dit. Soit sous la torture, soit de son plein gré.

Serena, dans son état, en était incapable. Et Ève… Ève était comme Hank. Même si Sinclair mettait la main sur elle, elle ne s'effondrerait jamais.

Sinclair a remis le DHF dans sa poche.

Kyle a commencé à se remettre, mais avant qu'il ait pu se lever, un des gardes m'a prise par le bras et m'a tirée loin de lui.

J'ai essayé de me libérer et me suis retrouvée face à face avec Tanner. La dernière fois que je m'étais fait prendre dans le sanatorium, le rouquin avait paru compatissant. Cette fois, il était froid et impassible. Sa main me serrait comme un étau lorsqu'il m'a poussée vers la directrice.

— Laissez-la partir, a grogné Kyle d'une voix à peine reconnaissable.

— Sûrement pas…

Sur un geste de Sinclair, quatre gardes ont convergé vers Kyle.

En cet instant, j'aurais vendu mon âme pour faire du mal à cette femme. Pourtant, je n'aurais pas cru possible de détester quelqu'un davantage que Derby ou Ben.

— Qu'avez-vous fait à Serena ?

Elle a ignoré ma question.

— Je me suis trompée sur vous, Mackenzie. Je vous ai fait des confidences, vous ai donné une chance de faire vos preuves, et vous, vous m'avez menti. Dès l'instant où vous êtes entrée dans mon établissement.

Quelque chose comme de la déception a passé dans son regard.

Moi, je ne torture pas les gens avant de les enterrer dans les bois !

Je me suis retenue de justesse, ravalant ces paroles qui me brûlaient les lèvres. Mieux valait taire ce que nous savions sur elle.

— Comment vous êtes-vous introduite dans Thornhill ?

Tanner m'a serré le bras encore plus fort. La fille avec qui j'avais échangé nos flacons de sang était loin, à présent. Elle ne risquait plus rien.

— J'ai échangé mon échantillon de sang avec une louve. Où est Jason ?

Je savais qu'il avait pris un nom d'emprunt, mais je ne m'en souvenais pas et désormais, cela n'avait pas d'importance.

Le sourire de Sinclair est devenu un rictus.

— Vous parlez du Tracker ? Peu importe. Vous, qui vous a envoyée ? L'ALG ? Non, ils sont trop mous. Une des meutes du Colorado ?

Je l'ai ignorée.

Moi aussi, j'avais des questions à lui poser.

— Qu'avez-vous fait à Serena ? Vous m'avez menti, vous aussi…

Sinclair m'a attrapée par le menton, en regardant Kyle par-dessus mon épaule. J'ai réalisé alors qu'il avait bougé.

— Faites un pas de plus et les gardes lui tirent dessus ! s'est-elle écriée.

Elle se servait de moi comme elle s'était servie de Serena dans le bloc de détention. Et la menace était tout aussi efficace.

— Répondez ! Que faisiez-vous la nuit dernière ? m'a-t-elle demandé. Combien d'autres prisonniers étaient impliqués ?

La radio accrochée à la ceinture de Tanner a émis un crépitement. Sur un signe de Sinclair, il m'a lâchée et est sorti dans le couloir, refermant la porte derrière lui.

Il était impossible d'entendre ce qu'il disait — du moins, impossible pour une humaine.

Sinclair plongeait toujours les yeux dans les miens et ses ongles dans ma peau. J'étais tellement terrorisée à l'idée de ce qu'ils pourraient faire à Kyle que je ne pensais même pas à me débattre.

— Je ne vais pas laisser une petite idiote compromettre des années de travail. Thornhill est mon œuvre.

— Vous voulez dire Willowgrove ?

La peur et l'épuisement ont eu raison de ma prudence et les mots m'ont échappé. J'ai eu un instant de satisfaction en voyant Sinclair reculer comme si je l'avais giflée.

Sauf que c'est moi qui ai pris la gifle.

Elle m'a frappée avec tellement de force que j'ai reculé en tournant sur moi-même. Kyle m'a saisie pour me rétablir.

— Ça va, Mac ?

Un sifflement emplissait mes oreilles et j'avais une atroce envie de vomir. Comment une gifle pouvait-elle faire aussi mal ? Enfin, au bout de quelques instants, le sifflement s'est atténué, ainsi que ma nausée. Juste un peu.

Sinclair regardait sa main comme si elle n'arrivait pas à croire qu'elle m'avait frappée. C'était absurde. Elle avait tout un bloc empli de loups qu'elle torturait et un cimetière dans les bois où elle jetait leurs cadavres. Pourquoi serait-elle choquée de m'avoir giflée ?

La porte de la cellule s'est ouverte et Tanner a réapparu.

— Madame la directrice ?

Il s'est approché d'elle et lui a chuchoté quelque chose à l'oreille.

J'ai enfoui le visage dans le cou de Kyle, attentive au fait que les quatre gardes nous surveillaient toujours, et ai chuchoté :

— Tu entends ce qu'il dit ?

J'ai senti Kyle se crisper. Puis il m'a prise par les épaules.

— Mac, quoi qu'il se passe, promets-moi de ne pas résister. Fais ce qu'ils te demandent et ne leur donne pas de prétexte pour te faire du mal.

Son regard m'a fait bien plus peur que la directrice ou les gardes. C'était comme une porte qui se refermait irrévocablement.

— Qu'a-t-il dit ?

— Promets-le-moi.

La voix de Sinclair a soudain rempli la cellule.

— Conduisez-la à l'étage et lui, dans le bloc de détention.

— Non !

Je me suis débattue tandis que Tanner me séparait de Kyle pour la deuxième fois. Il était plus grand et plus fort que moi mais je l'ai obligé à utiliser la force.

Un autre garde est entré dans la pièce. Il est passé devant nous, tenant une lourde paire de menottes — les mêmes qui enchaînaient Serena.

Kyle est resté complètement immobile, le regard rivé au mien, tandis qu'on lui enchaînait les poignets. Il n'a pas tenté de résister ni de protester.

Tanner a réussi à me pousser dans le couloir. Une dernière fois, j'ai tenté le tout pour le tout : supplier Sinclair, même si elle avait un cœur de pierre :

— Ne lui faites pas de mal ! Je vous en prie !

Pendant une fraction de seconde, j'aurais juré voir de la pitié dans ses yeux. Mais Tanner m'avait déjà entraînée dans le couloir.

J'ai tenté de peser de tout mon poids lorsque nous sommes passés devant la cellule de Serena. Cela ne l'a pas ralenti. Il a continué à me remorquer jusqu'à l'escalier.

Là, tandis qu'il changeait de bras pour ouvrir la porte, j'ai réussi à regarder en arrière.

Les gardes avaient ouvert une des cellules vides et ordonnaient à Kyle d'y entrer.

Il s'est tourné vers moi. Je ne voyais plus que ses yeux, qui me fixaient comme s'il essayait de mémoriser les moindres détails de mon visage.

Comme si j'étais quelqu'un qu'il avait perdu.

Comme lorsque je regardais la photo d'Amy.

Puis Tanner m'a poussée dans l'escalier. Juste avant que la porte ne claque derrière moi, j'ai cru entendre Kyle dire qu'il était désolé.

J'ai traversé le sanatorium comme dans un brouillard. Même la main de Tanner qui me broyait le bras me semblait étrangère, tant mon esprit était occupé.

Quelques jours dans ce centre de détention avaient suffi à dépouiller Serena de son humanité. Je ne pouvais pas permettre que cela arrive aussi à Kyle.

Je ne le permettrais pas.

À un tournant du couloir, j'ai vu les portes de la cour. Où m'emmenait-il ? Sinclair ne me laisserait pas partir après tout ce que j'avais vu. Elle ne me remettrait pas non plus dans un dortoir de loups.

Donc, elle m'envoyait au cimetière. J'ai hurlé :

– Non !

Tanner m'a poussée dehors.

Il allait m'emmener au milieu des bois, où je ne pourrais jamais plus causer le moindre problème.

Kyle s'était trompé, tout à l'heure. Il avait cru ce que Tanner disait à Sinclair, mais c'était un mensonge pour qu'il se laisse conduire dans sa cellule sans résister.

J'ai cligné des yeux dans la lumière du matin. Les lueurs orangées de l'aube teintaient encore le ciel et une faible brise agitait le lierre sur les murs du sanatorium. La journée s'annonçait magnifique – mais je ne vivrais pas assez longtemps pour le voir.

La douleur m'a coupée en deux. *Je ne saurai jamais*, me suis-je dit. *Kyle, Serena, Jason… Je ne saurai jamais ce qui leur est arrivé.* Mes yeux se sont emplis de larmes et je les ai retenues avec rage. Si Sinclair m'observait, je ne lui donnerais pas la satisfaction de penser qu'elle m'avait brisée.

– Ça ne va pas ?

La voix familière m'a fait frissonner de la tête aux pieds.

Je me suis tournée, incrédule, consciente que Tanner s'arrêtait aussi.

Jason, pâle, les traits tirés, ne portait plus l'uniforme brun clair mais un jean de marque et un polo froissé. Son tatouage était complètement visible : un poignard noir sur le côté de son cou.

J'ai cru que mes poumons allaient éclater. Vingt secondes auparavant, j'avais été certaine de ne plus jamais le revoir. Pourtant, j'aurais préféré le savoir mort qu'ici devant moi, dans cette tenue civile.

Il n'avait plus aucun pouvoir.

Il était à leur merci.

Mon regard a glissé vers les deux hommes en bleu qui l'encadraient.

Trois gardes pour abattre deux adolescents non contaminés.

Jason m'a dévisagée en fronçant les sourcils.

– J'avais dit indemne ! C'était une des conditions.

– Ce n'est qu'un hématome, a répliqué Tanner. Libre à vous de rester et d'en parler à la patronne.

J'ai porté la main à ma joue. Elle était meurtrie là où la main de Sinclair s'était abattue sur moi.

Puis mon regard est allé de Jason à Tanner, essayant de comprendre ce qui se passait.

Avant que j'aie pu les interroger, un grincement a empli l'air, mille fois pire que des ongles effleurant un tableau noir. Le portail du camp s'est ouvert, et une Lincoln noire est entrée dans le camp. Elle a fait demi-tour dans la cour pour s'arrêter en douceur à une centaine de mètres du perron.

Tanner a tiré un étrange appareil de sa poche, comme un collier de serrage.

D'instinct, j'ai tressailli.

– Détendez-vous, m'a-t-il dit en glissant l'appareil sur mon bracelet, avant de le tourner à quatre-vingt-dix degrés.

Le cercle de métal s'est scindé dans un déclic et Tanner l'a récupéré.

C'est seulement à cet instant que j'ai pensé au bracelet d'Amy.

Tanner a eu une curieuse expression en voyant les pièces, notamment l'amulette de Hank. Mais il s'est éloigné sans rien dire.

Deux hommes sont sortis de la voiture. Le chauffeur était grassouillet et à demi chauve. L'autre avait d'épais cheveux noirs et une silhouette de coureur à pied. Tous les deux portaient des armes dans un holster d'épaule, et arboraient un poignard noir tatoué sur leur cou. J'avais vu assez d'hommes violents, dans mon enfance, pour comprendre leur langage corporel. Ces deux-là étaient des méchants. Des vrais.

J'ai regardé Jason. Il n'a pas eu l'air étonné de voir les Trackers. On aurait même dit qu'il était soulagé…

Il a soutenu mon regard avec une expression sombre que je n'arrivais pas à déchiffrer, puis s'est avancé vers moi et m'a pris le bras. Les gardes ne l'en ont pas empêché.

Il m'a entraînée en douceur vers la voiture, comme s'il craignait de me faire mal.

Je n'y comprenais plus rien mais la panique me gagnait. J'ai réussi à croasser :

– Jason, pour l'amour du ciel, qu'est-ce que ça veut dire ?

Nous ne pouvions pas partir. Sinclair tenait Serena et Dex. Elle allait mettre Kyle dans une cellule dotée d'une horloge numérique. Ils lui briseraient tous les os devant des caméras, et lorsque ce serait fini, il serait comme Serena : un débris humain.

Un des Trackers a ouvert la portière arrière.

– Monte ! m'a ordonné Jason d'un ton sec.

– Non !

J'ai reculé.

– Monte, Mackenzie !

La voix de Jason était froide et dédaigneuse. Presque méconnaissable. En trois ans, je ne l'avais jamais entendu m'appeler par mon prénom entier.

J'ai reculé d'un pas, mais il a été plus rapide. Avant que j'aie pu réagir, je me suis retrouvée sur la banquette et la portière a claqué. J'ai saisi la poignée pour l'ouvrir. La porte était fermée à clé.

L'intérieur était luxueux : entièrement tapissé de cuir, avec une vitre teintée séparant les sièges arrière de l'avant. Jason s'est glissé de l'autre côté.

Désespérée, je me suis jetée sur ses genoux, tentant de repousser sa portière.

Trop tard.

Il m'a attrapée par les poignets et m'a repoussée.

— Mac, calme-toi ! Sinclair sait que tu n'es pas contaminée. Si tu restes, tu ne pourras rien pour eux.

Des larmes de rage ont empli mes yeux et déformé le visage de Jason tandis que je me débattais pour me dégager. Même si une partie de moi savait qu'il n'avait pas tort, j'avais tellement peur pour Kyle et Serena que je ne me raisonnais plus.

Il s'est servi de son corps pour me bloquer sur le siège. Pendant une seconde, j'ai revu Ben en train de se jeter sur moi sur le plancher de sa chambre.

Je lui ai donné un coup de genou dans la cuisse, juste en dessous de l'entrejambe. Il a poussé un gémissement étouffé mais ne m'a pas lâchée.

Je ne voulais pas qu'il me touche. Jamais plus.

— Laisse-moi tranquille ! ai-je hurlé.

J'avais l'air d'une folle. D'une louve.

— Ne me touche pas !

— Je te lâcherai quand tu seras calmée.

— Tu n'as pas le droit…

— J'ai promis à Kyle.

Je me suis figée.

— Quoi ?

— Que je te ferais sortir d'ici si j'en avais l'occasion. Il se passait tellement de choses bizarres dans le camp… Il a eu peur que Sinclair ne te relâche pas, même si elle découvrait que tu n'étais pas contaminée.

— Tu mens. Il me l'aurait dit.

Mais je savais que ce n'était pas vrai. Kyle m'avait caché des choses, auparavant. Sa contamination. Sa fuite loin de Hemlock.

Je me suis effondrée sur la banquette.

Lentement, prudemment, Jason a lâché mes poignets et s'est écarté de moi.

Kyle avait dû entendre Tanner dire à Sinclair que les Trackers approchaient du camp. Il avait su qu'ils venaient nous chercher, Jason et moi. Voilà pourquoi il m'avait dit de ne pas résister.

Les larmes que j'avais eu tant de mal à retenir ont finalement coulé. J'avais l'impression que quelque chose m'avait heurtée en pleine poitrine et me déchirait lentement.

Jason a tendu la main pour me réconforter, mais je me suis écartée.

— Je t'ai dit de ne pas me toucher !

Je me suis essuyé les yeux avec le bout de ma manche et me suis tournée vers la vitre arrière.

Thornhill avait déjà disparu. Il n'y avait plus que la route vide.

Sinclair avait brisé Serena et elle ferait de même avec Kyle et Dex. Pour autant que je le sache, Ève n'avait pas réussi à s'enfuir. Elle était morte ou bien aux mains de Sinclair.

Cette dernière avait tous les atouts. Tous les pouvoirs. Je n'avais pas le début d'une preuve sur ce qui se passait vraiment au sanatorium.

À Willowgrove.

De nouvelles larmes ont troublé ma vision.

Quelle que soit la partie que nous avions jouée, Sinclair l'avait gagnée.

Chapitre 21

Après la mort d'Amy, j'avais passé des nuits sans sommeil à me demander quelle impression on avait, quand on tombait dans un trou noir. Tout ce qui faisait un individu – chaque atome, chaque pensée – devait se désintégrer en un instant, et le temps lui-même devait cesser d'exister.

Je ne sais ni comment ni pourquoi j'avais commencé à me poser cette question. Peut-être parce qu'Amy nous reliait les uns aux autres. Sans elle, nous n'avions plus de centre.

Assise dans la Lincoln, tandis que nous nous éloignions de plus en plus de Thornhill, je n'avais plus besoin de me demander ce qu'on éprouvait en étant totalement détruit.

Je le savais.

Lentement, les muscles douloureux, je me suis détournée de la route vide pour toucher le verre teinté qui nous séparait des deux Trackers.

– Ils nous entendent ?

Il m'a fallu un énorme effort de volonté pour regarder Jason. Ce traître.

– Non, a-t-il répondu en faisant signe que oui.

J'ai donc posé la question qui m'a paru la plus inoffensive.

– Pourquoi sont-ils venus à Thornhill ?

– Je les ai appelés.

Jason avait répondu à voix basse et mes yeux se sont posés sur les hématomes de son cou.

Soudain, je me suis dit qu'il avait vraiment de la chance.

Et moi aussi, d'ailleurs. Normalement, une louve lui aurait brisé le cou comme à un vulgaire poulet, et moi, j'aurais dû avoir le dos fracassé après avoir été projetée contre un mur.

Donc, soit Serena était encore capable de se contrôler, soit ce qu'on lui avait fait l'avait privée de sa force lupine. J'ai songé à Ben. Il avait pu se maîtriser pour combattre l'urgence de me tuer. Serena était-elle consciente de ce qu'elle faisait ?

– Comment as-tu pu leur téléphoner ? ai-je insisté. Tu m'as dit qu'il n'y avait pas de réseau pour les portables, dans le camp.

– C'est vrai.

Il m'a dévisagée longuement avant de reprendre :

– Le médecin est sorti de l'infirmerie pour parler aux types qui m'avaient conduit au rez-de-chaussée. Alors j'ai utilisé le téléphone de l'accueil pour appeler mon contact à Denver. Avec tous les gardes supplémentaires en train de patrouiller, j'ai pensé qu'il n'y aurait sans doute personne pour surveiller les appels extérieurs. J'ai eu raison.

Il s'est passé la main dans les cheveux, qui se sont dressés comme un halo poisseux.

– J'ai dit aux Trackers que Sinclair cachait des loups et privilégiait leur bien-être aux dépens de la sécurité du personnel. Je n'ai pas eu le temps de leur dire beaucoup de choses. Assez, cependant, pour qu'ils veuillent un rapport complet. Assez pour nous faire sortir du camp.

Je lui ai jeté un regard sceptique :

– Et puis ? Ils ont gentiment demandé à Sinclair de te laisser partir et elle a accepté ?

– Ils l'ont menacée de parler au BESL des irrégularités dans ses registres d'admission. Tu sais à quel point les agences gouvernementales aiment vérifier les comptes. Ils sont capables d'envoyer illico des agents à Thornhill.

Et si elle travaillait sur des expérimentations en secret, elle ne voulait à aucun prix d'une enquête.

Je me suis affaissée sur le dossier de la banquette et ai pressé mes paumes sur mes yeux jusqu'à ce que je voie des étoiles.

– Elle va se venger sur Kyle et Dex, ai-je murmuré en abaissant lentement mes mains. Elle va leur faire payer notre évasion. Elle les rendra encore plus dingues que Serena…

– Mac, je n'avais pas le choix.

Je n'ai pas répliqué. Si je prononçais la moindre parole, j'éclaterais, et j'en dirais trop. Kyle et lui n'avaient pas le droit de prendre une décision sans me consulter. De comploter pour me faire sortir de là, que je le veuille ou non !

Une petite voix intérieure m'a fait remarquer que je n'aurais certainement pas survécu à une séance de torture de Sinclair. *En plus,* a chuchoté la voix, *toi aussi tu as tes petits secrets. Tu ne leur as pas parlé de l'amulette ni de ton plan pour faire évader Serena et Ève.*

J'avais beau essayer, je n'arrivais pas à faire taire cette voix.

Et puis, certes, cela me soulageait d'être en colère contre Jason, mais à long terme cela ne servirait à rien.

– Je comprends pourquoi les Trackers ont voulu venir te sauver, ai-je marmonné de mauvaise grâce. Mais pourquoi moi ?

Il a haussé les épaules.

– Je leur ai dit que tu étais journaliste, que tu t'étais introduite dans le camp pour un reportage et que tu avais vu bien des choses que j'ignorais.

Bien joué. Cela valait mieux que de décliner ma véritable identité. Si les Trackers savaient qu'ils avaient libéré la fille non contaminée d'un chef de meute…

Soudain, la voiture a fait une embardée.

J'ai été projetée contre Jason si violemment que je me suis retrouvée sur ses genoux.

– Mais qu'est-ce qu'ils font, bon sang ?

Jason avait à peine terminé sa phrase que la voiture a soudain accéléré.

En m'écartant de lui, j'ai eu le temps de voir filer une voiture blanche.

Mon cœur a bondi dans ma poitrine. Il y avait des Jeep blanches, à Thornhill – toute une armada – garées près du bâtiment des admissions. Sinclair voulait nous rattraper ?

Jason a essayé de baisser la vitre qui nous séparait des Trackers. Pas moyen.

– Hé !

Il a eu beau taper du poing sur la paroi, il s'est meurtri les phalanges en vain, laissant une tache sombre sur le verre.

Un autre coup de volant intempestif nous a propulsés contre ma portière. Au même instant, des détonations ont éclaté derrière nous.

– Baisse-toi ! ai-je hurlé en saisissant Jason par le bras, pour le faire rouler au sol avec moi.

J'ai atterri sur lui au moment où retentissait une autre rafale de balles. Cette fois, ils avaient touché la carrosserie à l'arrière. La Lincoln a bondi mais cela n'a pas suffi. Un cri est sorti de ma gorge lorsqu'une autre balle a percuté le véhicule dans un bruit de métal déchiré. À la troisième rafale, ils ont réussi à nous faire quitter la route.

La voiture a rebondi sur un sol inégal, puis a plongé vivement sur la gauche. Nous avons penché sur deux roues. Horrifiée, j'ai cru que nous allions faire un tonneau mais finalement, nous sommes retombés sur les quatre roues. La Lincoln s'est immobilisée brusquement.

Tout cela n'avait duré que quelques secondes.

Le cœur de Jason battait fort contre ma poitrine. Et le mien cognait à l'unisson.

Le silence soudain semblait irréel.

– Tu n'as rien ? a-t-il chuchoté contre mon oreille.

– Non...

J'ai voulu bouger la tête et tout a tourné.

– Et toi ? ai-je soufflé.

– Non plus.

Dehors, un cri a retenti. Une portière de devant s'est ouverte, secouant la voiture. Il y a eu un autre cri perçant, qui s'est interrompu.

Tout est devenu silencieux.

Un silence de mort.

– Si tu as une arme, Jason, c'est le moment de me le dire, ai-je chuchoté, la gorge sèche.

– Rien que mon esprit affûté…

En dépit de son trait d'humour, les yeux de Jason étaient emplis de peur. Je savais qu'il pensait la même chose que moi : nous allions mourir.

Loin de chez nous et de tous ceux qui nous aimaient.

Et personne ne saurait jamais ce qui s'était passé.

J'ai laissé échapper un sanglot. Puis il y a eu d'autres cris, suivis d'un bruit de moteur. La Jeep, probablement. Un coup de fusil a retenti. Un seul.

– Mac… Je… Si… Oh, et puis tant pis…

L'espace où nous étions était à peine assez large pour les épaules de Jason, mais il a réussi à nous faire tourner, si bien que maintenant j'étais allongée sur le dos, et lui me recouvrait de tout son corps.

Mes mains étaient coincées sous son torse.

– Jason, qu'est-ce que tu…

Avant que j'aie pu finir ma question, ses lèvres ont écrasé les miennes.

Je me suis figée, le souffle coupé. J'aurais dû le repousser, bien sûr, mais j'avais peur. Tellement peur. Si c'était les dernières minutes que nous avions à vivre, n'était-ce pas mieux de s'embrasser et d'emporter ce souvenir dans l'au-delà ?

Je me suis abandonnée et Jason m'a embrassée à pleine bouche. Ce n'était pas ardent ni désespéré mais triste et tendre. J'ai réussi à dégager mes mains pour l'entourer de mes bras. Ainsi serrée contre lui, je parvenais à étouffer les bruits de l'extérieur.

– Je t'aime, a-t-il chuchoté contre mes lèvres.

259

Je l'ai serré plus fort parce que c'était tout ce que je pouvais faire.

Soudain, la portière derrière Jason s'est ouverte et une lumière a inondé la banquette.

– Non ! ai-je protesté, tandis que quelqu'un l'empoignait par les épaules.

Deux secondes plus tard, des bras puissants m'ont saisie par la taille. Je me suis retrouvée dehors, dans la lumière vive du soleil.

Je me débattais de toutes mes forces, à coups de pied, d'ongles et de hurlements. J'ai vaguement aperçu des mouvements, des gens dans un champ le long de la route.

Ils allaient me tuer mais j'allais le leur faire payer le plus cher possible.

– Pour l'amour du ciel, petite !

Cette voix !

Je me suis littéralement pétrifiée, puis j'ai regardé les mains qui me retenaient, reconnaissant le réseau de cicatrices familières sur les phalanges, et l'anneau d'argent… qui portait le même symbole que mon amulette.

Pour la deuxième fois de ma vie – la troisième si on comptait sa tentative de me faire sortir du camp – mon père était venu à mon secours.

Hank m'a lâchée si vite que j'ai dû me rattraper à la portière ouverte. Jason m'a rejointe.

Le reste du champ m'est enfin apparu clairement.

Une poignée d'hommes et de femmes s'y affairaient, et comme leur présence n'avait pas l'air de déranger Hank, je me suis dit qu'ils devaient faire partie de sa meute.

Une Jeep blanche était garée à une centaine de mètres de là, le capot complètement défoncé. Un corps était affaissé sur le volant.

Le Tracker à la silhouette de coureur était allongé, mort, sur le sol, à mi-chemin entre la Jeep et la Lincoln. Il avait pris une balle en pleine tête. Deux hommes gisaient non loin de là, morts eux aussi. Je me suis approchée d'eux pour tenter de voir leurs visages. Ils portaient des vêtements civils, mais je les ai reconnus. C'étaient des gardes de Thornhill.

— Tu les as tués ? ai-je chuchoté d'une voix rauque.

— Je n'avais pas le choix. Ils nous ont tiré dessus.

Depuis l'autre soir, les joues de Hank s'étaient couvertes d'une vraie barbe. Sa vieille veste de cuir était gonflée sur le côté gauche, indiquant la présence d'une arme en dessous.

— Tu as une objection ? m'a-t-il demandé en haussant les sourcils.

— Aucune.

Ma voix était sèche, dure, et il me semblait que ce n'était pas la mienne. Les gardes avaient tiré sur la voiture et nous avaient fait quitter la route. Je n'avais aucune illusion sur ce qu'ils nous auraient fait, à Jason et à moi, sans l'intervention de mon père.

J'ai regardé la Lincoln. Une vraie passoire…

J'ai frissonné. Il fallait que je sache…

— Comment nous as-tu trouvés ? Comment as-tu su qu'on était en difficulté ?

Hank a regardé mon bracelet.

— Il y a une puce dans l'amulette. Comme ça, si les hommes que j'avais soudoyés pour te faire sortir ne respectaient pas le marché, j'aurais au moins su où tu étais.

Quelqu'un l'a appelé près de la Jeep.

— Ne bouge pas, m'a-t-il ordonné avant de s'éloigner.

Jason me regardait d'un air soupçonneux.

— Quels hommes ? De quoi parle-t-il ?

— Ne fais pas attention.

Une idée venait de germer dans mon esprit et j'ai suivi Hank.

S'il avait su où j'étais, alors il savait aussi où était Ève.

J'avais à peine fait trois pas lorsqu'une chevelure rousse est entrée dans mon champ de vision.

Ève a surgi de nulle part, chaussée de Doc Martens cerise. Au lieu de l'uniforme gris de Thornhill, elle portait un jean et une grande chemise de flanelle nouée sur un débardeur noir. Elle semblait indemne. Mieux que ça : radieuse.

— Impressionnant ! s'est-elle exclamée. Je te laisse toute seule quelques heures et tu contraries tellement la dirlo qu'elle envoie un escadron pour te liquider ! Où est Dex ? Et Kyle ?

— Sinclair les tient. La dernière fois que je l'ai vu, Dex était sonné.

Je ne pouvais pas lui parler de Kyle. Si je prononçais son nom, j'allais m'effondrer.

— Il y avait trop de gardes, cette nuit, reprit Ève. Alors on est allés chacun de notre côté, Dex et moi. Et puis, je suis montée dans le camion… Je voulais revenir sur mes pas et m'assurer qu'il allait bien, mais Tanner a dit qu'on n'avait pas le temps…

— Tanner ? Qu'est-ce qu'il a à voir là-dedans ?

– C'est lui, le garde que Han... que Curtis a soudoyé. En fait, c'est un membre de l'ALG.

Soudain, je me suis rappelé comment Tanner avait essayé de calmer son collègue, la première fois que j'étais entrée dans le sanatorium. Et son regard, quand il avait vu mon bracelet. Il avait dû savoir qui j'étais dès la seconde où il a vu l'amulette.

– Je n'aurais pas dû l'écouter, a repris Ève. J'aurais dû revenir sur mes pas et aider Dex.

Hank est réapparu. Il a posé la main droite sur l'épaule d'Ève.

– Non, tu as bien fait, a-t-il déclaré. Ici, tu es utile.

– Oui, eh bien, moi j'ai vraiment l'impression de l'avoir laissé tomber.

Elle a poussé un long soupir et a frappé le sol de son talon à petits coups secs.

J'ai regardé Jason. Il fixait mon père d'un air perplexe. Lui aussi avait trouvé étrange le terme utilisé par Hank.

– Que veux-tu dire par « utile » ? ai-je demandé. Utile pour quoi ?

– Pour les faire sortir du camp, a répondu mon père.

Ève a été la première à réagir.

– Tu as changé d'avis ? Tu vas faire sortir les nôtres de Thornhill ?

J'ai retenu mon souffle. Nous avions si peu de temps... Ni Serena ni Kyle ne pouvaient attendre. Et persuader les autres meutes d'une évasion à grande échelle prendrait des jours, voire des semaines.

J'ai regardé Hank, attendant qu'il réponde à Ève. Oui ou non.

– Ça dépend, a-t-il dit.

– De quoi ? a demandé Jason d'un ton tranchant.

Les yeux de mon père – aussi bleus et glaçants que ceux de Sinclair – se sont posés sur chacun de nous.

– De vous.

Il a ouvert son poing et a montré un petit cercle de métal plat, comme une énorme pièce de monnaie. J'ai reconnu le même symbole gravé sur les amulettes qu'il nous avait données, à Ève et à moi.

Le même symbole que celui de sa bague.

– Les gardes en ont laissé un sur le cadavre de chaque Tracker. C'est le symbole d'Eumon, a expliqué Hank. Si les Trackers avaient trouvé ces signes, ils en auraient conclu que la meute avait voulu se venger de la rafle. Autrement dit, nous aurions porté le chapeau pour Sinclair.

Je commençais à y voir plus clair.

– Elle ne pouvait pas nous tuer dans le camp, ai-je murmuré. Sinon, les Trackers s'en seraient pris à elle. Tandis que si nous étions morts sur la route… pris entre deux feux durant une attaque, elle se débarrassait de nous à bon compte.

J'ai frissonné. Le soleil était chaud, trop chaud pour la saison, mais soudain, j'étais glacée.

Jason a regardé le cadavre du Tracker derrière nous.

– Ces hommes sont morts à cause de moi, a-t-il murmuré.

– Non, à cause de Sinclair.

J'ai voulu prendre la main de Jason mais il s'est écarté. Incapable de le réconforter, j'ai reporté mon attention sur mon père.

– Tu as dit que ton aide dépendait de nous. Pourquoi ?

Il a refermé sa main sur la pièce de métal.

– Parce que je veux connaître la raison qui pousse une
directrice de camp à envoyer des tueurs aux trousses de ma
fille, et en rendre ma meute responsable.

Chapitre 22

Redites-moi encore ce qui se passait dans les vidéos.

— Hank, Jason, Ève et moi étions installés autour d'une vieille table, dans un des trente mobilhomes d'un parc de caravaning, à environ quarante minutes de Thornhill. Les appareils ménagers vert foncé et les placards jaunes dataient des années soixante-dix, mais selon Hank l'endroit n'était inoccupé que depuis quelques années.

Je ne lui ai pas demandé comment il le savait.

Les types comme mon père ont toujours une douzaine d'endroits où ils peuvent se planquer. Si j'en jugeais par les bouteilles de bière vides et les emballages de hamburgers sur le sol, cet endroit était aussi sur la liste d'un tas de gens.

J'ai soupiré en me frottant les yeux.

— On t'a déjà tout raconté deux fois !

Après les événements de la nuit, j'avais les nerfs à vif en dépit de mon épuisement. Et j'étais archiconsciente que chaque seconde écoulée permettait probablement à Sinclair de torturer Kyle et Serena.

— Et on perd un temps précieux, ai-je ajouté.

Ève m'a jeté un regard d'avertissement. On avait besoin de Hank — je le savais, mais je commençais sérieusement à soupçonner que rien de ce que nous pourrions dire ou faire ne le convaincrait de risquer sa vie ou celle de sa meute.

Pourtant, nous devions essayer.

Même si ces vidéos étaient des scènes d'horreur.

Heureusement, Jason a volé à mon secours.

— Dans les deux films, Serena avait une perfusion dans le bras. Dans la première, ils lui ont cassé la main. Dans la deuxième, ils lui ont injecté quelque chose. À la façon dont elle a réagi en voyant la seringue… on voyait qu'elle savait ce qui l'attendait. C'est tout. Ils lui ont fait mal et ils ont attendu de voir combien de temps elle mettait pour perdre le contrôle et se métamorphoser.

Hank a fait tourner la bague d'argent à son doigt.

— Et elle a semblé plus éveillée dans les vidéos que lorsque vous l'avez vue dans sa cellule ? Plus consciente de ce qui l'entourait et de ce qui se passait ?

— Oui, a répondu Jason d'une voix tendue.

Comme moi, il perdait patience. Mais il parvenait mieux à masquer ses émotions.

— Serena savait où elle était et ce qui se passait. Dans sa cellule, elle était complètement ailleurs. Elle a reconnu Mac, mais seulement pendant une seconde.

Hank m'a regardée.

— Elle t'a dit quelque chose ?

– Bon sang, on tourne en rond ! ai-je marmonné en repoussant ma chaise.

– Mackenzie…

Il y avait une petite fenêtre de l'autre côté de la pièce – un pan bleu vif au milieu de la cuisine miteuse. J'ai marché jusque-là et ai croisé les bras. Ève m'avait trouvé un sweat-shirt propre dans la malle de sa voiture – un sweat d'homme deux tailles trop grand pour moi – mais j'étais gelée. J'ai contemplé les mobil-homes abandonnés sans vraiment les voir.

– Elle a dit quelque chose comme quoi je n'étais pas réelle. Que nous n'arrêtions pas de venir la chercher mais qu'aucun de nous n'était jamais réel.

Ses paroles me poignardaient le cœur. J'imaginais Serena dans sa cellule, priant pour que nous venions la chercher et finissant par perdre espoir.

– Elle n'a rien dit sur Sinclair ? a insisté Hank. Rien sur ce qu'ils essayaient de faire ni s'ils y avaient réussi ?

– Rien.

Les larmes brouillaient le paysage devant mes yeux, et je me suis empressée de les essuyer. Hank avait toujours dit que ce sont les faibles qui pleurent.

Je me suis tournée vers la table en m'adossant au cadre de la fenêtre.

– Quelle importance ? On sait que Sinclair essaye de trouver un traitement pour guérir les loups. À l'évidence, elle n'a pas réussi.

Les pupilles de Hank ont jeté des éclairs.

– Comment peux-tu en être aussi sûre ?

Ève s'est penchée vers lui.

– Que veux-tu dire ?

Hank a continué à me fixer.

– Je veux dire que leur remède fonctionne aussi bien qu'ils le souhaitent.

– Quoi ?

J'ai revu le visage de Serena lorsque Kyle l'a éloignée de Jason. Ses traits étaient tordus et méconnaissables.

– Elle était devenue *plus* violente, pas *moins*.

– S'est-elle métamorphosée ?

– Non, a répondu Jason.

Hank a désigné le cou de Jason et j'ai su ce qu'il allait dire. Après tout, j'avais pensé la même chose, non ?

– Comment se fait-il qu'elle ne t'ait pas brisé la nuque ? Réfléchissez ! Ils ont réussi à empêcher votre amie de se métamorphoser ou d'utiliser toute sa force.

Je n'arrivais pas à accepter cette hypothèse.

– Peut-être qu'une partie d'elle-même parvenait encore à se contrôler. Et puis, même si elle ne pouvait plus se transformer, ça l'a rendue folle et violente. C'est terrible, pour elle. Je n'appelle pas ça une guérison !

– Sinclair non plus, a affirmé Hank. Ou du moins, pour elle « guérir les loups » n'a pas le même sens.

Nous l'avons regardé tous les trois comme s'il avait perdu la tête.

– Le SL est une maladie, s'est écriée Ève. Donc ne plus l'avoir, c'est forcément guérir.

– Essaye de raisonner comme elle. Entre trois cents personnes dans des camisoles de force, donc maîtrisables, et trois cents loups capables de t'égorger dès la seconde où tu baisses la garde, qu'est-ce que tu choisirais ?

J'ai regardé Jason tandis que mon sang se glaçait lentement dans mes veines. L'idée que Serena pouvait être considérée comme une expérience réussie, que ce qui lui était arrivé puisse être l'objectif plutôt qu'un horrible effet secondaire, était plus qu'immorale. C'était atroce. De la cruauté à l'état pur...

– Si cette impuissance était permanente, a poursuivi Hank, on n'aurait plus besoin de camps de réinsertion. Si les loups ne pouvaient plus se métamorphoser, ils ne contamineraient personne. On pourrait les mettre dans des hôpitaux et des asiles psychiatriques avec les humains.

Impuissance permanente...

J'ai vacillé, et Jason s'est précipité vers moi de peur que je ne perde connaissance.

– Mais les loups peuvent s'autoguérir ! ai-je balbutié. Une fois que nous aurons sorti Serena du camp, elle cicatrisera, elle redeviendra normale...

Le grincement d'une chaise en métal sur le linoléum m'a interrompue. Ève s'était levée brusquement.

– Dex est enfermé au sana, et il y a des douzaines de loups d'Eumon dans le camp ! Curtis, il faut faire quelque chose, sinon...

– Mac, écoute ça...

Jason a posé la main sur mon bras.

Je n'ai pas réagi, les yeux rivés sur Ève et sur mon père. Une semaine auparavant, elle lui vouait un culte. Maintenant, elle le regardait avec désespoir, comme si elle le suppliait d'être l'homme qu'elle avait imaginé.

– Je t'en prie, Curtis !

– Mac, viens...

Jason m'a tirée par la manche.

Contrariée, j'allais lui demander ce qui était si important quand j'ai entendu les moteurs.

J'ai pivoté vers la fenêtre : des douzaines de voitures et de motos entraient dans le parc en soulevant un nuage de poussière.

Jason et moi étions venus ici dans l'auto d'Ève, mais Hank avait suivi dans son pick-up. Donc, il avait eu le temps d'appeler les autres meutes.

– Tu avais déjà pris la décision d'attaquer Thornhill... ai-je murmuré, incrédule.

J'avais l'habitude d'être décontenancée par le comportement des gens mais c'était rarement de bonnes surprises.

J'ai fait volte-face.

Les yeux de Hank ont rencontré les miens au milieu d'un concert de portières qui claquaient.

– Sinclair a ouvert les hostilités quand elle a essayé de te tuer et de piéger ma meute. Et même si elle ne l'avait pas fait, elle est devenue trop dangereuse.

Il s'est levé et s'est dirigé vers la porte.

– Merci, ai-je dit, la gorge serrée. Merci de nous aider.

Il a ouvert la porte.

– De rien, Mackenzie. Mais ton rôle s'arrête ici. Tu ne participes pas à l'opération.

Nous étions vingt loups-garous, plus Jason et moi, rassemblés dans l'antique salle des fêtes du parc pour planifier une attaque massive sur Thornhill. Au bout de quatre heures, trois grosses disputes et un pugilat, nous étions parvenus à trouver un plan correct.

Avec un peu de chance, nous réussirions à libérer le camp. Enfin... Inutile de penser à quel point la chance m'avait manqué, jusqu'ici !

Hank n'avait pas voulu que je vienne à la réunion parce que pour lui, moins j'étais impliquée, mieux ce serait. Mais j'avais vu des parties du camp dont Ève ne s'était jamais approchée. Quant à Jason, Hank ne lui faisait pas entièrement confiance, et les autres loups s'en méfiaient ouvertement.

Cependant, ils avaient besoin de lui.

Durant la brève période qu'il avait passée dans le camp, Jason avait réussi à mémoriser une incroyable quantité d'informations sur le système de sécurité de Thornhill et ses protocoles : les changements d'équipes des gardes, le nombre d'employés dotés de DHF, et même dans quelles circonstances le camp devait contacter le BESL pour demander des renforts. Tous ces détails étaient précieux.

Si Jason apportait la même concentration à ses études, il économiserait à son père des dizaines de milliers de dollars de pots-de-vin pour entrer dans une prestigieuse université du pays – si toutefois il vivait assez longtemps pour cela. Et comme il était parvenu à se mettre à dos une salle pleine de loups-garous, ça restait peu envisageable…

Je l'ai regardé se lever pour faire face à ses objecteurs.

– Mais non ! Je n'ai pas dit de ne pas vous défendre !

En réalité, c'était exactement ce qu'il avait fait, en demandant à une louve de ne pas s'en prendre aux gardes si elle était blessée.

– La ferme, Jason ! ai-je chuchoté en lui faisant signe de se rasseoir.

Les vingt loups, y compris Ève, le regardaient avec une hostilité non déguisée.

– Écoutez, je dis juste que moins il y a de victimes, mieux c'est. Les gens du personnel sont des simples employés. On leur a toujours dit que les camps étaient une solution, pas un problème. La plupart ignorent les agissements de Sinclair. Ils ne méritent pas d'être exterminés.

– As-tu la moindre idée du mal qu'ils ont fait, avec leur prétendue solution ? a demandé un homme assis à la droite de Hank.

Il avait une épaisse barbe rousse et d'énormes avant-bras de bûcheron. Il s'était levé lui aussi.

– Sais-tu combien de loups ont été piégés dans les camps ?

– Soixante-trois mille cent dix-huit, a répondu Jason du tac au tac. Du moins officiellement.

L'homme a croisé les bras comme s'il attendait encore d'être convaincu.

Jason s'est rassis. Machinalement, il a porté la main à son cou puis a pris conscience de son geste et a posé les mains sur la table.

– Durant les douze années écoulées, le BESL et les Trackers ont tout fait pour convaincre le reste du monde que les loups-garous sont des bombes à retardement.

Il parlait lentement et distinctement, avec beaucoup plus de brio que je ne l'aurais cru capable.

– Si vous ne limitez pas le nombre de morts humains, vous convaincrez le monde entier qu'enfermer les loups est la seule alternative de sécurité. On parlera du « massacre de Thornhill ». Ce sera aux informations pendant des mois, toute la journée, tous les jours, et dans tous les journaux. Les dégâts seront irréversibles.

J'étais stupéfaite. Obnubilée par la nécessité de libérer les loups, je n'avais pas pensé que l'agence puisse en profiter pour avoir le soutien du public.

J'ai jeté un rapide coup d'œil à Ève, qui elle aussi était restée bouche bée. En fait, pratiquement tous les loups contemplaient Jason en silence, réfléchissant à toutes les implications qu'il avait soulevées. Quelques-uns acquiesçaient déjà.

J'ai compris pourquoi les Trackers avaient recruté Jason : c'était une excellent communicant. Quand il le voulait, il avait le magnétisme d'un grand politicien ou d'un gourou. En quelques phrases seulement, il avait renversé la vapeur : les loups furieux étaient maintenant plongés dans une réflexion si profonde qu'ils l'écoutaient sans remarquer le tatouage sur son cou.

Seule une personne restait complètement impassible.

Hank.

Au bout de quelques minutes, il a repoussé sa chaise et s'est levé.

– Nous avons six heures devant nous. Je suggère que chacun de vous essaye de trouver un coin tranquille pour se reposer. Ceux qui font partie de l'équipe de reconnaissance, retrouvez-moi ici dans quatre heures.

– Curtis…

Ève a tenté d'attirer son attention lorsqu'il est passé près d'elle, mais il lui a tout juste jeté un coup d'œil, sans s'arrêter, avant de sortir.

L'assemblée s'est dispersée peu à peu. Certains s'attardaient et parlaient par groupes de deux ou trois. Jason a été pris à partie pour savoir si un tir de Taser pouvait atteindre un loup en pleine course.

Jason ne semblait plus en danger immédiat de se faire tailler en pièces. Et pour l'instant, il ne me prêtait pas attention.

Je suis partie à la recherche de Hank, profitant de l'agitation générale.

Je l'ai trouvé dans le mobil-home où nous étions un peu plus tôt. Le crépuscule commençait à tomber, mais deux lanternes à gaz jetaient une douce lumière à l'intérieur.

– Je ne t'ai pas appris à frapper avant d'entrer, petite ?

Hank a ouvert une bouteille de bière et s'est assis à la table.

J'ai fermé la porte derrière moi avant de m'y adosser.

– Autrefois, tu ne buvais jamais avant de faire un coup.

– Autrefois, je n'avais pas le métabolisme d'un loup-garou.

– Bien vu.

Encore une chose qui avait changé en lui.

– Ce que Jason a dit tout à l'heure, à propos du BESL et des Trackers, cela ne t'a pas étonné, n'est-ce pas ? Tu y avais déjà pensé.

Les traits tirés, mon père a joué un instant avec sa bière sans la boire.

– Quand Ève et toi m'avez demandé de libérer tous les loups prisonniers à Thornhill, pourquoi crois-tu que j'ai refusé ?

J'ai revu sa silhouette derrière la clôture.

– Trop risqué ?

Il a acquiescé.

– Pas seulement pour moi. Il y a des douzaines de meutes dans le pays. Crois-tu vraiment qu'Ève et toi ayez été les premières à envisager de libérer un camp ?

Avant que j'aie pu répondre, il a ajouté :

275

— Personne n'a essayé parce que ça revient à déclarer la guerre au BESL.

La guerre ?

Le mot m'a paru énorme et épouvantable.

Thornhill n'avait que quelques centaines de loups. Les camps de réinsertion plus grands approchaient des huit ou dix mille.

— Le site est si petit ! ai-je protesté. Et les installations ne sont même pas terminées.

— La libération d'un seul camp, quelle que soit sa taille, suffit à donner de l'espoir aux autres. Personne n'a encore provoqué le BESL. Pas comme ça, du moins.

Le regard de Hank était si lourd que je me suis sentie écrasée.

— Même si nous échouons, les loups des autres camps apprendront ce que nous avons tenté de faire, et ils riposteront. D'abord avec des actions apparemment sans importance, puis dans des actions plus grandes qui vont s'additionner. Bientôt, d'autres meutes commenceront à résister au lieu de se cacher.

— Mais c'est bien, non ? Si personne ne réagit jamais, rien ne changera.

— Tu te rappelles ce qui est arrivé à Leah ?

J'ai retenu mon souffle.

Bien sûr que je me souvenais d'elle.

Leah habitait sur notre palier, à Detroit. Elle était aimable et intelligente, et veillait discrètement sur moi. Lorsque les gens ont découvert qu'elle était contaminée, un groupe de Trackers l'a traînée dans la rue et battue à mort. Le pire, c'est qu'au lieu d'essayer de les en empêcher, nos voisins les avaient regardés faire et avaient même applaudi !

— Ce qui lui est arrivé, on le verra dans toutes les villes, tous les jours. Si nous libérons un camp, la répercussion sur les loups sera pire qu'une épidémie.

Hank m'observait, guettant ma réaction.

La peur me donnait la nausée. Soudain, tout m'a semblé trop énorme, et je me suis sentie telle que mon père devait me voir : une fille naïve de dix-sept ans, complètement dépassée par les événements.

Il m'a fallu un instant pour retrouver ma voix.

— Alors pourquoi le faire ? Pourquoi tu n'as rien dit, tout à l'heure ? Si tu es tellement sûr que ce sera la conséquence…

Il nous avait aidées à nous évader, Ève et moi. Qu'avait-il à gagner d'autre ?

Avec un haussement d'épaules, Hank a porté la bouteille à ses lèvres.

— Je t'ai déjà répondu : ce que Sinclair fait est trop dangereux pour qu'on la laisse continuer.

Je savais que je ne devais pas insister, et lui être reconnaissante d'avoir changé d'avis. Mais c'était plus fort que moi : il fallait que je comprenne.

— Autrement dit, tu n'agis pas par compassion ?

Hank a plissé les yeux et j'ai su qu'il commençait à perdre patience. Il avait toujours détesté les questions.

— Si ce qu'ils ont fait à ton amie est considéré comme un succès, alors cela m'affectera, ainsi que tous les loups du pays. Tôt ou tard, le BESL s'en prendra à nous. En attaquant Thornhill aujourd'hui, nous lançons les hostilités au lieu d'attendre d'être attaqués.

– Le BESL n'est pas au courant des expériences de Sinclair, lui ai-je rappelé. Elle a falsifié les dossiers d'admission.

– Peut-être. Ou peut-être qu'ils sont au courant et la couvrent. En cas de problème, cela les innocente. Dans tous les cas, après cette nuit, la vie va devenir beaucoup plus difficile pour tous les loups et toutes les personnes soupçonnées de sympathie pour les loups. Il faut que tu rentres chez Tess, a-t-il ajouté en se levant. Que tu oublies les loups et Thornhill.

– Impossible ! Serena et Kyle sont mes amis. Je ne peux pas leur tourner le dos. Je viens avec vous ce soir.

– Il n'en est pas question, Mackenzie.

– Vous aurez besoin d'humains pour résister aux DHF. On peut éliminer les appareils en haut des poteaux mais pas ceux que les conseillers ont en main.

– J'ai déjà le Tracker.

– Et s'il lui arrive quelque chose ? S'il se fait tirer dessus, s'il est blessé ou si quelqu'un de ton équipe décide que c'est trop risqué de lui faire confiance ?

Hank a froncé les sourcils et là, j'ai su que j'avais gagné. J'ai vite occupé le terrain :

– Je sais me diriger dans le camp. J'ai été dans le sanatorium, et les DHF ne me font rien. Vous avez besoin de moi, que ça te plaise ou non !

Je me suis dirigée vers la porte. Inutile de prolonger cette conversation.

Hank, cependant, avait encore une chose à me dire :

– Tu n'as aucun avenir avec ce garçon, tu le sais. Tôt ou tard, tous les loups tournent le dos à leur ancienne vie. Si c'est ce qui te motive pour courir des risques insensés…

J'ai eu l'impression de recevoir une flèche empoisonnée.

– Kyle n'est pas comme toi. Et ce n'est pas seulement pour lui que je veux venir. D'ailleurs, même si c'était le cas, tu n'as aucun droit de me donner des conseils.

Avant qu'il ait pu répliquer, je suis sortie dans la nuit.

Chapitre 23

J'ai trouvé Jason étendu sur une vieille balancelle cassée, que quelqu'un avait tirée sous un bosquet d'arbres. Il contemplait les branches, trop perdu dans ses pensées pour remarquer mon arrivée. Un petit feu brûlait à ses pieds dans un cercle de pierres, jetant sur lui une lueur orangée.

Il s'est coupé les cheveux.

Dès que cette pensée m'a traversé l'esprit, je me suis arrêtée.

Les boucles blondes de Jason, adulées par pratiquement toutes les adolescentes de Hemlock, avaient disparu.

La coupe règlementaire de Thornhill allait très bien à Kyle. Cela lui donnait l'air plus vieux et plus dur, le genre qui plaisait aux filles. Sur Jason, c'était le contraire. Il semblait plus jeune, plus vulnérable, sans sa toison fascinante qui donnait à ses traits l'illusion de la perfection. Son nez était un tout petit peu trop gros et sa bouche un tout petit peu trop pleine. Il était toujours beau, certes – aucune coupe de cheveux n'y pourrait rien changer – mais d'une beauté banale.

Une brindille a craqué sous mes pas lorsque je me suis avancée. Jason s'est redressé.

— Salut, Mac !

— Salut, ai-je marmonné, étrangement gênée d'avoir été surprise en train de le regarder.

— Je voulais t'attendre dans le foyer mais Ève m'a proposé de me couper les cheveux. Je me suis dit que ça me rendrait moins reconnaissable. C'est vraiment moche ?

— Pas tant que ça...

Je me suis assise près de lui, et soudain, j'ai senti une immense fatigue m'envahir. Mes jambes pesaient des tonnes, et j'avais le plus grand mal à ne pas fermer les yeux.

Nous sommes restés silencieux, mais ce n'était pas un silence tranquille. Autour de nous, les membres de la meute de Hank allaient et venaient. Certains préparaient l'assaut sur Thornhill, d'autres restaient autour de feux de camp en petits groupes ou cherchaient un endroit pour dormir quelques heures. Vingt loups avaient planifié l'évasion mais près de cent seraient impliqués.

Je me suis enfin décidée à parler :

— Ce soir, je vais avec vous.

Il a acquiescé et s'est penché pour prendre une bouteille de bière à moitié pleine posée par terre. C'était la même marque que celle que Hank avait bue dans la caravane.

Jason en a avalé une gorgée avant de me la tendre. J'ai secoué la tête et il a fini la bouteille.

— Tu ne vas pas essayer de me faire changer d'avis, j'espère ? lui ai-je demandé.

— Ça servirait à quelque chose ?

Il a lâché sa bouteille vide sur l'herbe.

– Non…

Le mot s'est terminé en bâillement.

– Tu es épuisée, Mac.

Il a caressé ma joue de ses phalanges encore meurtries par la paroi de verre de la Lincoln.

Le geste était étrangement tendre et complètement inattendu. Soudain, le souvenir de notre baiser dans la voiture m'a fait rougir. Tout me revenait en détail : le goût de ses lèvres, le poids de son corps sur le mien…

– Jason… À propos de ce qui s'est passé ce matin, après l'accident…

– N'y pense plus.

– Mais…

Il m'a décoché un sourire un peu forcé.

– Si nous survivons à cette nuit, alors tu pourras me dire que c'était une erreur, d'accord ?

– D'accord.

– On a quelques heures de répit, a ajouté Jason en tentant de dissiper la gêne entre nous. Tu devrais essayer de dormir.

C'était vraiment tentant mais j'avais peur de baisser la garde.

– Hank n'est pas chaud pour que je vous suive. Je ne veux pas lui donner l'occasion de me laisser ici.

– Je te réveillerai quand tout le monde se préparera. J'ai dormi quelques heures à Thornhill, dans l'infirmerie.

J'hésitais toujours.

– Tu ne peux pas tenir sur les nerfs indéfiniment, a ajouté Jason en se déplaçant un peu pour me faire de la place. Ne t'inquiète pas, je te secouerai à l'heure dite.

Je me suis pelotonnée au bout de la balancelle. Si je fermais les yeux pendant quelques instants, peut-être pourrais-je me débarrasser de cette affreuse impression de lourdeur.

Au bout de quelques minutes, Jason a étendu doucement mes jambes sur ses genoux.

– Tu crois qu'on a pris la bonne décision, Mac ?

J'ai tressailli.

– Je croyais que tu voulais aider Kyle et Serena. Et Dex aussi...

– Bien sûr que je veux les aider. Mais... Il y a une différence entre faire évader trois loups qu'on connaît et des centaines qu'on ne connaît pas. Et si certains contaminaient des humains ?

– Là n'est pas la question. Les humains non plus ne sont pas tous parfaits.

– Je te parle de loups en prison.

– Tu ne peux pas comparer un camp et une prison ! Ces gens n'ont pas été arrêtés parce qu'ils ont commis un délit ou un crime. Au pire, ils n'ont pas déclaré qu'ils étaient contaminés. Et ils ont tous été capturés pendant des rafles. Ils étaient au mauvais endroit au mauvais moment.

– Comme Kyle et Serena, a-t-il reconnu de mauvaise grâce.

– Exactement.

Le silence qui s'est installé entre nous devenait franchement inconfortable. Le feu était presque éteint mais ni lui ni moi ne nous sommes levés pour tenter de le ranimer.

– Jason ?

– Oui ?

– Pourquoi tu t'inquiètes autant pour les employés de Thornhill ? D'accord, il faut éviter les représailles des Trackers et du BESL. Mais on dirait que tu défends les gens qui y travaillent.

– C'est compliqué, tu sais. Certains sont cruels. J'aimerais tuer ceux qui ont torturé Serena. Pourtant, je crois que beaucoup n'ont jamais pris le temps de se demander si ce système était juste ou non.

– En fait, ils te font penser à ce que tu as vécu… C'est facile d'être contre les loups, n'est-ce pas ?

Le tatouage sur son cou était à peine visible dans la lumière mourante du feu.

Il a acquiescé.

Nous nous sommes tus un long moment. Finalement, mes paupières ont papilloté et se sont fermées d'elles-mêmes.

– Jason ? ai-je marmonné dans un dernier sursaut, en cherchant sa main.

– Oui ?

– Merci.

– Pour quoi ?

Je voulais lui répondre « pour nous avoir choisis » mais la marée du sommeil m'a emportée très loin.

Une couche de feuilles pourries couvrait l'eau de la fontaine.

– Dégoûtant ! a marmonné Amy en se pinçant le nez, avant de grimper sur la margelle de la fontaine.

Ses baskets montantes claquaient sur le béton tandis qu'elle marchait autour de l'eau.

Il faisait sombre, le ciel n'avait ni lune ni étoiles, et la seule lumière provenait des fenêtres du sanatorium.

– Il y a quelque chose qui cloche.

Je connaissais cette fontaine : c'était celle de Riverside Square. Elle aurait dû se trouver à Hemlock, et non en plein milieu de Thornhill.

Amy a sauté à terre. Elle portait une chemise de Jason, portant la griffe d'un designer italien.

– Tu as toujours attaché trop d'importance à la géographie, Mac. Les lieux sont juste des coordonnées pour les GPS. Parfois, ils se chevauchent.

Elle s'est assise sur le bord de la fontaine.

– Toi par exemple, a-t-elle poursuivi. Tu transportes des fragments de Hemlock partout où tu vas. C'est pour ça que cette fontaine est là.

Elle s'est penchée en arrière en contemplant le ciel vide.

– Tu sais, j'ai fini par me rappeler l'histoire du fantôme. Celle que mon grand-père nous racontait. Tu veux l'entendre ?

– D'accord.

– Il était une fois…

– Ça c'est pour les contes de fées, pas les histoires de fantômes, ai-je remarqué en m'asseyant près d'elle.

Elle a levé les yeux au ciel.

– *Très bien !* « Jadis », il y avait une femme qui possédait une boutique de poupées. Elle voulait absolument fabriquer une poupée si pleine de vie que les gens en oublieraient qu'elle était en tissu et en porcelaine.

– N'importe quoi…

– La ferme !

– Désolée. Continue, s'il te plaît.

Amy m'a jeté un regard mi-moqueur, mi-furieux.

– Un jour, une petite fille s'est fait renverser par un fiacre juste devant la boutique. La fabricante de poupées s'est précipitée pour aller à son secours, et a vu des volutes de la couleur du soleil couchant sur les lèvres de la fillette. C'était son âme qui rendait son dernier souffle.

Alors la femme a eu une obsession : recueillir dans des bouteilles de verre les derniers souffles d'enfants mourants, qu'elle cousait ensuite dans les poupées. Elle allait partout : dans les hôpitaux, dans les rues…

– Laisse-moi deviner, ai-je dit en me forçant à garder un ton ironique. Les poupées sont devenues plus convaincantes ?

À présent, je me rappelai vaguement avoir écouté l'histoire tout en faisant griller des morceaux de guimauve dans la cheminée de son grand-père.

– En effet. Mais personne ne voulait les acheter parce que lorsqu'ils plongeaient les yeux dans ces yeux de verre, les gens entendaient des cris.

Elle s'est étirée.

– Tu t'imagines ? Être piégé dans une bouteille, à l'intérieur d'une poupée, pour l'éternité ? Qui n'aurait pas crié !

J'ai frissonné.

– Tu sais pourquoi je suis ici, Mac, n'est-ce pas ?

J'ai fait non de la tête. Je ne savais plus rien.

Amy m'a regardée tristement, puis a contemplé la fontaine par-dessus mon épaule. Quelque chose faisait tourner les feuilles à l'intérieur et diffusait une odeur dure et métallique. Horrifiée, j'ai compris que le liquide dans le bassin était du sang.

Je me suis relevée en toute hâte, mais Amy est restée assise comme si tout allait bien.

Elle a plongé la main dans la fontaine et lorsqu'elle l'a retirée, elle était couverte de sang.

— Les choses sont en train de devenir très intéressantes, Mac...

Chapitre 24

Une clôture électrique de plusieurs mètres de haut est intimidante, qu'on soit du bon ou du mauvais côté. Dans tous les cas, elle ne fait aucune différence entre une personne essayant d'entrer par effraction et une autre essayant de s'évader. Ni entre un loup-garou et un humain. C'est une tueuse, championne de l'égalité des chances !

Quiconque pénétrait dans l'étroit espace entre la clôture et l'ébauche de mur en béton qui la doublait était en danger de mort.

Pourtant, j'étais prête à l'affronter.

J'ai contemplé la poignée de lumières visibles au loin. Impossible de savoir si elles venaient des dortoirs ou du sanatorium. J'imaginais Kyle et Serena, entravés, ensanglantés... Qui sait ce que Sinclair leur avait fait depuis que nous étions sortis du camp, Jason et moi ?

J'ai croisé les bras en frissonnant.

Mon geste n'a pas échappé à Hank, mais il s'est mépris sur sa cause.

— Ce n'est pas trop tard pour rentrer au parc, Mackenzie. Un de mes loups t'y emmènera.

Décidément, mon père me connaissait mal. J'avais peur, bien sûr, mais cela ne m'arrêterait pas.

— Je t'ai déjà dit que je resterai. Et puis, tu as besoin de tous tes hommes.

L'équipe de reconnaissance comprenait dix loups-garous, y compris Hank et Ève. On ne pouvait faire à moins.

Une main a effleuré ma tempe et j'ai sursauté.

— Tes cheveux se détachent, m'a expliqué Jason en repoussant une boucle sous ma casquette.

Il portait une tenue identique à la mienne et à notre groupe : casquette noire, long sweat-shirt noir, jean noir et bottines noires. On aurait dit un gang de cambrioleurs. Ou des mimes…

— Merci, ai-je marmonné en rougissant.

J'avais promis à Jason de ne pas parler de notre baiser échangé dans la voiture mais je ne l'avais pas oublié. Je n'avais rien à me reprocher — nous étions convaincus que nous allions mourir — mais maintenant que nous étions si près du sanatorium, si près de Kyle, cela me semblait une trahison.

— La patrouille extérieure ! a soufflé une voix de femme. Vite ! À terre !

Jason, les loups et moi, nous nous sommes accroupis derrière le mur. Un instant plus tard, un léger bruit de moteur s'est fait entendre. La lumière d'un projecteur a balayé la clôture à gauche et à droite de notre cachette. J'ai retenu mon souffle. Heureusement, les gardes n'ont pas pris la peine de regarder derrière la barrière de béton.

Le ronronnement s'est estompé et nous nous sommes relevés lentement. Hank a repris la direction des opérations.

– Ils ont augmenté le nombre des patrouilles. Nous avons trente minutes au maximum. On y va !

Les maçons avaient dressé un échafaudage. Hank a bondi sur la première plate-forme et a commencé à grimper. Ses mouvements avaient une grâce féline que je ne lui connaissais pas. Deux de ses hommes l'ont suivi.

Ève s'est approchée de moi, le front plissé d'inquiétude.

– C'est de la folie...

– Eh ! C'est ton idée, lui ai-je rappelé, essayant d'ignorer ma propre appréhension.

– Ça ne semblait pas aussi dingue quand on en parlait.

Jason a maugréé :

– Sauter une clôture électrique tranchante comme un rasoir, à six mètres de haut, tu parles !

Ève et moi, à l'unisson, lui avons demandé de se taire.

Un des loups a tendu à Hank un sac à dos noir, comme nos tenues. Il l'a lancé très fort au-dessus de la clôture. Le sac a atterri avec un bruit mat à l'intérieur du camp. Le loup en a lancé un deuxième avec autant de succès.

Bon, première étape réussie. C'était bon signe, non ? Sauf qu'il y avait un monde de différence entre un sac et un homme...

– Le mur a au moins trois mètres de plus que la clôture, a remarqué Ève. C'est un avantage énorme.

Je ne voyais pas très bien pourquoi, surtout avec autant d'espace entre le mur et la clôture. Mais je me suis tue. Souligner l'évidence ne serait bon pour les nerfs de personne. Il n'y avait que deux façons d'entrer dans Thornhill. Par le grand portail ou par la clôture. Nous aurions pu attendre quelques jours et détourner une livraison, mais personne ne voulait prendre le risque de laisser des loups aussi longtemps dans le bloc de détention. À présent, Sinclair savait que sa tentative de nous supprimer, moi et Jason, avait échoué, et elle risquait fort de se venger sur nos amis.

Malheureusement, à moins d'arriver dans un tank, il n'y avait aucun moyen de mettre la clôture hors service depuis l'extérieur du camp.

Ève avait eu l'idée d'utiliser une tyrolienne. Elle s'était souvenue de l'ancien château d'eau près de la clôture. Si un loup pouvait sauter du mur et survivre à une telle chute, ils pourraient lancer un filin entre le réservoir et le mur. Ensuite, il suffirait de nous glisser sur le filin.

— Je ne comprends toujours pas pourquoi c'est ton père qui le fait, a murmuré Jason en observant, comme nous, Hank estimer la distance de son saut. Il aurait mieux valu choisir quelqu'un d'autre, non ? Toute l'opération repose sur lui.

Ève a protesté :

— On ne devient pas chef de meute si on n'est pas incroyablement résistant. Il y a deux, peut-être trois loups encore plus costauds que Curtis, mais ils cicatrisent beaucoup moins vite. Il nous faut un loup capable de se remettre très rapidement de ses blessures.

— Et tu crois vraiment qu'il en est capable ?

Je n'ai pas demandé ce qui se passerait si jamais il tombait sur la clôture. Aucun loup-garou, si résistant soit-il, ne survivrait à un tel choc.

Ève a serré les lèvres sans répondre.

J'ai levé les yeux vers le sommet du mur, essayant d'ignorer la boule qui me bloquait la gorge. C'était la même peur et la même incertitude que j'éprouvais quand mon père partait accomplir un de ses méfaits.

Là-haut, Hank a secoué les bras pour les détendre et a dit quelque chose aux autres loups sur la plate-forme. Puis, sans prévenir, il a couru vers le bord du mur – trois pas, je les ai comptés – et s'est lancé dans l'espace.

Pétrifiée, je l'ai vu faire un saut périlleux et passer à quelques centimètres de la clôture.

J'ai entendu mon énorme soupir de soulagement, avant de réaliser que Hank venait de tomber sur le sol comme une pierre, soulevant un nuage de poussière.

Il était étendu sur le dos, les bras et les jambes tordus à des angles anormaux.

– Lève-toi. Lève-toi ! a supplié Ève en s'approchant de la clôture. Curtis, bon sang, lève-toi !

Il ne bougeait pas.

J'ai pris la main de Jason et l'ai serrée si fort que je devais lui faire mal.

Une fois, Kyle était tombé d'une fenêtre du deuxième étage, dans une résidence. Il s'était blessé, certes, mais je n'avais pas eu l'impression d'un corps disloqué...

Les minutes se sont écoulées.

Finalement, Jason a retiré sa main de la mienne.

– Ève...

– Il va s'en remettre, a-t-elle assuré. Laisse-lui le temps.

Cependant, sa voix tremblait et autour de nous, les loups commençaient à chuchoter avec inquiétude.

Des années auparavant, je m'étais persuadée que ne jamais revoir Hank serait ce qui pouvait m'arriver de mieux. Toutefois, je n'avais jamais souhaité sa mort. Il avait juste cessé de faire partie de ma vie – du moins je le croyais.

Je gardais les yeux rivés sur lui, souhaitant de tout mon être qu'il se redresse. Je l'ai regardé si longtemps et avec tant d'intensité que lorsque son bras a bougé, j'étais certaine de l'avoir imaginé.

Sauf qu'Ève l'avait vu aussi.

– Curtis ? Curtis, tu m'entends ?

Le corps de mon père s'est déchiré comme si des vagues internes le traversaient de part en part. Ses muscles se tordaient et les quelques os qui ne s'étaient pas brisés dans la chute ont claqué comme des coups de fouet.

Puis un énorme loup couleur de cendres et de neige s'est dressé devant nous.

L'animal – j'avais du mal à penser que c'était mon père – a secoué la tête, fait quelques pas chancelants, puis s'est mis à courir lentement.

Ève a souri avant de s'adresser aux deux loups sur le mur.

– À vous !

Tandis qu'ils rassemblaient et positionnaient leur équipement, le loup gris est revenu sur ses pas et a reniflé un des sacs. Puis il a levé la tête et l'air a semblé chatoyer autour de lui tandis que sa fourrure se transformait. Un instant plus tard, mon père était à genoux sur le sol, nu. Il s'est empressé de sortir les vêtements du sac et de s'habiller, mais j'avais tourné la tête depuis longtemps.

– Tu peux regarder, maintenant, m'a dit Jason.

Hank venait de prendre le deuxième sac et s'élançait vers le château d'eau. Là, il a escaladé l'échelle sur le côté et attaché un linge blanc près du sommet. Normalement, je n'avais pas le vertige, mais le voir grimper si haut sur ce réservoir branlant me nouait l'estomac.

Jason a consulté sa montre.

– On est presque en retard.

– Écoute, ils vont aussi vite qu'ils le peuvent ! ai-je protesté.

Sur la plate-forme, les loups avaient installé une sorte de trépied, supportant un engin bizarre qui tenait à la fois du télescope et de l'extincteur.

Ils ont attendu que Hank redescende avant de lancer le filin muni d'un grappin. Il a sifflé dans la nuit avant de toucher le réservoir dans un bruit métallique. Le crochet s'était fixé au barreau que Hank avait marqué du chiffon blanc.

Tout le monde retenait sa respiration.

Le château d'eau était loin du centre du camp. Cependant, si un garde avait entendu ce grincement et décidé de venir jeter un œil, notre plan tombait à l'eau.

La nuit est restée silencieuse.

Peu à peu, comme si je les dégrafais un à un, les muscles de ma poitrine se sont détendus.

De nouveau, Hank a escaladé le château d'eau. Il a tendu le filin, décroché le grappin et sécurisé la corde avec une série de nœuds compliqués. Ensuite, il a levé la main.

C'était le signal : tout était prêt.

Ève avait organisé le passage de l'équipe. Jason et moi venions ensuite, juste avant deux loups. Les hommes sur le mur resteraient pour protéger le filin de ce côté de la clôture. Si les choses tournaient mal, ce serait notre seule issue de secours.

Ève a commencé à escalader l'échafaudage. Comme elle était la plus petite et la plus légère de tous, elle avait l'honneur de servir de cobaye.

– Sois prudente ! lui ai-je lancé.

Une fois en haut, elle a enfilé une paire de gants noirs. Personne n'avait prévu de harnais de sécurité.

Elle s'est simplement baissée au bord du mur, a saisi la corde, s'y est balancée un instant avant de croiser les chevilles un peu plus loin sur le filin. Elle avançait à une vitesse incroyable, et avec une aisance typique du SL.

Lorsqu'elle a approché de la clôture, je me suis mordu la lèvre. Il n'y avait pas deux mètres entre son dos et le tranchant du grillage, et elle était encore à une quinzaine de mètres du château d'eau.

Enfin, elle a atteint le réservoir, et a basculé sur l'échelle avec grâce. Puis, à mi-hauteur, elle a sauté au sol – plus de deux mètres ! – avant de lever les bras d'un air triomphant.

Les autres loups l'ont imitée, avec la même facilité déconcertante. Un des hommes a bien failli lâcher la corde lorsqu'il a soudain regardé la clôture en dessous de lui, mais il s'est ressaisi.

Puis ça été le tour de Jason.

Il m'a décoché un sourire crâneur en enfilant ses gants.

– Rendez-vous de l'autre côté, Mac !

Il a escaladé l'échafaudage avec tellement d'agilité que c'était pratiquement impossible de ne pas le prendre pour un loup-garou. Et il s'est suspendu au filin comme si c'était un jeu d'enfant…

J'ai plissé les yeux. Le filin m'a semblé plus incliné qu'avant. Était-ce un effet de mon imagination ?

Avant que j'aie pu interroger la femme derrière moi, Jason a commencé à traverser. Tout le temps qu'il avait passé dans sa salle de musculation se révélait vraiment utile. Il n'était pas aussi rapide que les loups, mais la plupart des humains n'auraient jamais pu suivre son allure, à moins d'être athlète professionnel ou membre du Cirque du Soleil.

Tout de même, j'ai retenu mon souffle jusqu'à ce qu'il soit arrivé à bon port.

Puis, ça a été mon tour.

J'ai escaladé l'échafaudage et enfilé mes gants.

— C'est facile, me dit un des loups avec un petit sourire dragueur. Accroche-toi et évite de regarder en bas.

J'ai bluffé.

— Pas de problème !

Je me suis assise sur le mur et ai saisi la corde. D'ici, elle ne semblait pas plus basse. « J'ai dû rêver », me dis-je en crochetant mes chevilles et en me tortillant sans grâce pour m'éloigner du mur.

C'était tout sauf facile. Au bout de quelques minutes, mes bras tremblaient sous l'effort et j'avais des crampes dans les jambes. J'ai continué à avancer du mieux que je pouvais, en lorgnant vers la clôture. Une fois au-dessus, j'aurai fait le tiers du trajet. *Ne pense pas à la distance,* me dis-je. *Concentre-toi sur le prochain but : la clôture. Premier tiers…*

J'y suis presque.

J'avais les muscles en feu.

Une main après l'autre. C'est ça, vas-y…

J'ai dépassé la clôture, et ai senti une ridicule bouffée d'orgueil de n'avoir pas grillé dessus comme une vulgaire brochette.

Tu vois ? C'est pas si terrible…

Soudain, il y a eu une secousse et le filin s'est abaissé de plusieurs centimètres.

J'ai poussé un petit cri et me suis immobilisée.

— Mac !

Jason a crié mon nom tandis que la corde s'inclinait encore. Je m'accrochais désespérément, la peur au ventre.

– Mac, il faut que t'avances ! Il faut que tu arrives au château d'eau ! Tout de suite !

La voix de Jason semblait venir directement en dessous de moi. J'ai tourné la tête. Je ne l'avais jamais vu aussi effrayé, pas même dans la voiture lorsque nous étions sur le point de mourir.

– L'échelle se décroche, le réservoir est trop vieux... On ne peut pas la retenir. Lorsque la corde va lâcher, elle va heurter la clôture. Il faudra que tu sautes avant.

Le filin contenait de l'acier. Si je le tenais au moment où il heurterait la clôture...

Oh mon Dieu...

Même si je survivais à la chute, je serais électrocutée.

J'ai avancé. Cette fois, mes bras tremblaient de peur autant que d'épuisement, mais l'adrénaline m'empêchait de sentir la douleur.

– C'est très bien, Mackenzie, encore un petit effort !

Je n'ai pas ralenti pour voir où était mon père.

La corde s'est encore abaissée de quelques centimètres, tout d'un coup, et un petit cri m'a échappé.

– Elle tient, continue ! a crié Hank.

Il y avait quelque chose dans sa voix que je n'avais jamais entendu auparavant. Il m'a fallu une seconde pour comprendre que c'était de la peur.

J'ai essayé d'accélérer mais le filin s'était tellement incliné que je devais me hisser tout en avançant.

Lorsque j'ai approché du château d'eau, j'ai entendu un grincement de métal. L'échelle se détachait lentement. Je n'ai pas osé regarder pour voir quelle distance il me restait.

Soudain, des bras puissants se sont saisis de moi et m'ont arrachée de la corde. Je pensais que c'était Jason, et me suis trouvée muette d'étonnement en croisant le regard bleu de mon père.

— Ça va, petite ?

J'ai réussi à acquiescer et nous avons dégringolé le long de l'échelle à toute allure.

Jason m'a enlevée dans ses bras dès la seconde où mes pieds ont touché le sol. Je l'ai laissé me serrer contre lui avant de m'écarter doucement.

— Je vais bien, Jason, je t'assure.

Pas question de flancher maintenant, devant cette assemblée de loups musclés et déterminés. À aucun prix, Hank ne devait penser qu'il avait eu tort de m'emmener, que je ne tiendrais pas le choc en cas de problème.

— En fait, c'est moi que je voulais rassurer, a dit Jason.

J'allais lui répliquer quand Ève nous a crié de reculer. Prenant Jason par la main, j'ai couru loin du château d'eau.

Avec le bruit horrible du métal qui se tord, l'échelle a cédé et est tombée juste à l'endroit où nous nous tenions quelques secondes auparavant. J'ai regardé la clôture. Des étincelles ont éclairé la nuit là où le câble avait heurté les fils électriques. Maintenant, nous n'avions plus d'autre issue que le portail.

— Tu crois qu'ils vont envoyer quelqu'un voir ce qui se passe ? s'est enquise Ève en se tournant vers Hank.

— Oui, mais pas tout de suite. Ils vont croire qu'un animal s'est fait prendre.

Il a fait signe à deux loups de s'éloigner.

— Restez ici et surveillez la clôture. Si des gardes approchent, empêchez-les de donner l'alerte.

— Sans les tuer, a ajouté Jason.

Hank lui a jeté un regard signifiant qu'il était bien tenté de le tuer, lui…

— Sans les tuer *si vous pouvez l'éviter*, a-t-il précisé.

Jason n'a pas insisté — juste froncé les sourcils. La dernière chose dont nous avions besoin, c'était que mon père s'énerve et nous plante là avec deux ou trois loups comme baby-sitters.

Ève a ouvert un des sacs à dos noirs.

— Vous avez entendu, a-t-elle dit en sortant des revolvers et des chargeurs, qu'elle leur a distribués. N'ayez recours aux armes qu'en cas de nécessité absolue. Ne tirez que si vous n'avez pas le choix ou si quelqu'un a un DHF.

Jason a tendu la main et Ève a hésité, interrogeant Hank du regard. Comme il acquiesçait, elle lui a remis une arme.

— Smith et Wesson, calibre quarante, a remarqué Jason en tournant le revolver dans ses mains. Ne le prends pas mal, mais je pensais que les loups choisiraient du matériel plus costaud…

— Pas quand on chasse des humains, a rétorqué un autre loup.

C'était peut-être mon imagination mais Jason a semblé pâlir un peu. Sans autre commentaire, il a pris le chargeur qu'Ève lui tendait et a rangé l'arme dans sa ceinture.

— Tiens, a ajouté Ève en lui remettant la trousse et l'appareil pour tester le DHF. Je suis revenue à la serre hier soir avant de partir et j'ai repris tout ça. Mac ? Tu veux un revolver ?

J'ai fait non de la tête. Je savais m'en servir — grâce à Jason, qui m'avait souvent traînée au stand de tir pour ne pas être seul avec son père. Seulement, j'avais peur de mes réactions, une fois armée, dans ce camp abominable. Surtout si Sinclair s'en était prise à Kyle et Dex, ou avait continué de torturer Serena.

J'ai regardé en direction du sanatorium et ai enfoncé si fort mes ongles dans ma paume que je me suis écorchée.

Non, pas question d'être armée avec la colère qui m'animait.

À ma grande surprise, Ève n'en a pas voulu non plus.

– La première chose à faire, c'est d'aller à la blanchisserie, a-t-elle déclaré en jetant son sac au loup restant en arrière. On va se faire remarquer dans nos tenues noires.

Hank a mis l'autre sac à l'épaule et a commencé à donner des ordres. J'ai essayé d'écouter attentivement, de ne pas songer aux amis qui avaient tant besoin de notre secours. *Je vous en prie, tenez bon,* ai-je prié. *On arrive. Accrochez-vous encore un peu.*

Soudain, Hank s'est tu.

J'avais dû louper une instruction…

Tant pis. Je connaissais déjà le rôle que je devais jouer.

Jason et moi avons suivi les loups vers le centre du camp. À ma grande surprise, Hank m'a retenue.

– Tu as l'amulette, sur ton bracelet ? m'a-t-il demandé en regardant mon poignet.

J'ai remonté ma manche pour la lui montrer.

– Bon. Tant que tu la portes, je saurai où tu es.

– Ah… d'accord.

Il me semblait que j'aurais dû dire quelque chose. Peut-être qu'à ma place, d'autres auraient trouvé naturel que leur père s'inquiète pour elles. Mais moi, je n'avais pas l'habitude d'un tel comportement et je ne savais pas comment réagir.

Hank semblait aussi gêné que moi. Il m'a fait un signe de tête et s'est avancé pour prendre la tête du groupe.

Nous avons longé les bois, puis les bâtiments se sont dressés devant nous.

Je suis allée me placer près d'Ève, le cœur battant.

Nous avons échangé un regard de parfaite compréhension. La dernière fois que nous étions entrées à Thornhill, nous étions effrayées et sans défense.

Cette fois, nous étions là pour démolir le camp.

Chapitre 25

Il y a un problème.

Nous étions arrivés dans l'ombre d'un dortoir.

– – C'est trop tranquille, ai-je poursuivi.

Jason s'est retourné vers moi. Lui aussi avait enfilé un uniforme de loup prisonnier.

– C'est à cause du couvre-feu, sans doute.

J'ai secoué la tête. Ça n'expliquait pas ce silence.

Il aurait dû y avoir des voix provenant des fenêtres ouvertes. Des bruits de chasse d'eau, des chaises qu'on repousse, des gardes en train de patrouiller...

Pas ce silence de tombeau.

Ève a tendu l'oreille.

– Mac a raison. Ce n'est pas normal.

– On perd du temps.

Le loup que Hank avait chargé de nous escorter, un moustachu à l'accent impossible à identifier, s'est approché.

– Curtis nous a donné un boulot à faire. On y va !

Nous nous étions séparés en deux groupes. Le premier, dirigé par Hank, fonçait au sanatorium pour s'emparer du système de communications du camp. Il fallait empêcher tout contact avec le BESL et bloquer le réseau interne entre les gardes, rendant impossible une riposte coordonnée. Ensuite, l'équipe de mon père ferait exploser le portail, permettant aux douzaines de loups postés devant d'entrer dans le camp.

Une fois ces deux tâches accomplies, la meute libérerait le bloc de détention.

Forcément, cela me déplaisait que Serena, Kyle et Dex passent en troisième position, mais je comprenais la stratégie. Si on ne détruisait pas le système de défense, nous ne pourrions jamais libérer nos amis. Pire… nous risquions d'être enfermés à notre tour !

Au départ, je voulais suivre l'équipe de mon père. Mais je l'avais convaincu qu'il avait besoin de moi pour anéantir les DHF, et c'était le rôle qu'il m'avait confié : neutraliser toutes les versions manuelles de l'appareil.

Chaque fois qu'ils prenaient leur service, les conseillers devaient remettre ou reprendre un DHF en signant un registre. Les appareils supplémentaires étaient stockés dans une chambre forte, dans le sous-sol de l'ancienne résidence des employés. On y gardait aussi les armes traditionnelles comme les Taser et les revolvers.

À cette heure nocturne, la plupart des conseillers étaient rentrés chez eux. Donc la grande majorité des DHF devaient être rangés. Nous avions prévu d'entrer dans la résidence du personnel pour descendre dans la chambre forte et détruire tous les appareils avant de rejoindre le groupe de Hank. Sans donner l'alerte, sans nous faire tirer dessus.

Facile.

Absolument rien à voir avec une mission suicide.

Le loup s'est arrêté au coin du dortoir.

— Alors ? a-t-il demandé en jetant un regard impatient à Ève.

Puis il a contourné le bâtiment et a disparu.

Ève s'est élancée à sa suite :

— Il a raison. Quoi qu'il se passe, les autres comptent sur nous pour détruire les DHF.

J'ai regardé Jason.

— On n'a même pas vu un seul garde. Tu ne trouves pas ça étrange ?

Il paraissait perplexe.

— Allons-y, a-t-il dit enfin. S'il se passe quelque chose, surtout, ne nous éloignons pas des loups.

Je n'avais pas le choix. Ève et l'autre loup avaient déjà traversé une pelouse et nous attendaient dans un passage obscur, entre deux bâtiments de salles de classe.

Nous avions à peine fait un pas lorsqu'une voix a déchiré la nuit :

— Pas un geste ! Ne bougez pas !

J'ai pivoté. Deux gardes couraient vers nous, leur Taser à la main. L'un d'eux a tiré sa radio de sa ceinture.

— On a pris deux autres traînards près des dortoirs.

La radio a crépité. Donc, ils n'avaient pas encore pris possession du système de communications.

J'ai regardé vers les salles de classe. Ève et l'autre loup n'y étaient plus, heureusement. Que faire ? Assommer les gardes et nous enfuir ? Trop risqué.

Près de moi, Jason gardait la tête baissée, pour éviter que les gardes ne le reconnaissent.

– À l'auditorium ! a ordonné celui qui tenait la radio. Maintenant.

Jason a instinctivement porté la main à sa ceinture. J'ai paniqué. Pourvu qu'il ne sorte pas son arme !

Je n'avais pas à m'inquiéter.

Jason était imprudent mais intelligent, et il a avancé dans la direction indiquée.

Je lui ai emboîté le pas, abasourdie par tous ces événements. D'abord, l'échelle qui lâchait, et maintenant nous qui nous faisions prendre, à peine entrés dans le camp. Une vraie déveine !

En plus, derrière nous, les gardes ne rengainaient pas leur Taser. Pourquoi étaient-ils si nerveux ? Et pourquoi nous conduire à l'auditorium ?

Je me taisais, de peur d'éveiller les soupçons des deux hommes, tirant mes manches le plus bas possible pour cacher mes poignets. Pas question qu'ils s'aperçoivent de l'absence de mon bracelet de contrôle.

En revanche, l'amulette d'Amy me rassurait étrangement. *Tant que tu la porteras, je saurai où tu es,* m'avait dit Hank.

D'accord, compter sur lui paraissait très ironique. Cependant, cela me donnait du courage.

Nous avons tourné dans un sentier et sommes arrivés en vue de l'auditorium.

Je me suis arrêtée si brusquement que l'épaule de Jason a cogné la mienne. Mais j'ai à peine senti le choc, trop occupée à tenter de comprendre ce que je voyais.

De gros projecteurs éclairaient chaque coin du bâtiment. D'autres, sur le toit, inondaient les alentours de lumière. Impossible de se cacher dans l'ombre… Mais le pire, c'était le cercle de gardes cernant l'auditorium comme un filet vivant. Ils tournaient le dos au camp, l'arme au poing. Certains tenaient des Taser mais la plupart pointaient des revolvers.

Et si quelqu'un était allé contrôler la clôture et avait vu les loups de Hank sur le mur ? Comment expliquer autrement ce rassemblement de gardes en pleine nuit ?

Un des hommes s'est éclairci la gorge lorsqu'un de ses collègues, trapu, à la tête rasée, s'est avancé vers nous à grands pas.

– C'est les deux qu'on a trouvés près des dortoirs, a déclaré notre escorte.

Le type chauve nous a dévisagés. Mon cœur cognait dans ma poitrine... Il allait se rendre compte que nous faisions partie du groupe qui avait infiltré le camp... Dans une seconde, il allait donner l'ordre de nous entraver et de nous envoyer au bloc de détention.

– Quels dortoirs ?

– Bâtiments quatre et sept, ai-je marmonné en tentant de parler d'une voix monocorde.

Il a acquiescé.

– Apparemment, il y en a d'autres qui se cachent dans la vieille serre. On y a envoyé des gars mais ils ne sont pas nombreux. Vous devriez aller les aider. Vous deux, a-t-il ajouté à notre intention, filez là-dedans !

Ouf... je respirais mieux. Même s'ils savaient qu'un groupe s'était introduit dans le camp, ils ne nous soupçonnaient pas d'en faire partie.

Jason m'a tirée par la main, me pressant d'avancer.

Deux gardes surveillaient l'entrée de l'auditorium. L'un d'eux s'est écarté à notre approche pendant que l'autre ouvrait la porte. J'ai lâché Jason. S'il y avait du grabuge, je voulais qu'il ait les deux mains libres pour tirer.

Dès que nous avons franchi le seuil, l'odeur de foule en sueur m'a sauté à la gorge. Le nombre de loups entassés ici était bien supérieur à la capacité des sièges. Certains étaient assis par terre sur les côtés, d'autres dans les allées.

J'ai regardé à droite et à gauche. Il y avait cinq gardes de chaque côté de la porte. À la différence de ceux qui étaient dehors, leurs armes se trouvaient encore dans leurs holsters. Peut-être craignaient-ils de déclencher la panique.

Car les loups avaient peur. Cela se voyait dans leurs yeux et dans les petits sanglots des filles. La plupart restaient immobiles, comme sur le qui-vive, comme s'ils pensaient qu'on allait les frapper ou leur tirer dessus à tout instant.

Ils ont trop peur pour tenter quoi que ce soit. Ce sont des otages parfaits. Cette pensée m'a glacée. Et si Sinclair avait été au courant de notre projet de libérer le camp ? S'il y avait eu une taupe dans la meute de Hank, un traître qui avait prévenu la directrice ? Retenait-elle les loups en otage ? Comme monnaie d'échange ?

Mon regard s'est porté sur le devant de la salle. Les mêmes affiches en noir et blanc couvraient les murs. LE CONTRÔLE EST PLUS FORT QUE LA COLÈRE ; LA LIBERTÉ C'EST LA CONTRAINTE ; VOTRE MALADIE N'EST PAS UNE ARME. Cependant, le podium et les chaises pliantes avaient été remplacés par une petite estrade assemblée et clouée à la hâte. Deux coordinateurs de programmes et la directrice, tournant le dos à l'assemblée, y discutaient à voix basse.

Jason m'a serré le bras.

– Surtout ne fais rien, m'a-t-il soufflé en m'entraînant vers le couloir le plus proche.

– Pourquoi ? Qu'est-ce que tu veux que je fasse !

D'accord, j'avais vraiment envie d'étranger Sinclair mais je me voyais mal me ruer sur la plate-forme. Pas avec dix gardes armés dans la salle et tout autant dehors.

Jason n'a pas répondu, sans me lâcher.

Deux femmes ont rejoint le groupe sur la scène. L'une était Langley, l'autre, la femme des vidéos, qui avait injecté à Serena cette drogue inconnue. Elle a ajusté ses lunettes et a jeté un regard nerveux à la foule de loups.

La voix de Serena m'est revenue en mémoire, suppliant la femme d'arrêter. J'ai pensé à l'arme cachée dans la ceinture de Jason tandis qu'une colère froide m'inondait, si forte et si noire qu'elle m'étouffait.

Puis le groupe s'est déplacé au bord de l'estrade. Soudain, j'ai compris pourquoi Jason ne me lâchait pas. J'ai voulu me lever mais Jason m'a retenue par l'épaule, me forçant à me rasseoir tout en murmurant un flot de paroles apaisantes, comme à un animal déchaîné.

– Tu ne peux pas l'aider maintenant, Mac ! Si tu attires l'attention sur nous, tout sera foutu. Ça va aller. On va les sortir de là.

Je me suis mordu l'intérieur de la joue jusqu'au sang pour retenir les cris qui montaient à mes lèvres.

Kyle et Dex étaient agenouillés sur la plate-forme, entravés par d'épaisses menottes vissées à la scène. Kyle gardait les yeux rivés sur Sinclair mais Dex fixait le sol comme s'il n'avait pas la force de lever la tête. Quelqu'un l'avait frappé à la tempe, et le sang avait coulé sur son visage, colorant son réseau de cicatrices d'un rouge presque noir.

Le visage de Kyle ne portait aucune marque mais son T-shirt collait à son torse et le tissu était couvert de taches. J'ai essayé de me convaincre que c'était de la sueur, mais la plupart étaient trop sombres et rendaient le tissu trop raide pour que ce soit autre chose que du sang.

Mes yeux se sont remplis de larmes. Kyle et Dex étaient des loups-garous. Dès qu'ils pourraient se métamorphoser, leurs blessures guériraient instantanément. Mais le souvenir de leur souffrance ne s'effacerait pas.

Une journée entière s'était écoulée depuis que Jason et moi étions partis. Peut-être que Sinclair et Langley n'avaient pas cessé de les torturer en notre absence.

– Kyle…

J'ai chuchoté son nom si bas qu'il était à peine audible, mais j'ai vu Kyle se raidir et fouiller la salle du regard. Lorsqu'il m'a trouvée, ses yeux se sont remplis d'effroi. Depuis que les gardes nous avaient interceptés, Jason et moi, mon cœur battait trop fort, mais maintenant il cognait si follement dans ma poitrine que j'ai cru avoir une crise cardiaque.

Et si Kyle faisait un geste qui trahirait notre présence ? Heureusement, il a contenu ses émotions, et a fixé Jason. La lourde chaîne qui le maintenait à l'estrade avait assez de longueur pour qu'il l'entoure sur sa main, formant ainsi une sorte de poing américain.

Jason me tenait toujours par le bras. Il nous a observés, Kyle et moi. Quand il a été sûr que je ne tenterais rien d'insensé, il m'a lâchée et a reculé un peu.

Soudain, Sinclair a traversé la scène. Même de loin, ses yeux bleus étaient trop brillants et son tailleur froissé faisait négligé. On aurait dit qu'elle avait bu du Red Bull au lieu de dormir. Cependant, lorsqu'elle a pris la parole, sa voix n'avait rien de fatigué. Elle était forte, claire et lourde de menaces.

– Je vais vous donner encore une chance. Hier soir, trois loups ont été repérés dehors après le couvre-feu. Ils ont entraîné les gardes dans une longue poursuite et nous ont fait gaspiller du temps et de l'argent. Deux de ces loups sont derrière moi. Je veux savoir où trouver la troisième. Elle s'appelle Ève, du dortoir numéro sept. Numéro d'identification : 1348. Elle n'était pas dans son lit ce matin. Elle n'est pas venue en cours ni à l'atelier. Elle est quelque part dans ce camp, et quelqu'un dans cette salle a forcément vu quelque chose.

J'ai regardé Jason, qui a eu la même expression déconcertée que moi. Tout ceci était à cause d'Ève ? Les loups n'étaient pas retenus dans une sorte de marché passé avec Hank et sa meute ?

Tout d'un coup, j'ai compris.

Mais oui ! C'est pour cela que les gardes se tiennent face à l'auditorium !

Si Sinclair avait été au courant de l'attaque, les gardes auraient surveillé l'extérieur, pas le bâtiment.

Mais pourquoi Ève ? Pourquoi rassembler tous les loups ici parce qu'une seule fille manquait ? Ce n'était pas logique.

Sinclair attendait.

Personne n'a bougé. Personne n'a parlé.

— Je répète ma question : Qui a vu Ève sortir de son dortoir après le couvre-feu ? Je vous préviens... Il me faut une réponse !

De nouveau, le silence.

Sinclair a regardé dans notre direction. Son regard était un lance-flammes... Je me suis affaissée plus bas encore, priant pour qu'elle ne me remarque pas. Au bout d'un moment, comme personne ne se manifestait, elle a sorti un DHF de sa poche et a appuyé sur le déclencheur. La plupart des loups se sont effondrés, y compris Kyle. Une fraction de seconde plus tard, Jason et moi avons aussi roulé à terre.

Il était temps. Deux gardes commençaient déjà à faire le tour de la salle.

À part Dex, une seule fille a paru ne pas être affectée par le DHF. Je la surveillais du coin de l'œil. Perplexe et effrayée, elle n'avait pas eu l'idée de feindre un malaise, et se tenait, haletante, au milieu des corps effondrés. Un des gardes lui a envoyé un tir de Taser.

Puis ils l'ont jetée, inerte, dans les bras des gardes, qui l'ont portée à l'extérieur.

La femme aux lunettes a traversé la scène pour protester.

— Ce n'était vraiment pas nécessaire ! Vous ne maîtrisez donc pas vos réactions ?

— Ça suffit, a répliqué Sinclair d'un ton sec. Ne me dites pas que vous allez les plaindre, maintenant !

Je les observais entre mes cils et ai vu le dégoût se peindre sur le visage de Sinclair.

— J'ai remarqué à quel point vous aimez votre travail, a-t-elle ajouté.

— Ne soyez pas ridicule.

La femme a ôté ses lunettes et les a essuyées avec un pan de son gilet.

– Le problème est qu'ils sont trop précieux pour jouer avec, surtout de cette façon. Si mes supérieurs savaient…

Sinclair a secoué la tête, mettant une fin brutale à la conversation.

– Je n'ai pas à répondre de mes actes à vos supérieurs.

Elle a plongé les yeux dans ceux de la femme jusqu'à ce que cette dernière batte en retraite.

À quelques mètres de nous, un garçon a tourné légèrement la tête, essayant de suivre les mouvements des deux femmes. Jason et moi n'étions pas les seuls à jouer la comédie !

D'un geste rageur, Sinclair a bloqué le déclencheur de son DHF.

Peu à peu, les loups ont repris conscience. Je me suis redressée et ai regardé Kyle secouer la tête puis se mettre à genoux. À nouveau, il a enroulé la chaîne autour de son poing. Cette fois, il semblait en avoir amassé davantage. Puis il s'est penché de côté, comme pour s'étirer. Le piton retenant la chaîne a semblé se soulever légèrement. Il était en train de se libérer de ses entraves…

Lorsque les loups se sont rendu compte que la fille n'était plus là, des murmures effrayés ont rempli l'air, devenant de plus en plus intenses.

Sinclair a levé son DHF.

– Attention ! a-t-elle déclaré à la cantonade. Tant que personne ne répondra à ma question, ce DHF se déclenchera toutes les cinq minutes.

C'était complètement disproportionné ! Elle n'avait aucune raison de penser qu'Ève était sortie du camp ou puisse lui attirer des ennuis.

— Thornhill est un *choix*, a-t-elle poursuivi d'une voix tendue. Si certains souhaitent aller ailleurs, je vous envoie sans problème à Van Horne. Là, vous découvrirez par vous-mêmes à quel point un camp peut être horrible.

Le mot « découvrir » m'a fait tressaillir. Nous avions découvert ses secrets, Kyle et moi. Donc Sinclair craignait qu'Ève ne soit au courant pour Serena ou le bloc de détention, puisque son absence avait été signalée en même temps que la nôtre. Et si jamais notre amie répandait ses informations, les loups se rebelleraient, provoquant la dislocation de tout le système d'oppression.

Sinclair était prête à tout pour protéger ses recherches. Pour l'instant, cela signifiait retrouver Ève avant qu'elle puisse révéler ses secrets, même s'il fallait punir tout un auditorium rempli d'adolescents.

Finalement, la flamme qui brûlait dans les yeux de la directrice ne provenait pas de son épuisement mais de son fanatisme. Pour elle, ce qu'elle faisait à Thornhill était noble, juste et méritait d'être protégé.

Hank croyait qu'elle cherchait à contrôler les loups, et non à les guérir. Mais à voir la lueur folle dans les prunelles de Sinclair, je commençais à en douter. Mon regard s'est posé sur sa bague ornée d'un grenat et j'ai pensé à sa sœur — du moins au récit qu'elle m'avait fait sur sa sœur. Tout ce que faisait Sinclair était horrible et pervers, mais elle était peut-être sincère. Elle voulait effacer toute trace du syndrome lycanthrope, à n'importe quel prix… Torturer ou tuer n'était pour elle qu'un moyen d'y arriver plus vite.

Je me suis penchée sur Jason.

— Combien de temps encore avant que Hank fasse sauter le portail ?

Lentement, il a remonté sa manche et consulté sa montre.

– Vingt minutes tout au plus.

Vingt minutes !

Même si Sinclair n'avait pas pris les loups en otage, elle aurait largement le temps de le faire lorsqu'elle comprendrait que le camp était attaqué. Il fallait absolument l'en empêcher…

J'ai regardé Kyle.

– On va te délivrer, ai-je chuchoté. Je te le promets.

À peine avais-je prononcé la dernière syllabe qu'une explosion a retenti dans un bruit de fin du monde.

Chapitre 26

Les fenêtres et les murs ont tremblé sous l'impact. Tout le monde s'est levé. On aurait dit qu'une houle puissante avait envahi l'auditorium, cherchant une issue. Elle nous a séparés, Jason et moi, et nous a projetés chacun de l'autre côté de la salle. Je me suis débattue contre ce courant insensé en tentant de voir ce qui se passait sur l'estrade.

Sinclair hurlait des ordres, mais sa voix se perdait sous le rugissement des loups. Derrière elle, Kyle tirait de plus belle sur le piton de sa chaîne. Les muscles de ses épaules et de ses bras se gonflaient sous sa peau. J'ai crié son nom, terrifiée à l'idée qu'il puisse perdre le contrôle, donnant aux gardes l'occasion de lui tirer dessus.

Puis, enfin, il s'est libéré, manquant de recevoir un pan de chaîne sur la tête. Sinclair elle-même a dû reculer, et dans sa hâte son DHF lui a échappé. Le petit appareil a atterri au milieu des loups.

Kyle a balayé la foule du regard, nous cherchant, Jason et moi, avant de s'accroupir près de Dex pour le libérer à son tour. Langley s'est tournée vers eux, son DHF à la main. Mais elle n'a pas eu le temps de l'actionner : un pan de mur a explosé près d'elle, lui faisant lâcher l'appareil.

Jason se tenait au milieu de la foule, revolver au poing. Plusieurs personnes ont plongé à terre en se couvrant la tête, mais la plupart étaient tellement paniquées qu'elles n'ont pas vu d'où venaient les coups de feu.

– Les Trackers arrivent !

Le mot a parcouru l'auditorium comme un vent fou. Pourtant, c'était absurde... Pourquoi les Trackers attaqueraient-ils un camp ?

Sans doute qu'à force de vivre sous la menace des rafles et des agressions, c'était la première conclusion qui leur venait à l'esprit en entendant une détonation, d'autant que des coups de feu résonnaient au-dehors.

– Pas de panique ! C'est la meute d'Eumon, pas les Trackers ! Ils viennent à notre secours.

J'ai eu beau crier, impossible de me faire entendre dans le chaos.

Au fond de la salle, les gardes étaient débordés. L'un d'eux a barré la porte avec une chaîne tandis que d'autres tentaient d'avancer vers l'estrade, où Kyle et Dex avaient bloqué Sinclair dans un coin, avec les autres employés du camp.

Et l'inévitable s'est produit : des loups ont commencé à se métamorphoser. Cette fois, les gardes ont tiré dans le tas.

Sur la plate-forme, Dex s'est jeté sur Sinclair, lui a tiré les bras en arrière et l'a fait passer devant lui en lui mettant son autre main sur le cou.

– Stop ! a-t-il rugi aux gardes qui avançaient. Si quelqu'un d'autre tire sur les loups, je mets la directrice en pièces.

Les os de ses mains ont claqué en s'allongeant, ajoutant du poids à sa menace. Ses griffes de loup étaient acérées comme des lames de rasoir.

On voyait à son expression qu'il avait du mal à dominer sa rage – une expression bien éloignée de celle que je lui connaissais, placide et mélancolique. Là, j'ai su qu'il ne bluffait pas.

Kyle était sur la même longueur d'onde. Il a confisqué les DHF de la femme aux lunettes et des deux coordinateurs.

La menace de Dex s'est révélée efficace, du moins pour l'instant. Plus personne n'a tiré sur la foule.

Malheureusement, les loups étaient trop terrifiés pour se retenir, et se métamorphosaient les uns après les autres. Il fallait faire quelque chose pour arrêter cette panique de masse. Et vite.

Sinon, en dépit de la menace qui pesait sur Sinclair, les gardes feraient feu pour se défendre.

Quelqu'un m'a bousculée avec tant de force que j'ai été projetée en arrière. Je me suis redressée en hâte, de peur d'être piétinée. En vain. Un coup de patte dans l'estomac m'a renversée… Un autre loup avait trébuché sur moi, avant de s'étaler dans l'allée.

J'étais sonnée, complètement désorientée, quand j'ai senti des bras protecteurs se refermer sur moi pour me relever.

– Kyle !

J'ai enfoui mon visage sur son épaule, oubliant la foule épouvantée.

– Mac ? Tu n'es pas blessée ? Que fais-tu ici ?

– Je suis venue te chercher. On avait un plan... Sauf qu'on n'avait pas prévu qu'ils vous rassemblent dans l'auditorium.

J'ai trouvé la force de m'écarter. Autour de nous, c'était un remous de corps humains et animaux. J'ai levé la tête... et aperçu le réseau de tuyaux qui s'entrecroisaient au plafond.

– Kyle, j'ai une idée pour les calmer... Mais il faut que je trouve Jason.

– D'accord. Alors viens...

Il m'a prise par la main et s'est frayé péniblement un chemin vers le centre de la salle, me tenant serrée contre lui jusqu'à ce que nous arrivions à côté de Jason.

– Combien de balles il te reste ? lui ai-je demandé à l'oreille.

– Trois fois ce que j'ai l'intention d'utiliser.

Il avait le petit sourire triste que je lui connaissais pendant les séances de tir.

J'ai regardé à nouveau le système d'extinction incendie au-dessus de nous. J'étais pratiquement certaine que ces gicleurs avaient des ampoules à l'intérieur. Si on brisait l'ampoule, ils se déclencheraient...

Encore fallait-il viser juste. Heureusement, Jason s'entraînait avec son père depuis qu'il savait marcher.

Jason a suivi mon regard.

– Tu crois vraiment que c'est le moment de s'arroser ?

À quelques mètres de nous, une fille, complètement affolée, se pliait en deux, commençant sa métamorphose.

– Je t'en prie, Jason !

Sans attendre sa réaction, je me suis détournée et ai couru jusqu'à l'estrade, certaine que Kyle me suivrait.

Il y a eu un chœur de protestations lorsque le premier extincteur s'est déclenché, mais je ne me suis pas retournée. Je savais que Jason tirerait sur plusieurs ampoules ; et il fallait que j'atteigne le fond de la salle avant que l'effet de surprise ait passé.

En me voyant grimper les trois marches menant à la plate-forme, Sinclair a ouvert des yeux grands comme des soucoupes.

– Tiens, Mac ! Tu es revenue pour une petite visite ? a demandé Dex d'une voix moqueuse.

Mais il tremblait et sa peau était en sueur.

– Quelque chose de ce genre…, ai-je répondu, espérant qu'il résisterait à son besoin manifeste de se métamorphoser.

J'ai jeté un bref regard aux employés sur le côté. Tous gardaient les yeux rivés sur Dex. Aussi longtemps qu'il tenait Sinclair en otage, il les tenait aussi. Même, apparemment, quelqu'un d'aussi brutal que Langley.

– Vous faites une grossière erreur…

Elle avait beau être l'otage d'un loup-garou qu'elle avait probablement torturé, Sinclair gardait un ton autoritaire.

– Votre seule chance, a-t-elle poursuivi, c'est de…

Dex a serré sa main sur sa gorge, lui coupant le souffle.

Je me suis tournée face à l'auditorium. Les douches forcées avaient un peu calmé les loups, mais ils regardaient Jason d'un air mauvais. Certains l'avaient reconnu, le prenant pour un conseiller.

Oh ! Non ! Il ne fallait surtout pas que la situation m'échappe !

– Kyle ! Comment faire pour attirer leur attention ? Il faut que je leur parle.

La réaction de Kyle a été souveraine : il a poussé un hurlement dont aucune gorge humaine n'était capable. Les loups se sont tournés vers nous. Même les gardes, qui s'étaient rassemblés près des portes, regardaient la scène.

— Merci...

Kyle a rougi, conscient de m'avoir encore une fois montré son animalité.

Moi aussi, j'ai hurlé :

— Écoutez-moi ! L'explosion que vous avez entendue, c'est le portail du camp qu'on a fait sauter. La meute d'Eumon est en train de libérer Thornhill !

Il y a eu des murmures étonnés, des regards soulagés, des expressions enthousiastes. Mais beaucoup restaient encore sceptiques. J'ai continué à les haranguer :

— Vous pouvez sortir du camp. Le grand portail est ouvert et des véhicules vous attendent.

Des questions ont fusé, si nombreuses et si rapides qu'elles devenaient inaudibles. J'ai levé la main.

— Les gardes vont rendre leurs Taser et leurs armes aux deux personnes qui arrivent...

Kyle a sauté de la scène, Jason a rangé son revolver et a fendu la foule qui poussait vers la sortie.

— Ensuite, ai-je continué, les loups et moi quitterons la salle. C'est compris, messieurs les gardes ? Veuillez n'opposer aucune résistance...

Ma voix était pleine d'une assurance que j'étais loin d'éprouver... En fait, je parlais comme Ève...

— Et pourquoi on vous obéirait ? a demandé un garde.

Il avait roulé les manches de son uniforme jusqu'aux coudes, révélant des avant-bras complètement tatoués.

– D'abord, parce que nous sommes bien plus nombreux que vous, disons trente pour un… Ensuite, parce que nous avons la directrice. Nous ne la lâcherons pas avant d'avoir franchi le portail. Et enfin, pendant que nous parlons, la meute est en train de démolir le camp. Si vous nous laissez sortir sans résistance, ils n'auront pas de raison de venir nous chercher. Dans le cas contraire…

Sinclair a réussi à m'interrompre d'une voix qui s'égosillait.

– Ne l'écoutez pas ! Vous connaissez la procédure : pas de négociations avec les détenus ! Même en cas de prise d'otages !

Cette fois, c'est moi qui l'ai interrompue.

– Votre directrice a délibérément mis votre vie en jeu depuis la minute où vous avez commencé à travailler ici. Rien ne vous protège des morsures de loups.

– Elle ment !

Je sentais le regard de Sinclair comme un poignard entre mes omoplates. J'ai continué :

– De nombreux loups ont développé une tolérance aux DHF. Comme celui qui tient Mme Sinclair. Comme celle sur laquelle vous avez tiré au Taser tout à l'heure. En fait, plus les loups sont exposés aux DHF, moins ils y sont sensibles. C'est pour cela que Sinclair en donne aux conseillers et pas à vous. Elle essaye de ne pas habituer les loups. Pourtant, tôt ou tard, tous les loups du camp seront insensibles à ces décharges.

Des centaines de loups me regardaient, stupéfaits.

– Mensonges ! s'est écriée Sinclair.

Mais les gardes ne l'écoutaient plus. Le tatoué s'est tourné vers son collègue de droite.

— Tu le savais ?

Dans la salle, il régnait un silence si compact que les mots du garde nous parvenaient très clairement.

Le collègue a hésité avant d'acquiescer.

— Ben… Oui. Dans le bloc de détention, on nous avait averti. On était censés ne le dire à personne.

L'air sombre, le tatoué a tendu son Taser et son arme à Jason. Les autres gardes l'ont imité.

Kyle et Jason sont revenus vers l'estrade, les bras chargés d'armes. Sinclair fulminait.

— On les donne aux loups ? s'est enquis Dex.

— Non.

Kyle avait pris un ton très ferme.

— La tentation de s'en servir serait trop grande, a-t-il ajouté. Et ça donnerait aux gardes restés dehors une raison supplémentaire de nous tirer dessus.

Il s'est dirigé vers le coin le plus éloigné de l'estrade et y a caché les armes. Jason a fait de même avec les Taser.

— Tout ceci est ridicule !

Encore une fois, Sinclair a tenté d'échapper à la poigne de Dex, et je me suis demandé à qui elle s'adressait. Aux gardes ou bien aux loups ?

— C'est faux, et c'est insensé. Cette fille ment !

Mais cette fois, ses protestations sont passées inaperçues.

— Combien il y a de loups, dehors ? a demandé le garde tatoué en s'avançant vers nous.

— Suffisamment.

Je bluffais…

Je n'entendais plus de coups de feu, mais comment savoir si c'était bon signe ou non ?

— Si on vous laisse partir, vous ne ferez rien aux autres gardes ?

J'ai hoché la tête.

— Non. Vous avez ma parole. La meute n'a rien contre le personnel.

— Et la directrice ?

— On la lâchera une fois devant le portail. Comme je vous l'ai dit.

— À condition que les gardes s'abstiennent de tirer, a ajouté Kyle. Et que tous les loups soient relâchés, y compris ceux enfermés dans le bloc de détention.

— Non ! Impossible !

La femme aux lunettes a voulu s'avancer mais un des coordinateurs l'a retenue.

Le garde nous a longuement dévisagés puis a tiré une radio de sa ceinture, sans parvenir à capter le réseau.

J'ai failli pousser un cri de victoire.

Hank avait réussi à s'emparer du centre de communications ! *Faites qu'ils aient pris le bloc de détention !* ai-je prié en songeant à Serena.

— Vos radios sont inutiles, ai-je triomphé. Nous avons coupé toute communication interne.

Le garde a croisé les bras sur sa poitrine. On aurait dit un mauvais génie…

— Je ne peux pas passer de marché si je ne peux pas parler aux gars restés dehors.

Cela paraissait logique, mais pouvait-on lui faire confiance ? Jason a sauté de la plate-forme.

— Je vais le suivre. Sinon, un des loups de la meute va l'attaquer.

Je savais qu'il avait raison mais l'idée de nous séparer ne me plaisait pas du tout.

— Sois prudent, ai-je soupiré.

Il a acquiescé et a disparu.

— Avez-vous la moindre idée de ce que vous allez détruire ?

La voix de Sinclair m'a rappelée à l'ordre.

— Les détenus sont très précieux pour notre recherche. Nous étions sur le point de sauver des centaines de vies ! Vous pensez que vous les aidez, mais vous ne faites que prolonger leurs souffrances.

Dex resserra son étreinte. Comment faisait-il pour ne pas la griffer ? À quelques millimètres près, ses griffes la lacéreraient…

— *Vous osez parler de souffrances ?* Et Corry ? Et les autres ? Ce sont des êtres humains, pas des rats de laboratoire.

— Tant qu'ils peuvent se transformer, ils sont une menace pour le genre humain. Mais on peut les en empêcher. Nous touchons presque au but !

Dex était hors de lui.

— Vous êtes un monstre ! Vous avez tué Corry à petit feu !

Il serrait tellement le cou de Sinclair, à présent, qu'elle commençait à étouffer.

— Dex, je vais m'occuper d'elle, a proposé Kyle en s'avançant.

— Non ! Tu l'as entendue comme moi ! Pour elle, nous ne sommes que des animaux pour ses expérimentations. C'est ce qu'elle a fait à Corry. Elle l'a torturée pour voir ce que ça donnait, et comme ça ne marchait pas comme elle voulait, elle s'en est débarrassée.

– Tu es en train de l'étrangler, Dex.

Effectivement, Sinclair semblait au bord de l'évanouissement.

– Corry est morte à cause d'elle.

– Étouffer cette femme ne fera pas revenir Corry.

Kyle s'est avancé lentement vers lui.

– Si tu la tues, a-t-il poursuivi, demain, la nouvelle sera dans tous les journaux : *un loup a tué une directrice de camp*. Ce qu'ils ont fait à Corry et aux autres loups dans le bloc de détention, ça passera au second plan. Pour les gens de l'extérieur, les criminels, ce sera nous.

Plusieurs émotions contradictoires sont passées sur le visage de Dex, et pendant quelques secondes j'ai cru que l'intervention de Kyle avait été vaine. Mais il a surmonté sa colère et a poussé Sinclair vers Kyle avant de descendre de l'estrade pour rejoindre la foule.

Une vague de haine m'a envahie. Sinclair ne méritait pas d'être épargnée, après tout le mal qu'elle avait fait. Je n'étais même pas sûre qu'elle mérite encore de vivre. Finalement, peu importait de savoir quelle était son intention première. Ce qu'elle avait fait à Thornhill était diabolique.

Soudain, les portes de l'auditorium se sont ouvertes dans un grand fracas.

Hank s'est avancé et un murmure a parcouru l'assemblée. Les jeunes d'Eumon le reconnaissaient. Même les autres s'écartaient.

Étrangement, j'ai été soulagée de le voir, et pas seulement parce que nous avions besoin de lui pour sortir d'ici.

J'étais contente qu'il soit sain et sauf, malgré les cendres qui lui barbouillaient la figure et ses vêtements tachés de sang...

Il a bondi sur l'estrade et m'a regardée de la tête aux pieds.

– Ça va, petite ?

J'ai acquiescé.

Lentement, il s'est tourné vers l'assemblée de loups.

– Écoutez-moi bien parce que je ne le répéterai pas. Nous allons avancer en masse vers le portail d'entrée. Personne ne touche un garde ni un employé du camp, et personne ne s'arrête. Je dis bien : personne ne s'arrête. Quoi que vous voyiez, vous avancez vers le portail. C'est clair ?

Personne n'a bougé. On aurait entendu voler une mouche.

– C'est clair ?

La voix de Hank a résonné comme un coup de tonnerre.

– Oui !

Cette fois, les voix fusaient en un brouhaha unanime.

– Une fois que vous aurez franchi le portail, on vous dira où vous devez aller. Si jamais vous êtes séparés du groupe, avancez et dirigez-vous vers le portail.

Dès qu'il a eu cessé de parler, je l'ai pris à part.

– Et Serena ?

– Elle va bien. On les a fait sortir du bloc à temps.

– À temps ?

Je ne comprenais pas ce qu'il voulait dire mais mon père s'était déjà tourné vers Kyle pour s'entretenir avec lui.

Sinclair regardait Hank comme une reine regarde un manant en guenilles.

– Avez-vous la moindre idée des ennuis qui vous attendent, vous et votre meute, si vous faites ce que vous dites ?

Hank a éclaté d'un rire bas et menaçant.

– Votre inquiétude me touche beaucoup. D'autant que vous avez tenté de nous faire accuser de meurtre.

Sinclair a secoué vigoureusement la tête, l'air plus mauvaise que jamais.

– Vous ne connaîtrez aucun moment de répit, nulle part dans tout le pays. Le gouvernement vous harcèlera, vous traquera. Votre petite victoire d'aujourd'hui aura été inutile !

Cette fois, Hank est venu se planter devant elle. Pendant quelques secondes, il s'est contenté de la toiser et Sinclair est devenue écarlate.

– Vous avez voulu assassiner ma fille. Oui, Mackenzie, là, à votre gauche... Alors si vous prononcez encore un mot avant qu'on atteigne le portail, quelles qu'en soient les conséquences, je vous jure de laisser mes loups vous mettre en pièces. Ils n'attendent que ça.

Sur ce, il est descendu de l'estrade et s'est dirigé vers la porte. La foule s'est massée derrière lui.

– Rappelez-vous : on ne s'arrête pas et on ne touche pas aux employés du camp, a-t-il répété une dernière fois.

Kyle a entraîné Sinclair dans l'escalier.

Je les ai suivis.

– Qu'est-ce qu'on fait des gardes et des coordinateurs qui sont dans la salle ? lui ai-je demandé, la voix vibrante de colère.

– On reste ici.

Le garde tatoué était revenu.

– Un petit groupe vous attend au portail, a-t-il repris, et vous lui remettrez la directrice.

Sinclair s'est tortillée pour échapper à Kyle.

– Comment osez-vous ? Vous n'avez pas l'autorité pour décider quoi que ce soit ! a-t-elle vitupéré. Lorsque le BESL l'apprendra...

Kyle a secoué la directrice pour la faire avancer.

– Vous avez entendu ce qu'il a dit ? Pas un mot jusqu'au portail. En plus, inutile de parler du BESL, après ce que vous avez fait dans leur dos.

J'ai cru qu'elle allait riposter, mais elle s'est retenue, non sans pincer les lèvres. Elle avait intérêt à se taire, en effet. D'autant que Hank n'était pas du genre à proférer des menaces sans les exécuter.

Dehors, il faisait encore nuit, mais avec les projecteurs braqués sur l'auditorium, on se serait crus en plein jour. L'air sentait la fumée et les produits chimiques – probablement à cause de l'explosion du portail.

Les gardes s'étaient retirés sur la pelouse. Certains étaient blessés et le médecin de l'infirmerie allait de l'un à l'autre pour tenter de les secourir.

Mais il y avait tant de morts !

Des cadavres jonchaient le sol. Des gardes et des employés, mais la plupart étaient vêtus de noir. Les loups qui avaient envahi le camp pour la deuxième phase de la libération avaient donc subi de lourdes pertes.

J'ai essayé de ne pas les regarder en suivant la foule sur le sentier pavé, tant je craignais d'y trouver des visages familiers.

J'avais voulu cette libération. J'avais insisté pour qu'elle ait lieu. Maintenant, j'en étais un peu responsable.

Malgré moi, j'ai croisé le regard vide d'une femme aux cheveux grisonnants et au visage figé dans la mort. C'était peut-être la grand-mère de quelqu'un. Peut-être une famille l'attendait-elle encore…

— On ne peut pas éviter qu'il y ait des victimes. Nous le savons tous.

La voix de Jason m'a fait tressaillir.

— Ça ne me console pas.

— Non, je sais bien…

— Tu sais où est Serena ?

— Hank a dit qu'elle était près du portail avec Ève.

Nous avons continué à traverser le camp en silence. Devant moi, les uniformes vert olive et gris formaient une masse terne. J'aurais dû être ivre de joie – après tout, nous avions réussi, nous avions libéré un camp entier ! Et pourtant, tout ce que je désirais, maintenant, c'était rentrer chez moi.

Je pensais à Tess, à Hemlock, et à ce que j'allais bien pouvoir dire à Trey pour expliquer ce qui était arrivé à Serena.

Et soudain, je me suis retrouvée dans la cour du sanatorium. Devant moi, Kyle et son otage s'étaient immobilisés. L'odeur de fumée, qui s'était faite de plus en plus forte au fur et à mesure de notre avancée, était devenue insupportable.

Stupéfaite, j'ai contemplé le spectacle qui avait arrêté Kyle.

Le sanatorium était en feu.

Les flammes léchaient les fenêtres, baignant la cour d'une lueur orange. Sous nos yeux, une partie du toit s'est effondrée, envoyant une nuée d'étincelles dans la nuit.

J'ai fait quelques pas pour regarder Sinclair.

Malgré son petit sourire ironique, elle semblait au bord des larmes.

Dès que Hank est revenu vers nous, je l'ai interrogé :

– Que s'est-il passé ? Vous étiez censés faire sauter l'entrée, pas le sanatorium.

J'ai scruté les alentours du portail et ai distingué une petite silhouette sombre près du bâtiment d'admissions. Serena !

Merci, mon Dieu.

Elle se tenait dans l'ombre, mais sa tunique et son pantalon blancs la rendaient facile à repérer. Elle semblait ne pas être consciente des trois cents loups qui sortaient du camp, ni de la possibilité de quitter enfin Thornhill. Elle gardait les yeux rivés sur le sanatorium en flammes. Sur Willowgrove.

J'ai cru la voir sourire mais je savais que c'était mon imagination. J'étais trop loin pour voir son expression.

Hank a plongé le regard dans celui de Sinclair avec tant de colère que j'en ai eu la chair de poule.

– Ce n'est pas nous, a-t-il lâché entre ses dents. Ils l'ont fait exploser pour nous empêcher de mettre la main sur les dossiers et les vidéos.

Les conséquences de cet incendie étaient énormes. Je n'en revenais pas :

– Mais alors, on n'a plus aucune preuve de ce qu'ils ont fait ? Et leurs notes… On aurait pu trouver un antidote à ces drogues !

– Tout est détruit, a répondu Hank. Les loups sont les seules preuves que nous ayons.

– Dans ce cas, elle, on ne la laisse pas partir ! a dit Jason en désignant Sinclair. On la garde jusqu'à ce qu'elle nous explique comment inverser le processus qu'elle a enclenché.

– Si vous faites ça, vous signez votre arrêt de mort.

Apparemment, Sinclair préférait risquer la fureur de Hank plutôt que de se taire.

– En plus, a-t-elle ajouté froidement, je ne peux pas vous dire comment inverser le processus. C'est irréversible.

– Vous mentez !

Sinclair n'a pas réagi. Ses yeux bleus se sont posés sur moi et j'y ai vu l'ombre d'un regret, comme lorsqu'elle m'avait parlé de sa sœur.

– Non, Kyle, elle ne ment pas, ai-je chuchoté. Hélas !

Six gardes se sont approchés. Les derniers loups de Thornhill avaient franchi ce qui restait du portail – même Serena – et les gardes devaient se demander pourquoi nous nous attardions dans la cour.

Deux hommes avaient la main sur la crosse de leurs revolvers. Un troisième était familier : Tanner. À la lumière de l'incendie, on aurait dit que ses cheveux roux étaient aussi en flammes. Il s'est adressé à Hank sans montrer qu'il le connaissait.

– Nous avons respecté notre part du marché, vous êtes les derniers loups dans le camp.

Avec un regard à Hank, Kyle a lâché Sinclair, puis s'est essuyé les mains sur son pantalon comme pour effacer le souvenir de ce contact.

La directrice a paru plus petite lorsque les gardes l'ont entourée pour la protéger. Elle avait l'air épuisée et défaite, comme si elle avait vieilli de vingt ans. Comme si elle venait juste d'accepter tout ce qu'elle avait perdu.

Kyle et Jason ont attendu que les gardes l'emmènent pour rejoindre les autres. J'ai hésité, jetant un dernier regard à la fumée et aux flammes qui embrasaient le sanatorium. Je voulais croire que c'était complètement terminé, que je pouvais rentrer chez moi et oublier tout cela, mais c'était difficile de tourner la page.

Une main lourde s'est posée sur mon épaule. J'ai reconnu ce contact… rien à voir avec l'étreinte rassurante de Jason ou de Kyle.

– Ça ira, petite ?

J'ai acquiescé. Je voulais dire « oui, papa », mais un garde a crié, et tout s'est passé comme dans un rêve. Sinclair avait réussi à se dégager et tenait un revolver – celui de Tanner, si j'en croyais l'expression de ce dernier.

Elle visait ma poitrine.

– J'ai essayé de vous aider… de vous aider tous… et vous m'avez tout pris.

Elle pointait son arme sur moi mais son regard s'était posé sur Hank.

Soudain, j'ai su que ce n'était pas moi qui étais en danger. Tout ce que Sinclair avait fait avait été motivé par la perte de sa sœur. Elle voulait me faire mal, et elle le ferait en me prenant ce qu'elle pensait être le plus précieux pour moi : ma famille.

Sans réfléchir, je me suis jetée sur mon père, à l'instant même où Sinclair a tourné son arme vers lui en appuyant sur la gâchette.

J'ai senti un choc inouï, suivi d'une brûlure intense. Je me suis écroulée au ralenti, comme si je bougeais dans de l'eau. Et juste avant de toucher le sol, j'ai vu une forme blanche attaquer Sinclair.

Serena ?

Ma dernière pensée a été pour elle, pour Kyle... Ils étaient sains et saufs... Hank et Jason s'occuperaient d'eux.

Et puis, le monde a explosé et tout est devenu blanc.

Chapitre 27

Il faut vraiment qu'on arrête de se voir comme ça...
Amy a ramassé un caillou et l'a envoyé de biais sur
l'eau sombre.

Nous étions sur le rivage, elle debout, moi assise,
mais je ne reconnaissais pas le lac près de Hemlock.
En dépit du brouillard épais et impénétrable, j'avais
l'impression que l'étendue d'eau était infinie. Il n'y avait
pas de vagues, et seul le caillou d'Amy avait perturbé
la surface lisse.

Elle portait la robe blanche qu'elle voulait mettre au bal
des étudiants. J'ai soudain pris conscience de mon short
de jogging et de mon T-shirt trop grands, qui semblaient
provenir du placard de Kyle.

Bizarre. Pourquoi étions-nous habillées ainsi ?

En plus, j'aurais dû avoir froid, mais je ne sentais rien.

— Est-ce que je suis morte ?

Amy m'a regardée avec tristesse et a croisé les bras.

— Peut-être... Tu sais, je commence à me demander si tu
n'as pas une pulsion de mort. Quand j'ai écrit « Ta meilleure

amie pour toujours » dans ton album de photos du lycée, je ne pensais pas t'inciter au suicide pour me rejoindre.

– Oh, tais-toi !

Boudeuse, j'ai remonté mes genoux sur ma poitrine. Pourtant, j'étais contente de la voir. Je ne voulais pas rester seule.

– Amy ?

– Oui…

– Je ne veux pas être morte.

Je me sentais coupable de le dire, car elle non plus n'avait pas voulu mourir.

– Je sais.

Les galets ont roulé sous ses pieds lorsqu'elle est venue s'accroupir près de moi et mettre sa main sur la mienne. Elle était froide, mais pour une fois cela ne me dérangeait pas.

– Moi non plus, Mac, je ne veux pas que tu sois morte.

Au bout de quelques instants, elle a retiré sa main et s'est assise près de moi. Elle a étiré ses jambes. Elle portait des collants noirs, mais ils étaient déchirés à des douzaines d'endroits, laissant voir sa peau pâle.

– Et maintenant, qu'est-ce qui se passe ?

Elle a tiré sur une des mailles de son collant, agrandissant le trou jusqu'à ce que son genou soit dégagé.

– On attend.

– On attend quoi ?

– D'y voir plus clair.

Amy a désigné le mur de brouillard avant de reprendre :

– Tout ce que tu as laissé est de l'autre côté. L'instant où la balle est entrée dans ton corps n'est pas terminé. L'univers a lancé un coup de dé mais le dé roule toujours…

– Et une fois qu'il aura cessé de rouler ?

– Je ne sais pas…

Elle a haussé les épaules et regardé l'eau.

– On le saura quand l'instant sera terminé, a-t-elle ajouté.

– Mais toi, tu es morte depuis des mois.

Les mots semblaient des morceaux de métal tranchant qui me laissaient un goût de sang dans la bouche.

Amy a hoché la tête d'un air songeur.

– Il y a plusieurs raisons pour lesquelles les gens se retrouvent coincés.

J'ai ramassé une poignée de galets gris et les ai laissés retomber entre mes doigts.

– Amy ?

– Oui…

– C'est vraiment toi ou bien je fais encore un rêve ?

Elle m'a décoché un grand sourire.

– Quelle importance ?

Au moment où j'allais protester, une douleur suffocante m'a traversé la poitrine. Amy et le rivage ont disparu dans un éclair aussi aveuglant qu'une explosion atomique, et je suis tombée dans le néant.

On avait dû m'enfoncer un tisonnier brûlant dans l'épaule. J'arrivais à peine à respirer. À penser. À bouger.

Au prix d'un gros effort, j'ai réussi à ouvrir les yeux. Tout était flou, comme si j'étais sous l'eau. Pourtant, je distinguais un visage… une peau sombre et un regard brun familier.

– Serena ?

Ma voix ressemblait à un bruit de feuilles mortes que le vent fait rouler sur un trottoir.

Des gens criaient autour de nous... mais je ne comprenais rien de ce qu'ils disaient.

Quelqu'un d'autre s'est penché sur moi, de l'autre côté.

— Ça va aller, Mac.

Jason... Il avait la voix rauque, comme s'il avait du mal à parler.

— Hank est allé chercher une voiture et Kyle revient avec le médecin de l'infirmerie. On va te soigner.

Hank était vivant. *Ouf.*

J'ai senti une pression, soudain, en dessous de mon épaule. Au bord de l'évanouissement, j'ai crié. Aussitôt, la voix de Jason a tonné et la pression a cessé.

— Serena ! Arrête !

Je combattais l'obscurité qui menaçait à nouveau de m'emporter. Même si une partie distante de mon cerveau me faisait remarquer que je ne sentirais plus la douleur, là-bas.

— Désolée, je voulais éviter que tu ne saignes, a chuchoté Serena d'une voix saccadée comme celle d'une enfant.

Elle m'a pris la main dans les siennes avant de continuer :

— Il faut cacher le rouge. Certains loups aiment le sang...

Le rouge ? La main qui tenait la mienne était poisseuse et j'ai trouvé la force de la retourner. Elle était couverte de sang.

J'ai cherché Jason des yeux.

Il a repoussé les cheveux de mon visage avec tant de douceur que je l'ai à peine senti.

— Tout va bien, maintenant... Elle n'appuie plus sur ton épaule. Quand Sinclair a tiré sur toi, elle lui a sauté dessus. Tu aurais dû voir ce qu'elle lui a fait...

C'était dur de garder les yeux ouverts. Presque impossible.

Je perdais la notion du temps.

Ève est arrivée.

Serena est partie.

Kyle a remplacé Jason à côté de moi.

Un homme en blouse blanche m'a donné quelque chose pour calmer la douleur.

J'ai commencé à dériver.

Des bras puissants m'ont soulevée. Cela aurait dû me faire mal mais tout était ouaté et lointain.

– Papa ?

Le mot que je ne prononçais jamais m'a échappé.

– Oui, je suis là, Mackenzie. Ça va aller.

Il m'a étendue doucement sur la banquette arrière d'une voiture.

J'ai voulu lui dire de rester avec moi mais ma bouche ne m'obéissait plus et la portière a claqué avant que j'aie pu dire quoi que ce soit.

Épilogue

Hemlock, en anglais, cela veut dire ciguë. C'est une sorte de poison. La plante, pas la ville. Sauf qu'à mon avis, les deux sont très toxiques.

La remarque d'Amy m'est venue à l'esprit lorsque nous avons aperçu le panneau de la ville. Elle avait toujours vu Hemlock comme une sorte de prison, tandis que moi j'y avais trouvé un havre de paix. Du moins avant les attaques de l'an dernier.

C'était le premier et le seul endroit où je me sentais chez moi.

J'ai jeté un coup d'œil au profil de Kyle, dans la lumière émanant du tableau de bord. C'était aussi grâce à lui que j'aimais cette ville.

Lui, Jason, Tess.

Hemlock était mon refuge parce qu'ils y habitaient.

Je me suis agitée sur mon siège, ce qui m'a arraché une exclamation étouffée. Kyle m'a jeté un bref coup d'œil.

– Ça te fait mal ?

– Oui. Je n'aurais pas dû bouger comme ça...

J'ai glissé une main sous le col de mon T-shirt et ai suivi du doigt le gros pansement qui m'entourait l'épaule. J'avais eu de la chance. Beaucoup plus de chance, selon Ève, que je ne le méritais. Dès que j'avais été assez consciente pour endurer une remontrance, elle m'avait rappelé une évidence : un loup-garou a mille fois plus de chance de survivre à un coup de feu qu'un être humain.

Je n'avais pas réfléchi à ça. J'avais seulement pensé à mon père.

À quelques centimètres près, la balle de Sinclair aurait pu me paralyser le bras ou carrément m'envoyer au paradis. Par miracle, aucun organe vital n'avait été touché. J'avais passé quelques jours au lit et devrais faire un peu de rééducation.

Oui, j'avais eu de la chance.

On ne pouvait pas en dire autant de Sinclair.

Si Serena avait perdu sa faculté de se métamorphoser, elle pouvait encore modifier la forme et la structure de ses mains. Ève avait dû l'arracher du corps de Sinclair, mais Serena avait eu le temps de réduire cette femme en charpie.

De la défigurer à jamais, et de la contaminer, par la même occasion.

Sinclair finirait dans un camp, à la merci des loups qui étaient autrefois ses prisonniers. Finalement, Serena avait accompli un acte de justice.

Kyle s'est garé devant mon immeuble et a arrêté le moteur. La rue familière semblait tellement normale que j'ai eu un sentiment d'irréalité.

Il se taisait.

Depuis que nous avions quitté le Colorado, il n'avait pratiquement rien dit. Mais chaque fois que je lui demandais ce qu'il avait, il m'assurait qu'il allait très bien.

— Tess va me tuer…, ai-je marmonné.

— Probablement.

— Et toi, que vas-tu dire à tes parents pour justifier ton absence ?

— Aucune idée. Pas la vérité, en tout cas. Que j'ai tenté d'entrer dans une secte, peut-être… Au moins, ça expliquerait ma coupe de cheveux.

— Jason compte se servir de la même excuse.

De nous quatre, la seule personne dont la famille pouvait entendre la vérité, c'était celle de Serena. Et ils sauraient aussi que j'avais entraîné mon amie dans cet enfer…

J'ai tout de suite chassé cette pensée. J'avais passé l'après-midi à ressasser les événements, à me reprocher tant de choses… À présent, je voulais juste me consacrer à mon retour à la vie normale.

Doucement, à cause de ma blessure, je me suis penchée et ai effleuré ses lèvres des miennes.

— Pour te consoler, au cas où tu serais privé de sortie, ai-je murmuré avant de l'embrasser à nouveau.

Depuis que j'avais été blessée, Kyle me traitait comme si j'étais en sucre. Cela faisait plusieurs jours qu'il me touchait à peine, déposant de chastes baisers sur mon front ou ma joue.

Là, il hésitait encore. Mais cela n'a pas duré longtemps. Maintenant, il réagissait avec tant de passion que je sentais des étincelles dans tout mon corps.

C'est moi qui me suis écartée, le souffle coupé. Non parce que j'en avais assez, mais parce que la tête me tournait.

Une lueur ardente brûlait dans les yeux de Kyle et j'ai pensé qu'il allait m'embrasser à nouveau. Mais il s'est contenté de repousser une mèche de cheveux derrière mon oreille.

— Je n'ai pas encore eu l'occasion de te remercier, Mac.

J'ai cligné des yeux sans comprendre.

— Me remercier ? Pourquoi ?

Il a souri, d'un sourire presque triste.

— Pour être venue me chercher. Pour avoir tout risqué pour me faire sortir du camp. Pour me traiter en être humain alors que ma vraie nature te fait peur.

Je me suis mordu la lèvre. Sa nature de loup-garou m'effrayait, en effet. Parfois. Mais Kyle était plus humain que bien des personnes non contaminées. Comment le lui faire comprendre ? Comment persuader quelqu'un d'une chose qu'il refusait de croire ?

— Kyle…

— C'est normal, tu sais. Parfois, il n'y a rien à dire.

Ses mots ont réveillé un écho lointain. *J'ai quelque chose à te dire…*

C'était dans le sanatorium… Je n'avais rien voulu entendre, sur le moment.

Il est descendu de voiture, a pris mon sac à dos sur la banquette arrière, puis est passé devant moi dans l'allée menant à mon immeuble.

Je me suis arrêtée à mi-chemin de l'entrée.

— Kyle… à Thornhill, dans la cellule, tu étais sur le point de me dire quelque chose. Et comme tu as précisé que ça ne me plairait pas, je t'avais demandé d'attendre.

Il s'est assombri et a posé mon sac à dos par terre.

Là, j'ai compris que l'heure était grave.

— Mac, j'ai demandé à entrer dans la meute d'Eumon la veille du jour où tu es arrivée au club.

Je l'ai regardé sans comprendre.

– La meute de Hank ?

C'était une question idiote.

Il a acquiescé.

C'est ce que voulait dire Hank, dans le mobil-home, lorsqu'il m'a dit que je n'avais pas d'avenir avec Kyle ! Il savait... Et Ève aussi...

La surprise a cédé la place à la souffrance, à la colère, à l'incompréhension.

Jason et moi avions tout risqué pour le retrouver, et il n'avait même pas attendu une semaine avant de tourner le dos à son ancienne vie ! De *nous* tourner le dos.

J'ai tenté de ne pas faire trembler ma voix :

– Alors dis à Hank que tu as changé d'avis.

– Ce n'est pas si simple... Les meutes, c'est un peu comme la Mafia. Une fois qu'on en fait partie, c'est pour la vie. Et si je le fais, aucune autre meute ne voudra m'accepter par la suite. Je serai sur une liste noire.

– Et ça serait si terrible ?

J'essayais désespérément de comprendre. Il était rentré chez lui. Il nous avait. Moi, Jason, sa famille. De quoi d'autre avait-il besoin ?

– Tu sais, Mac, durant les premiers jours que j'ai passés avec la meute d'Eumon, j'ai enfin pu souffler. Depuis que j'ai été contaminé, je vivais l'enfer. Je devais toujours me cacher, je craignais de perdre le contrôle et de blesser quelqu'un une fois métamorphosé. Là-bas, j'avais trouvé une forme de paix.

– Et c'est pour cela que tu renonces à ta vie passée ? C'est vraiment ce que tu veux ?

Je tremblais et ma blessure me faisait horriblement mal. Je voulais lui demander s'il renonçait à moi aussi, mais j'avais trop peur de sa réponse.

– Ce que je veux, c'est qu'on trouve un remède – une pilule ou une piqûre qui me permette de reprendre le cours normal de ma vie. Mais pour l'instant, il n'y en a pas. Ce que je suis devenu... cela change tout. Toi, par exemple, pourrais-tu accepter de te transformer en un autre, à chaque minute ? Pourrais-tu supporter de craindre à chaque instant de blesser quelqu'un, si tu savais qu'il y a une alternative ?

Je me suis rappelé l'expression de Kyle lorsqu'il m'avait confié son secret. Il pensait être devenu un monstre. Son regard s'était empli de dégoût de lui-même, de douleur. Il serait allé se livrer au BESL, si je ne l'en avais pas empêché.

Soudain, je ne savais plus ce qu'il fallait faire, ni même ce que je voulais.

J'aimais Kyle, et lui, il se détestait. Ou du moins, il n'aimait pas ce qu'il était devenu. Si appartenir à une meute le rassurait, comment lui demander d'y renoncer ?

Les larmes me sont montées aux yeux et je les ai essuyées bien vite d'un revers de main.

– Alors que vas-tu faire ? Tu repars ?

– Je ne sais pas. Ton père m'a donné quelques semaines pour prendre une décision. S'il ne me voit pas revenir...

– Tu seras exclu.

Il a acquiescé et j'ai poussé un long soupir, du plus profond de mon être.

– Alors j'imagine que tu as besoin de réfléchir à des tas de choses...

Il m'a prise dans ses bras.

– Merci, Mac… Tu veux que je monte avec toi ? Que je parle à Tess ?

– Non. Quand elle saura que je suis partie à cause de toi, elle va te chasser à coups de balai.

Il s'est écarté.

– Bien vu. Et il faut que j'affronte mes parents, moi aussi.

Il a hésité, comme s'il voulait m'embrasser ou me prendre dans ses bras, puis a reculé d'un pas.

– Je t'appelle demain.

Incapable de répondre, j'ai fait oui de la tête, et l'ai suivi des yeux tandis qu'il regagnait sa voiture. Je mourais d'envie de le rappeler, de le supplier de rester, mais il a démarré et je n'ai rien fait.

Je l'aimais plus que tout. Au point de vouloir ce qui était le mieux pour lui, même si cela me faisait mal.

Et j'avais mal, oh oui. Regarder sa Honda disparaître dans la nuit sans savoir où en était notre relation me torturait. La blessure de mon épaule, ce n'était rien, en comparaison.

Il ne me restait qu'à prendre mon sac à dos et à rentrer chez moi.

Arrivée au palier du premier étage, j'ai essayé en vain de ne pas regarder la porte de l'ancien appartement de Ben. Il y avait des cartons vides contre le mur. Comme si quelqu'un avait déjà emménagé…

Comme si Ben n'avait jamais existé.

Si seulement c'était vrai !

Au deuxième étage, j'ai entendu des bruits dans notre appartement : la télévision était allumée. J'aurais pu me servir de ma clé, mais je ne voulais pas entrer comme s'il ne s'était rien passé.

J'étais partie sans prévenir Tess alors qu'elle avait besoin de moi, et je l'avais laissée sans nouvelles pendant des semaines. Quelles que soient mes raisons, elle avait le droit de m'en vouloir. Et même de me détester.

Essayant d'ignorer le tremblement de ma main, j'ai frappé à la porte.

La télévision s'est arrêtée. Les ressorts du canapé ont grincé et les lames du parquet aussi. Puis il y a eu un long silence et j'ai imaginé Tess de l'autre côté de la porte, le regard rivé au judas.

Pour me calmer les nerfs, j'ai compté les secondes.

Une. Deux. Trois. Trois et demie. Quatre. Cinq.

La porte s'est ouverte en grand.

Tess était devant moi.

Elle avait encore les cheveux teints de toutes les couleurs, comme lorsque j'étais partie, et portait le vieux peignoir de bain que je lui avais toujours connu.

Jamais je n'aurais cru être aussi contente de voir cette horrible robe de chambre.

— Tess ?

Elle se taisait.

Je ne savais ni quoi faire ni quoi dire. Je n'avais même pas téléphoné pour lui dire que j'arrivais. Étant donné les événements, je n'avais pas voulu lui donner de faux espoirs avant d'arriver à Hemlock.

Plus elle restait silencieuse, plus je me sentais mal. Avais-je eu tort de revenir ? Peut-être, finalement, ne voulait-elle plus de moi...

— Tess, je t'en prie, dis quelque chose.

Elle a ouvert la bouche et je me suis raidie, m'attendant à des cris, des reproches, peut-être une gifle...

Je me suis retrouvée dans ses bras. Elle me serrait si fort que mon épaule me faisait atrocement mal, mais je n'ai pas bougé.

– Mac ! Dieu merci…

Sa voix tremblait et j'ai compris qu'elle pleurait.

– Dieu merci… Ne me refais jamais ça, jamais, tu as compris ?

Et soudain, je pleurais aussi, le visage enfoui dans son épaule. J'avais vu des choses tellement horribles, ces dernières semaines… J'avais couru tant de dangers ! Mais j'avais survécu, et j'étais revenue chez moi.

Pendant trois ans, j'avais détesté mon père parce qu'il m'avait abandonnée. Pourtant, en m'abandonnant, il m'avait donné Tess et mes amis.

J'avais trouvé des gens dignes d'être aimés. Des gens pour lesquels je me battrais s'il le fallait.

Car la bataille n'était pas terminée. Hank disait que notre victoire allait provoquer des représailles contre les loups. Lorsque cela arriverait – s'il avait raison – je serais prête.

Je me battrais pour tous mes amis.

C'étaient eux, ma famille. Je ne pouvais peut-être pas les garder près de moi. Peut-être devrais-je m'en séparer quand ils seraient prêts à partir, mais je ne laisserais personne me les prendre.

Quoi qu'il arrive, je serais aux côtés des gens que j'aimais.

La Martinière j.
FICTION

Gipsy Song, Beth Kephart
Nécromanciens, Lish Mc Bride
Wake, Lisa McMann
Fade, Lisa McMann
Keleana l'assassineuse, Sarah J. Maas
Nom de code Digit, Annabel Monaghan
@2m1, Lauren Myracle
Je vous adore, Lauren Myracle
Revived, Cat Patrick
Forgotten, Cat Patrick
Hemlock T. 1, Kathleen Peacok
La Forêt d'Arborium – Ravenwood T. 1, Andrew Peters
La Forêt de verre – Ravenwood T. 2, Andrew Peters
Anna et le french kiss, Stephanie Perkins
Le Troisième Vœu, Janette Rallison
L'Été où j'ai appris à voler, Dana Reinhardt
Éternité, Jess Rothenberg
Bye bye Crazy Girl, Joe Schreiber
Go just go, Joe Schreiber
Effacée, Teri Terry
Lumen, Robin Wasserman
Six jours pour (sur)vivre, Philip Webb

RÉALISATION : NORD COMPO À VILLENEUVE-D'ASCQ
IMPRESSION : NORMANDIE ROTO S.A.S. À LONRAI
DÉPÔT LÉGAL : JUIN 2014. N° 115512-1 (1401948)
Imprimé en France